# 爸妈把爱给了谁

侯淑玉 著

天津出版传媒集团
百花文艺出版社

**图书在版编目（CIP）数据**

爸妈把爱给了谁 / 侯淑玉著. -- 天津 : 百花文艺出版社, 2024.4

ISBN 978-7-5306-8804-5

Ⅰ. ①爸… Ⅱ. ①侯… Ⅲ. ①散文集－中国－当代 Ⅳ. ①I267

中国国家版本馆 CIP 数据核字 (2024) 第 067337 号

**爸妈把爱给了谁**

BA MA BA AI GEI LE SHUI

侯淑玉　著

---

**出 版 人:**薛印胜

**责任编辑:**张　雪

**装帧设计:**吴梦涵

**出版发行:**百花文艺出版社

**地址:**天津市和平区西康路 35 号　**邮编:**300051

**电话传真:**+86-22-23332651（发行部）

+86-22-23332656（总编室）

+86-22-23332478（邮购部）

**网址:**http://www.baihuawenyi.com

**印刷:**三河市华东印刷有限公司

**开本:**880 毫米×1230 毫米　1/32

**字数:**200 千字

**印张:**10

**版次:**2024 年 4 月第 1 版

**印次:**2024 年 4 月第 1 次印刷

**定价:**58.00 元

---

如有印装质量问题，请与三河市华东印刷有限公司联系调换

地址：三河市燕郊冶金路口南马起乏村西

电话：19931677990　邮编：065201

# 她是个农民的女儿

## ——写在侯淑玉作品集《爸妈把爱给了谁》出版之前

**倪 勤**

侯淑玉是农民的女儿，又是个不平凡的农民女儿。为改变身份，不再遭“城里人”的白眼，她努力学习，1981年仍然高考落榜。她不气馁，拼命参加补习班，光路途就需花费四五个小时，赶不上车就步行回家。可老天像是故意给这个倔强的姑娘难堪，又因“身份”问题被关在大学门外。

屡遭失败，更激起侯淑玉的狠劲儿，不上大学就没有出路吗？肚里有文化，手中有笔，搞文学，当作家！20世纪80年代全国“文学热”，侯淑玉拿起稚嫩的笔，投入了这滚滚热潮。她参加各种写作班、研修班，聆听大师们的讲座。结识著名作家浩然后，给她的创作热情加注了更大的动力。浩然学历也不高，可以成为全国瞩目的作家，自己经过努力，也会有所成就的！

但是，立志易，成功难，其中的艰辛、痛苦、烦恼、失落，不可想象。2006年，侯淑玉的散文《我是农民》终于在《家庭》杂志征文中获奖并变成铅字。26年的拼搏，26年的期待，一掬热泪怎能表达？

有了零的突破，后面的路似乎就顺畅多了。同是2006

年，侯淑玉的两篇作品被收入北京“五一”丛书。随后，《北京文学》、《当代小说》（海外版）、《北京青年报》、《京郊日报》等也相继刊发了她的作品，有些作品被译成英文，在美国、瑞士等国家发表。2018年，她的照片登上《当代小说》（海外版）封面，她也成为大兴区、丰台区、石景山区作协会员及北京写作协会京南分会理事。2011年，侯淑玉第一部散文集《我是农民》由中国文联出版社出版。2018年小说集《乡里乡亲》由江苏凤凰美术出版社出版，另一部文学作品集《远去的故乡》也即将出版。

毋庸讳言，侯淑玉不是身怀异秉的那种作者。但勤能补拙，她的勤奋，她的执着，有目共睹。十几年来，她创作出小说、散文数百篇，并多次获奖。她在“大兴抗战口述史”撰写工作中，巧运文思，将走村串户采写的老八路、老党员、老干部、老堡垒户的感人事迹演绎为文学作品，连续创作出《一匹马》《原来我有这样的娘》《堡垒户》等数十篇小说、散文，很受读者喜爱。

2021年，侯淑玉的第四本小说集《喊爷爷》出版了，而今她的《爸妈把爱给了谁》这本倾注其心血表达对父母之爱的散文集，又即将面世。

她让我觉得，农家女也是可以有作家梦的。我更相信，她会成为一个作家。

2023年6月4日

（倪勤：中国作家协会会员、北京作家协会会员。长篇小说《弯弯的永定河》被选入庆祝建党一百周年“百年百部红色经典”。）

# 目　录

# 第一辑　母亲

## 我的家

我的家在京城边儿上，从天安门广场往南，过前门走大街，沿珠市口、天桥、永定门一路出城，行木樨园、大红门、南苑，在机场路口往西拐一弯儿，过红房子，再朝西，走西营房过福利农场就看见我的村庄，我的家——西红门了。



你别看“西红门”这仨字不起眼儿，可它却与皇帝有关呢。早年间皇帝追兔射鹿有个的狩猎苑——南海子。它东西南北有四个门，最北边是正门，称大红门，最南端称南大红门，东边的门可能是走动得少称小红门，西边自然也有个门，那就是西红门。

“西红门”这个名字，距今也有六百多年了。西红门建门、定名都是在明代呢。

西红门的住家，分门里儿、门外。据老辈人讲，门里儿住的是过去随皇上过来的满族人，听说还在“旗”呢。可他们没有进京跟皇帝吃皇粮拿俸禄，而是留在这里给皇上看苑子种菜养牲畜。

门外，则是从全国各地来的人们。以山东、山西、河北为主，这里也有回族人定居。因回族人擅长经商，村里隔三岔五地就有集市。再加上“十庙一寺”（九神庙、五帝庙、娘娘庙、真武庙、关帝庙、龙王庙、什坊院、观音庙、山泽庙、三官庙和清真寺）初一、十五上香朝拜，高跷、秧歌、小车、大刀、京戏的一通耍弄，十里八乡的人们，没有不想往这里跑的！那时的村庄，热闹！而且，不是一般的热闹！

西红门，从南到北的一条街有五里长。“五里长街”之说，最少有百年以上了。两头长，中间宽，像条鱼，南头尾，北头嘴。与嘴角儿处相连，好像鱼嘴挑着珠子似的村庄，名叫“陈留”。它就是母亲的出生地。那时姥爷常到西红门村赶集看热闹，一来二去就爱上了这个村庄。待到女儿十八岁成人就托媒嫁给了父亲。父母年轻时经历了抗日战争和解放战争。1948年，人民解放军攻打北平城，国民党的部队先是进村抓丁抢粮，父亲哥俩为躲兵灾只好逃到了天津。再后来是傅作义所属的溃兵进村丢枪抢衣服（穿老百姓的衣服逃跑），全村人缺吃少穿担惊受怕。



七十多岁的奶奶，身体好好的，却突然间摔倒，再也没爬起来……久病在床的爷爷，一着急，也随奶奶去了。

父亲身在异乡，大爷孱弱，母亲临盆，街坊邻居无不落泪……爷奶下葬，三天圆坟，大姐出世。

1949年10月1日，中华人民共和国成立，租地交粮的父亲母亲一下子就有了属于自己的土地，成了土地的主人！父亲母亲和许许多多的人们一样，内心涌动着使不完的力量！互助组、合作社、人民公社，“大跃进”、学大寨、改革开放……新中国的一步步前行，他们和村里的乡亲们一起经历！一起参与！一起付出！新中国新社会给家乡的每家每户带来的巨变，他们都目睹、感受了！共产党的恩情，社会主义的温暖，他们和父老乡亲们永远都说不完，永远都铭记在心里。

从1948年到1970年，父亲母亲不仅增添了我们姐妹兄弟七个儿女，而且，个个都走进学校读书识字，不仅如此，还在1979年的春天把三间爷爷奶奶留下的老房子，变成了六间白沙砖的起脊大瓦房！1989年，他们的儿子，我的哥哥乘改革开放的春风，开了村庄里第一家水产肉食中心。而后，十几年里，我和姐姐们也各有其店。

古老的村庄——西红门，借改革开放的春风再次焕发生机，再次空前的繁荣！从此我家的日子，我们村各家各户的日子，都开始过上了打着滚往上翻的好日子。



而今，地铁四号线，早就在2010年年底开通了，京城眨眼就到！亚洲最大的“宜家”商城入驻，世界著名品牌的加盟，集餐饮、购物、娱乐为一体的汇聚购物中心，早就成为京城及周边地区人们首选之地。我的村庄，我的家，古老的西红门镇，此时比任何时代，更繁荣，更迷人了。

## 母亲的娘家

母亲属兔，1927年农历八月十六的生日，今年89岁。牙好胃好吃嘛嘛香，正像她老人家自己笑称的那样“天上不吃飞机，地上不吃坦克”。满口的牙一个不少，不要说瓜果梨桃、各类干果，就是你给她老人家一节邦邦硬的甘蔗，她老人家“咔哧咔哧”吃得又脆又响！那吃相，你也会自叹不如呢。再说眼睛，捏起针拿根线，对着灯光，就能穿过去。再说脑子，她老人家与我们玩起麻将，抓、打、和，一点不糊涂，“捉五魁”“一条龙”“清一色”“素七”全是大牌！

母亲说：我这辈子，吃过的苦，受过的罪，现在想起来都落泪，可如今享的福，是几辈子都没想到的。

1927年，母亲出生在北京城南的丰台区一个叫陈留的小村庄。当时村内只有30多户人家，村子往西十几里就是永定河。

永定河从清朝末期开始就决堤不断。每一次决堤，就是一次大灾，每一次大灾就是一片房倒屋塌，就是一次家破人亡。大水退去，除了残墙断壁，还有望不尽、数不完的荒沙土冈。

母亲的村庄也不例外，村内、村外的荒沙土冈此起彼伏；住人的房子是高高低低的，脚下的路也是坡上坡下的；就是吸进鼻子里的气儿，吃进嘴里的饭，也沙沙啦啦的。人走路无论脚抬多高落多轻，也会招惹面似的黄沙飞腾。要是有风，哪怕二三级，村庄也会被飞扬的黄沙像包粽子似的裹得严严实实。

母亲的父亲老哥仨。姥爷排大，善于交际。据母亲讲：她小时候家里养着六头骆驼，父亲常常牵着它们到西山去驮煤。每头骆驼的脖子下都挂着一个铜铃铛。每次父亲驮煤回来，离村还远着呢，“叮当，叮当”的驼铃声就先传进村了，而后她就迎着声儿跑出门去接父亲。见着父亲的一溜儿骆驼，她就先伸手接过父亲手里领队的那头骆驼缰绳，随后一路小跑着将那一溜儿骆驼牵到村南辘轳井旁边，等着父亲将清凉凉的井水摇上来，让劳累了一路的骆驼们“咕咚咕咚”地喝一气！而每一次，骆驼们一见着母亲也似见到亲爱的朋友似的，都把一双双美丽的大眼睛投给面前的小人儿，不仅温顺地跟着走，还把脚步放小、放轻，生怕伤着、吓着她呢。

可有一次，一个八九岁的淘气小子，拿着一根酸枣枝偷袭了最末了的骆驼，将带刺的枣枝子戳在了那头骆驼的屁股上。那头骆驼一疼，就乱了脚步，扬起了蹄子。其他骆驼以为发生了什么可怕的情况，脚步也跟着大乱，扬起蹄子，狂奔了起来！

手牵缰绳的母亲，当时年龄也就六七岁，一下子缰绳脱手，人一个趔趄就被拽趴在了地上！足有八百来斤的骆驼们如“轰轰隆隆”驶过的火车，扬着瓦盆大的蹄子从母亲幼小的身子上碾了过去……



霎时间，街道如一条黄龙卷过！人们吓坏了大喊着“老李家的丫头！老李家的丫头！”姥爷更是吓坏了！心说：完了……完了……

要知道，母亲当时是家里唯一的孩子，老哥仨的宝贝疙瘩！

不等沙尘散尽，人们纷纷拥了上来。人们愣住了：眼前不是血肉模糊的孩子，而是一个一骨碌爬起的“小土人儿”！

闻声赶来的奶奶又惊又喜，抱起孙女儿就往土地庙跑，进门就烧香磕头拜菩萨，谢谢菩萨显灵保佑了自己的孙女。

其实所有的生命都是善良的，就是被人们称作没良心的“白眼”狼，有时也会善心大发救助人。何况本身就憨厚朴实的骆驼呢。否则，高大威猛的骆驼们也不会让一个对于它们来说太小太小的小人儿，每天牵着而且那么顺从。因为它们知道这个小人儿对它们好，是引着它们去喝甜甜的水呢。所以它们心里再惊、脚步再乱，也不会用大蹄子去踩踏她的。

母亲说，那会儿她家的日子还过得去。不说每天有肉吃，也差不了哪儿去。家里除了有 6 头骆驼拉脚，父亲还常张罗着村里的娶媳妇、聘闺女、发丧老人的红白喜事，有时还帮人家宰个牛羊牲口啥的。帮助街坊邻居料理些事自然是不图希什么，可少不了街坊的好意谢称不是，肉食糕点自然少不了。就是吃骆驼肉也是常有的。因为村里及附近村好多人家养骆驼拉脚，平时保不住哪头骆驼有个病灾、有个闪失什么的。

再后来，卢沟桥打仗，日本人来了，日子就开始不好过了。那年母亲 10 岁。村里人都特别害怕，能不出村就不出村，能不出门就不出门，实在躲不开了，也是脚后跟儿打后脑勺似的紧着去紧着回，生怕道儿上碰上日本兵。否则，碰上就没好，骂你“八嘎”是轻的，要不就拿枪托戳你，或者抓走你给他们当劳工，甚至一枪子崩了，要了你的命。

村里的女人更是害怕了。娘家来信说，父亲病了。娘家不得不回。往常回娘家是咋光鲜咋打扮，翻箱底找出最好看的衣服穿上，开抽匣抹香粉，镜子前照了一遍又一遍，不收拾得体体面面不出门。可这次，箱底也不翻了，粉也不擦了，身上的裤子褂子连日常的都不如，这还不算，出门还得抓把锅底下的灶火灰抹在腮帮子、脑门上。这哪是姑奶奶回家，简直是小鬼儿回门。为啥？小鬼子抓“花姑娘”，抓了就回不来！

母亲说，那次妈妈带她回娘家，路上真的就碰到了鬼子。要不是妈妈眼尖手疾把她按趴在庄稼地里，真说不好会发生什么。

母亲的三婶就是那会儿带着12岁的儿子回娘家，一去就没回来……

自此30多岁的三叔开始喝“大”酒，一喝就多，一多就醉，一醉就骂大街。李家的家业也由此开始败落。二叔为讨生活携妻带子远走唐山。

## 嫁为人妻

母亲17岁那年，姥爷托朋友把母亲许给了相邻的村庄西红门的父亲。当时西红门在这个地区可以说是最大且最热闹的村庄。



五里长街，十一座寺庙。初一、十五的日子一到，四面八方的人们就潮水般地往这里赶。

婆婆带着儿媳去娘娘庙里跪在“送子娘娘”面前，烧香求子；老爸带着儿子跪在财神、关公面前求财、保平安；有站在街边敲着锅碗瓢盆吆喝买卖的，有挎着篮子提着布兜赶集的；有骑毛驴的，有推小车的；有买毛巾、梳子、香胰子的，也有卖糖、枣、大蚕豆的。但要说最热闹的地方还得要数耍猴、举幡、蹬缸、撂跤练把式的。那地方老头、老太太、小伙子、大姑娘、媳妇、孩子一围就是好几层！一阵一阵地叫好声，一起儿又一起儿，一波儿一波儿，此起彼伏。

父亲家弟兄三个。父亲排三，上有大哥、二哥。爷爷是忠厚老实的庄稼人，奶奶可是有名的侯三奶奶，在村里一提，不说人人知道，也可以说不知道的人太少了。奶奶精明能干而且性格开朗善于助人，村里村外结交了许多朋友，认干妈做干儿子的人就有八九个之多。

父亲的性子有爷爷的憨厚，也有奶奶的善良勤奋。父亲个头高，在一米八以上，微瘦、国字脸、长眼，有点遗憾的是，鼻梁没有那么高耸。父亲读过私塾，喜欢看书，不爱说话。一双大脚、一双大手，除了睡觉闲着，从早到晚地忙。父亲爱干活儿，尤其喜欢种菜。

1921 年农历七月二十八，是父亲的生日。23 岁的父亲娶 17 岁的母亲，那一天，是 1945 年农历七月二十八。也就是说父亲在自己 23 岁生日那天，娶媳妇成家，双喜临门。

母亲嫁给父亲时，原以为家里会有两个嫂子。进门后只看见了二嫂，过后儿，才知道大嫂生孩子时，得“月子病”没了。二嫂的年纪也就 20 多岁的样子，身子骨不强，有些虚弱。

父亲家没有地，过日子是靠租种村里一家开油坊的王姓回民的菜地。地的主人不是很吝啬，一年上缴的蔬菜很随意，有时还反过来给种地的父亲家一些香油、麻酱。地主与租户的关系就像朋友。就是新中国成立后的几十年里，也是你来我往的，像两家亲戚。最后到 20 世纪 90 年代油坊老掌柜去世，父亲还亲自送了一程。

地主善良，地的收入也是有限的。父亲家十几口人的日子过得仍是不松心。瘦弱的二嫂为给家里的小毛驴打草，常去庄稼地。不承想却在一次打草时“丢”了。

1945 年 8 月 5 日，日本人投降了。老百姓都以为会过上以往的踏实日子，没想到，日本人还没走利索，国民党的军队就和共产党的八路军开战了。国民党的军队抓兵抢粮，人贩子骗人卖人，在当时总有发生。“丢”人，哪村哪家都不好说没有。

母亲嫁进侯家，深得奶奶的喜欢。母亲中等个，眼睛大而且亮，微弯的眉毛，微挺的鼻梁，一张微翘的小嘴儿，更让奶奶喜欢的是母亲脑子灵而且手巧。

母亲在娘家是独生女儿，养得娇，洗衣做饭的活儿没怎么干过。这在当时往往是要在婆家受气的。可奶奶喜欢这个小儿媳，不但不给气受，还像疼闺女儿似的疼她。手把手教针线活，手把手教擀面条、贴饼子。奶奶耐着性子教，母亲踏着心学。爷爷呢，也疼母亲。母亲做饭，灶里的火烧大了，锅里的贴饼子烧煳了。奶奶不责备，爷爷还拿出欢喜的样子笑着说：糊饽饽败火，他最爱吃呢。



进门一年后，母亲不但学会了缝衣做饭，就是推碾子磨面的活儿，也悄悄学会了。有一次晚饭后，母亲发现面缸里的面没了，就夜里起来偷偷拿着麦子到磨坊推碾了。而后又偷偷回到炕上睡觉。天亮，奶奶见母亲还赖在被窝里就吆喝着起床推磨。母亲偷偷笑。奶奶推开灶房一愣：地上一簸箩新面！

## 初为人母

母亲18岁那年秋后荣升为母亲，父亲荣升为父亲。侯家添了一个孙子。那会儿父亲哥仨，只有这一个孩子，全家视这一血脉如珍宝。可一场“百日咳”就把这珍宝从众人的怀抱了“夺”走了。一个胖乎乎的小儿子，十个多月的娃娃就躺在母亲的怀里，说没了就没了。（这一段母亲不愿说，可又忘不了，常常说成大妈家的事。）

1947年冬，人民解放军把北平城围了。国民党军队慌了，抓兵抢粮越发地频繁。“村里要抓兵了！”好心的街坊传来了抓兵消息，父亲和二大爷连夜就逃到了天津。家里只剩下爷爷、奶奶、大爷和母亲。爷爷早已卧床不起，大爷多年有病，母亲怀孕待产，一家人只有奶奶是“强健”之人，而这强健之人，此时也年逾古稀。

国民党军队从城里往外打炮，白天黑夜地放，轰轰隆隆地响。全家人挤在炕角听着房顶“哗啦哗啦”地掉土，看着窗户纸被“唰啦唰啦”地震裂。

缸里的面没了，灶膛里的柴没了，只能是奶奶迈着小脚儿去想辙。奶奶累坏了，颤巍巍的小脚儿被门槛儿一绊，就倒下了。

没等扶到炕上，奶奶就两眼一闭，双唇一合，咽了气。久病的爷爷一着急，一口气没上来，也随奶奶去了。

一家一天，失去老两口，一家一院，停着两口棺材，何等的悲凉。

就是现在过去了半个多世纪，村里70岁以上的老人们提起当年，都不免心酸。

奶奶过去了，爷爷也走了，奶奶的干儿子们首当其冲承担起了发丧二老的重任。四邻八方的亲戚朋友赶来了，上天津找父亲哥俩的；拎着麦子磨面的，扛杆子找苫布搭灵棚的，守着待产母亲劝慰的。

在亲戚朋友及街坊的帮衬下，爷爷奶奶总算入土了。

## 我的大姐出生

爷爷奶奶下葬三天，按风俗是圆坟的日子。母亲一早在远房大娘儿（大姑）的帮扶下准备着纸钱香烛。一阵腹痛袭来，母亲的第二个孩子，我的大姐出生了。那是1948年的农历七月二十四。

“你大姐是响大炮那年出生的。”母亲一直这么说，“你爷爷奶奶没福气，亲孙女没见着，就走了。”

1949年10月1日，毛主席站在天安门城楼上宣告中华人民共和国成立。

几辈子种地的侯氏家族，终于在父亲这辈儿有了属于自己的土地！



此时的父亲哥仨，大爷娶了媳妇，二大爷也成了家。

要说二大爷这段婚姻，还是母亲快马加鞭促成的呢。爷奶去世没等一年，远房表姑看着一家哥仨就母亲一个女人操持，就对母亲说：“别等三年孝期满了，赶紧托人给你大哥二哥成家吧。”此时母亲心里早有人选，娘家村有一王姓姐妹正闺中待嫁。母亲一提，表姑双手赞成。表姑伸手接过母亲手里烧着的柴锅，母亲就一路小跑儿回了娘家。只烧开一锅水的工夫，母亲就颠颠跑了回来，保媒成功！当年就把小姐妹变成了二嫂子。

1950年分地那年，父亲哥仨，每家都分到了庄稼地。

1951年10月，二姐出生。1954年11月，三姐出生。1957年7月，四姐出生。1960年3月，哥哥出生。1963年11月，母亲的第六个孩子，第五个女儿，我出生。1970年春，母亲的最后一个女儿，我们的小妹出生。母亲一生从17岁到42岁，有八个孩子，可母亲从不说有第一个……

母亲说：是好社会，让你们健健康康的。你们一出生，国家就派大夫给你们打预防针，从此再没有了“百日咳”“四六风”“大脑炎”“小儿麻痹”……

**母亲的遗憾**

母亲一生有个遗憾，就是不识字。

母亲出生时家境虽不富足，但上学读书还是有条件的。姥爷在那个时代也算走南闯北见过世面的人，思想也算是开放的。母亲在那个时代本该缠足的，可她六七岁时，姥姥几次缠足裹脚，都被母亲一次次拆掉。姥爷没有坚持，任母亲的脚由着性子长，最后长成穿36码鞋的“解放脚”。但女子读书却还是受封建礼教“女子无才便是德”的影响，没能送母亲进学堂读书。



新中国成立初期，一切百废待兴，生活中的一切用品都定人定量按计划供给。往嘴里放的粮、油、烟、酒、茶叶、肉、糖、淀粉、碱面、豆腐、粉条等，过日子用的火柴、肥皂、脸盆、毛巾、自行车、缝纫机等，都是有票有证才能买到的。

而这票呀证呀也不是什么人都有，是分工人、农民，也就是现在说的城镇与乡村。工人称居民，可以有粮本、煤证、购货本。粮本买大米、白面、玉米面，煤证买煤，购货证买盐、碱、茶、糖、火柴、豆腐、粉条等，除此还有粮票、肉票、布票、油票，而油票又分香油果油。还有买脸盆、毛巾等工业品的工业券，这还不算还有不定期的自行车票、缝纫机票以及按时定月的洗澡的澡票。

而农民却不一定有这些了，购货本有，但只能买盐、碱、糖、肥皂、火柴（当时称“洋火”“起灯儿”），至于香油、豆腐、粉条等就甭想了。煤证有，粮票没有、油票没有，澡票没有。布票有，肉票有，工业券有。自行车票、缝纫机票，就不知哪年能有属于你家的那一张了。

农村人烧火做饭用干树枝、庄稼秆，煤本一般冬天里用，主要是生炉子取暖。一年也就是买两三次煤末或煤球。粮票用时只能拿麦子或鸡蛋找有在外上班的工人家换一些，以便家里媳妇生孩子坐月子、老人孩子有病时买一些蛋糕（当时称“槽糕”）、饼干，以及出门在外回不了家，饿时买个烧饼、吃个油饼。



布票，在农村人的家里是很有用的，应该说非常重要。

20 世纪 60 年代初，每人一年二尺半布票，刚够做一件大孩子的褂子。可就是这样布票也有剩下的。为啥？穷呀。饭都吃不饱，哪还顾得上穿呀！不露着肉，就是富裕人家，哪怕那衣服是大的穿小，小的穿破，补丁摞补丁，也不知要穿了几个人、穿了多少年。

穿衣服哪是为美，纯粹是为遮羞挡寒。一年四季就这么一身裤褂，“肥大”是那时的一大特点。夏天是单衣、单裤，春秋两件拼一件，就是夹衣、夹袄；冬天中间絮上一层棉花，就是过冬的棉袄、棉裤。这还算好人家，有的人家还合不上每人一身呢。要是出门串亲戚，就麻烦了，翻箱倒柜也许都找不出一件像样的衣服。找街坊借“行头”出门，还真说不上丢人。因为这事谁也保不准遇上。

20世纪70年代以后，布票开始紧张起来。队里的收成提高了，从一天工分的几毛钱上升到了一块多。吃饱了肚子的人们，穿，一改往日的“将就”，开始在“讲究”上琢磨了，一年的衣服可以分开了。过去全靠手一针一针缝，也想穿机械做的了。穿机械做的就得攒钱买缝纫机，买缝纫机可不是简单的事。首先得攒钱，等钱三块两块攒了三两年，买缝纫机的钱攒够了，缝纫机也不一定买得上。

缝纫机是要票的！票哪里来？说是上面发的，可一年一个队也就一两张，而且不一定年年有。一百多户人家，哪能谁想买就买呢。就算你侥幸买上了缝纫机，也不一定就有布做新衣服，因为布票是有数的。每人每年就那么二尺半，要做只能家里人每年轮着做新衣服。今年给姐做，过年给妹做。而这新衣服可不是啥时都能做，什么时候都穿，那得等过年！

至于洗澡的澡票，农民更是甭指望有。洗澡对于农民，只能用最原始的办法，大盆放水，双手划拉，毛巾擦擦而已。

还有肉票。肉票对于20世纪60年代来说，形同虚设。不要说平时吃，就是过年吃饺子，要是能买上一斤半斤的，有点荤腥，就算好日子。就是20世纪70年代，十天半个月买上五毛钱半斤左右的肥猪肉，吃顿炸酱面，也算阿弥陀佛了。要是家里有儿女到了成家的年龄，那这一家起码要一两年别买肉吃，为啥？那得攒着肉票，搭棚摆席办事儿用！就这样，也许还得向老街坊借呢。

缺肉，爱吃肉，要解馋，村里的孩子们就盼着谁家搭棚办事，结婚、满月，就是死人也无所谓。只要办事就有酒席，就有肉吃。孩子们这样想，大人们的心里，其实也这样想，就是嘴上不说罢了。

所以，对于我们的母亲，农民母亲在那个票证时代，购货本、煤本、粮票、布票、肉票、自行车、缝纫机票等票证，都是很要紧的。购货本丢了，就甭过日子，蒸馒头的碱，就甭买；煤本没了，冬天孩子们就得哈着手写作业；粮票丢了，孩子们病了，当妈的只能看着孩子抹眼泪。布票要是少了，孩子们的新衣服，一年的想头，就落空了。



肉票虽然不像布票那么揪心，就是再没钱买，也舍不得丢掉，总是想着盼着过一些日子手头宽裕了，给正长个的孩子们买上半斤肉包顿饺子，吃顿炸酱面……就这样攒着攒着的结果，往往是限期仨月的肉票过期了。

母亲没上过学，不识字，但聪明且记性好。为了看住这些票证，区别这些票证，文字数字认不准，就用脑子记票面颜色图案。

银行存折不认识，就把当天存钱的日历（母亲称月亮牌）上的那篇儿撕下来夹在存折里，等来年快到那天时就去信用社转存。

母亲存钱最大的愿望就是盖房，把祖辈分家得来的三间“夹生”（墙外层青砖里层土坯）老房换成起脊大瓦房。然后再给唯一的儿子娶一个可心的媳妇。为了这个所有母亲都有的愿望，母亲不得不用尽自己能力，吃尽也许别的母亲没有吃过的苦。

在那个票证时代，作为一个“瞎字”不识的母亲，除了聪明、记忆力好，还要有强大的忍耐力，以及不服输的“心气儿”！

三十多年里，家里买日用品的工业券，买布的布票，买糕点的粮票，买白糖、买碱面的购货本，买煤球的煤本以及储蓄所存钱的存折等，母亲不仅记住了，分清了，而且从没有过差错丢失！

所以到了我们这儿，她的儿女身上，母亲就说什么也不能给孩子们留下像自己一样的遗憾、像自己那样的吃苦。上学读书，再难也不怕。



## “鸡”银行

那年月挨饿的不少，受穷的不少，儿子闺女不让上学的更不少，可我们的母亲不仅让儿子读书，也送闺女上学。儿子、闺女全一样。人家喂鸡是为吃鸡蛋补身体，卖到商店贴补日子，而我们的母亲，是为儿女上学。

那是 20 世纪 60 年代中期，村里传说：村南头有一石姓人家养的鸡，是苏联来的“来亨鸡”，白羽毛、红冠子、个头大不说而且下的黄皮大鸡蛋，比家养的柴鸡“黄毛”“老芦花”合算。

母亲得到信儿就悄悄攒鸡蛋，攒够 12 个就毛巾一包，一路打探着找到石家。那家的女主人，当然也是一位乐善好施的母亲，听明母亲的来意，伸手就在鸡蛋篓里拣出 9 个个头大的鸡蛋，最后很有把握地拿起一个鸡蛋，说："给你一个公鸡，下次你就可以在家孵小鸡了。"

石家的女主人真是不简单，果然母亲用家里的老母鸡趴窝，一个月后不仅孵出了 10 只毛茸茸的小鸡娃，而且很快分辨出了那只公鸡崽。大约 100 天，原来还是毛茸茸的小鸡娃娃已出落成白羽红冠的"来亨鸡"大姑娘了。而且很快下了蛋做了鸡妈妈。过了不久就成了鸡妈妈带着一群鸡儿鸡女漫步街头了。

只两三年的工夫，家里就有一大群"来亨鸡"了。以前家里的鸡蛋个头小，10 个也不够一斤，一个鸡蛋也就在合作社柜台里换五六分钱，而"来亨鸡"的蛋，一斤顶多 8 个。随便一个鸡蛋拿到合作社的柜台上，就能换七八分钱。以前一个鸡蛋，买个 6 分的作业本也许还不够，现在买个本还能捎根儿带橡皮头的铅笔。

从大姐开始读书到小妹中专毕业，我们家 60 年代到 80 年代同时在学校读书的孩子，最多时有 4 位。60 年代，大姐、二姐上中学，三姐、四姐上小学。70 年代，三姐、四姐上中学，哥哥和我读小学。我们的书本铅笔几乎全是母亲养鸡下蛋换来的。鸡蛋成了我家乃至许多农村人家的"银行"。

直到如今，曾在那个时期当过售货员的陈艳荣大姐，还清楚地记着我们拿鸡蛋换铅笔作业本的情景呢。小妹是 1970 年生人，她上学时家里的条件就好多了。

如今，母亲的儿子闺女及孙男孙女中，大学生就好几位。

2012 年的春天，我递给母亲手里一本书。虽然母亲并不知道这本书是散文集，也不认识《我是农民》这个书名，可当母亲知道这书是她的女儿写的，而且写了她，还在书中看到了自己的照片，就捧在手里不放了。而且见着家里人和邻居就不由自主地说：书里写她了，还有照片呢。眼里、脸上满是自豪的微笑，那样子就仿佛手里的书是她自己写的。

**母亲的猪**

20 世纪 60 年代初，国家号召养猪，上缴国家肥猪，不但给钱，还给饲料粮。一头 100 斤的猪，能给 100 斤饲料粮！虽然饲料粮是一些不太饱满的玉米粒，但也是黄澄澄的粮食呀！

母亲动心了，到大队养猪场买小猪秧。别人到猪场就抓，可以秋后年底结算，可到母亲这儿，就被会计挡住了，“你们家粮食钱还不够呢！年底拿什么还账啊”。这伤自尊的话，89 岁的母亲至今记忆犹新！

当时也就是 1965 年，队里只有父亲母亲和刚刚中学毕业的大姐在队里干活挣工分。一天 10 个工分，七八毛钱。而这 10 个工分，只能是父亲这样的壮劳力才能拿到。母亲和大姐再怎么干也只能挣 8 分。三个劳力养活 8 张嘴，怎么不欠队里的口粮钱呢？

好强的母亲，忍着委屈找到当时隔壁大队当书记的杨立庭，把情况一说，他二话没说就带着母亲来到他负责的大队猪场，让他在猪场喂猪的大娘儿（大姑）给母亲选了一头。

就是这头猪，给了母亲新的希望！不足一年，这头猪就上交了国家，120 斤的猪，卖了 80 多块钱，更重要的是，换回了 120 斤饲料粮——120 斤棒子粒！还了猪秧钱，填补了肚子，还有了我们上学的学费。

从此母亲爱上了养猪，我们全家爱上了养猪事业！

要说母亲的聪明能干，最有说服力的就是过日子算计上。那年月挨饿的不少，受穷的不少，儿子闺女不让上学的更不少，可我们家，靠什么过着清苦但快乐的日子呢？

靠的就是父亲母亲的勤俭、智慧和梦想。

自从母亲卖了第一头猪，心里就开始盘算了：养猪不仅国家给钱，给饲料（粮）票，而且还能积肥呢。不仅肥自家自留地，还可以卖给队里。一方粪肥，三块钱，一年下来，就是一笔不小的收入！那就多养多卖，多得利，让猪圈长年不断流儿。



那时的母亲不仅没让猪圈空过，而且常年猪圈里是一大一小两头。一头七八个月出栏的猪，母亲一年时能卖两头，两年卖五头，再后来一年就能卖到五六头。这都是母亲“卖大进小”的成果。

在我们眼里，甚至，在父亲眼里，母亲始终是一个聪明绝顶、无所不能、战无不胜、不知疲倦永远精神饱满的能人、强人！

既然母亲决定多养猪，多积肥，那就全家行动吧！

从此，父亲母亲每次从队里干活儿回来，无论多晚、多累、多热，无论晴天、雨天、风天，无论是冬、是夏、是秋，肩上扛的、腰上压的不是大大的草捆，就是高高的菜筐。在母亲的影响下，姐姐们也是收工不急着回家，再累也要捎背草、打筐菜；我和哥也不闲着，也会在一早起来、放学以后去打草、打菜、铲垫脚儿积肥。

全家那时的主要任务，就是打猪菜。房前屋后、庄稼垄儿、渠边沟沿儿，什么老鸹筋、苦毛菜、茶叶棵、蚂楞菜、涝涝菜、仁芯菜，还有野葡萄秧，大耳朵的车前子以及长得极像烟叶的假烟苗等，统统鲜鲜亮亮地被我们背回了家。

到家母亲用刀“嚓嚓”一剁，再拌上些糠料麸皮往猪食槽子里一倒，那圈里的两头猪立马撒着欢儿就扑奔过来，大嘴巴叉子往猪食槽子里一伸，对着那一槽子绿莹莹香喷喷的美食就是一通狂吞。



### 大雨就要来临

立秋过后，要是赶上个烈日当空的大晴天，母亲就告诉我们；不光要打菜，还得赶紧去打草，多打些稗子草、扎根草、墩子草，还有到处都攀爬的拉拉秧，背回来摊在路边空场儿，趁太阳足紧翻腾晒干。

我们听母亲的话，打回猪菜就打草。草晾在路边太阳底下，摊得薄，翻得勤，要是老天爷高兴，赏个响晴薄日的大好天，那打回来的草，晚末晌就能晾干，垛起来了；要是老天爷闹脾气要脸子，大晴的天突然来场大暴雨，再连着下，或阴上一两天不睁眼，那来不及收起的、已晾了半干的草，可就惨了！我们的工夫就白费了，大背大背的草就得全部烂掉，玩儿完了。

所以，老天爷一变脸，我们一瞥见日隐云卷，一感到风起雷动，无论我们在家的远近，是否折腾得正欢，干着什么紧要的活儿，不等母亲喊，就都会立马放下停手，扯开脚步，撒开丫子玩了命似的奔跑，你追我赶地奔向那晾着草的地方！一到那儿，就会最大限度地劈开腿用脚连堆带推，可着劲抻开胳臂连搂带抱！

那时真恨不得自己生出三头六臂！你瞅吧，堆着的、划拉着的、紧着抱的、紧着垛的！这通忙哟，汗珠子、草叶子，身上、脸上、头发上，全是！

还有最关键的呢——苫草垛！这是最最要紧的。扯起油毡塑料布，总之是能遮雨的东西就赶紧扯、赶紧盖，无论怎样也要在雨点子下来之前把好不容易弄回家的草盖好、苫严！否则的话，要是哪儿漏了一条缝儿、一个眼儿，哪怕是针尖大的眼儿，天一晴，草垛一冒上白白的热气，那就是捂了烂了，我们的工夫也就瞎菜泡汤了（白费了）。



因此，只要感到风的异常，听到雷的滚动，你看吧，满街筒子都是人，男男女女老老少少呼儿唤女，抱着炕席的、卷着塑料布的、拿着叉子的、背着筐的、推着车的从不同的地方奔出来，又向不同的方向扑去。那真是一场小小的紧张而又生动的战斗。

那战场上的人们，好像把什么全忘了，年龄忘了，闷热忘了，雨水忘了，就连头顶上隆隆作响的雷，唰唰刺眼的闪电，也忘了。甚至连弯酸累疼的腰、溻湿的衣襟、汗渍着的眼睛，也全拌着“快收快盖”的目标，给忘了。

母亲能干，我们也能干，是在村里出了名的，而且是有证据的。

看，家门口每年秋后都会有那么一两个大垛草，比一间屋还大、比一座房子还高、比任何一家都大的草垛，就是我们用一个夏天的辛劳和汗水换来的成果和最明显的证据！

可是，这每年都大大的草垛，带给母亲的不仅有儿女乖巧能干的欣喜，也带给了母亲每年都躲不开的一场战斗，一次灾难，一次对母亲瘦小身躯扒骨抽筋似的折磨……

**粉草是一场躲不开的战斗**

那是什么样的战斗呢？

那场战斗就是将那山似的大草垛，运到生产队的养猪场，用粉碎机将咋咋呼呼的干草粉碎，让它们成为细细碎碎的草沫子，将那大草垛化成一麻袋一麻袋，足够两三头猪吃一冬的口粮。

那场战斗还未等秋风扫尽落叶就开始准备了。先是母亲去生产队的猪场询问：“场长今儿个排几家了？”然后是排队。粉草不是把干草拉到猪场就能粉碎的，得先排队。之后是在晚上生产队收工、粉碎机没有毛病、闲下来的时候才能开闸粉草。

那时候，几乎家家养猪，平时打猪菜就挺难，要粉草就更不容易了。猪菜近处没有，我们可以远处找，十几里外的西营房、南苑机场，我们都能或骑车或走着去把菜弄回家，而这能粉草的粉碎机，却只有这猪场唯一的一台，而且是白天生产队用完后的晚上才能用。粉一次草排好几天是常有的事，要是排好几天队临了临了快轮到你了，机子零件坏了、线路出毛病了、修了好几天，再没修上，那才倒霉呢！

所以，母亲一边排着队，还得一边打听着：是刚修好的机子吗？是新换的零件吗？回答是肯定的，母亲的心，才能落停。心里稍稍踏实点儿的母亲，一边手脚没时闲地忙着，一边还得扫听着，生怕前一家粉完不知道，别人家挤了上去。

终于轮到我们家了。战斗开始了，全家老少总动员，背筐、小车儿总动员，家伙不够用就去街坊四邻家总动员。假如，我们运气好——父亲能从队里的马棚赶回一辆小驴车，那可是件比我们过年还要高兴的事！可惜呀，十回九落空。



那只好靠我们自己。父亲用大木叉子拆开大草垛，母亲抓起一把干草拧成一根长长的草绳，我们将干草一抱、一抱地抱给母亲，母亲将它们往怀里一搂、一搂地卷成一个紧紧的、一米来长的大圆卷儿，右膝往草卷上一跪、一压，顺势抄起那根大草绳，左右手一交叉，手腕子一翻、一拧，一个百十来斤的大草捆就绑好了。

这样的草捆，哥哥姐姐都背不动，虽然他们都比母亲高，但母亲却能背，甚至还能背更大一些的。我们要背时，母亲总会打一个比它小得多的一个，或者让我们一人一头儿往小车上抬。“你们的身子骨不行！别努着，压坏了可不是闹着玩的。”可母亲自己却舍了命一般，好像她自己是铁打钢铸的不会压坏了似的。

我们只好听母亲的，将草捆两个人抬起，一个个放到小独轮车。小车被我们装得宽宽的、高高的，直到手将将够着顶，吃力地拽下两条绑车绳，父亲用力，把草绑结实，让小车成为足足实实的一车，直到小车的两个把手将儿将儿抬起为止。好家伙，小小的独轮车能码上七八个大草捆。少说也得有四百斤，像座小山！

要把这样的车把稳稳当当地抬起、稳稳当当地将车推动，再从七扭八歪拐弯抹角儿的小道儿、窄窄憋憋滑不溜秋的自留地的垄沟埂儿上穿过去，然后顺顺利利地送到目的地——三里开外的猪场，那可是件了不起的大事！

这，不仅需要一个有胆量、有技术、有力气的人，而且还得有一个会把车装得端端正正，绑得结结实实的人，还得有一个心明眼亮的、有勇有谋的、在车前拉襻引道儿的掌舵人。因为那辆小车装得实在太多了，太高了，分量太重了！单靠一个轮子支撑，靠一双手抬起、推动怎么能行呢？那小山把小独轮压得瘪瘪的，把推车人的腰坠得弯弯的，头根本抬不起来！眼睛再大看见的也只不过是自己的脚尖和草垛。

推车人虽与拉襻人前后不足两米，可因隔着草山，推车的看不见拉襻的，拉襻的看不见推车的，再加上行走在黢黑的庄稼地里，心里难免会生出寂寞孤独……但他们二人，还是一前一后把这辆布满汗水、充满希望、寄托未来的车子，稳稳当当顺顺利利地推到了目的地。

这，到底凭的是什么？靠的是什么？凭靠的是一种血脉相依的感觉，凭靠的是信任、一种心心相通的呼应；凭靠的是一种无需用语言表达的血与肉的默契！凭靠的是对未来美好生活的向往！否则，这辆沉重得无法再重的车，说不定就会“打天称”“折跟头”甚至人仰马翻“底朝天”！

最初，装车推车的是父亲，拉襻的是母亲，后来装车推车的换成了姐姐，拉襻的仍是母亲；再后来拉襻的是哥哥，推车的是姐姐。轮到我推车时，我已是比母亲高了许多的高中生了。

经过近一个小时的战斗，我们好不容易将“山”移到了粉碎机旁。一到那儿，我们就一下歪倒在草堆上，塌着腰张着嘴嚷着：累呀累呀。

而母亲只是用肩膀上的毛巾抹了一下头上的汗，顺手就推上了粉碎机的大闸。“嗡！”的一声，粉碎机就“轰轰隆隆”运转起来了，那声音就像有一队装甲车开过来一般。不仅震得大敞棚里嘀里嘟噜沾满尘土的蜘蛛网，稀里哗啦地往下掉，连夜宿的鸟儿也像遇到劫难似的扑棱棱地、没头没脑地往外蹿，而脚下的大地更是地震似的打战。



母亲戴上口罩，顺手拿起一根二尺来长的小木棍儿，将堆在粉碎机入口边上的干草用棍儿一搅，顺势往机子的进料口里一推，那一卷子草就被那张撑得又深又黑的大口，卷吞了进去！

在昏黄的灯影里，那料口就好像一张怪兽吞人的大嘴，凶狠狠地对着我们。它呼呼噜噜地从母亲的手里拼了命地抢夺着干草，像饿疯了似的“咔嚓咔嚓”地大口大口地往肚子里吞。

它那凶猛的样子让我很害怕。真怕它趁着滚滚黑夜把妈妈那双手也给抢夺了去，甚至连带瘦弱的妈妈（要知道那时的母亲身高还不足1.6米，体重还没有90斤！这是我最近与母亲聊天才知道的）也一并吞进肚子……

很快，那饿兽就把那山似的大草垛吃没了，停止了吞咽。母亲拉下闸，刹那间，什么声音也没有了。有的只是黑沉沉的夜，还有亮闪闪的星星，还有一丝丝轻轻袭来的小风，本该早就睡去的世界，此时才有了一丝睡意。

粉碎机停止了运转，母亲冲了出来。只见头上、眉上挂满草末子的母亲赶紧扯下已经看不出是口罩的口罩，弯着腰大口大口地喘着气。闭着眼扬起手紧着在脸上、头上，拍打、划拉……霎时间，母亲周身刮起了一阵小旋风，一阵阵草沫子随着母亲的拍打，腾腾地飞扬。

母亲稍稍直了直腰，又将那口罩缓缓地移到在嘴边，绳套挂在耳后，抻过来一旁的大雨衣——一件穿了多少年的原本绿色现已发黑的军用雨衣。母亲一伸胳膊就套在了身上。

娇小的妈妈不见了。妈妈变成了一个会移动的影子。拔起脚的影子快步走进那仍被烟尘霸占着的、黑咕隆咚的大敞棚，向着更深更黑的地方走去……

我突然看不见那影子了，看不见妈妈了！妈妈好像消失了。妈妈好像真的被那黑洞洞的大口吞没了！我怕极了！心咚咚直跳，瞪大了眼睛盯着那黑洞洞啥也看不见的屋子，真想大声喊“妈妈。”

“拿着口袋进来吧。”是妈妈的声音。要蹿出的心，落了下来。我试着脚儿寻着声音到黑暗里找母亲。

原来粉碎机后面是很大一块平地。平地周边有许多砖头压着一层层的苫布。那黑影子正将那些苫布一层层卷开，下面露出了三块并排着的大木板子。

“站好了，板子抬开摞在边上。”母亲对哥哥说。

“呼！”一大团黑糊糊的东西从板子下的黑洞里蹿了出来。一股又干又呛的烟雾劈头盖脸地扑了过来。我被吓了一哆嗦。心说，坏了，妖怪出来了！我拔脚要跑。

母亲只稍稍愣了愣，抄起一旁的大木锨，好像啥也没看见似的一抬脚儿就迈进了那黑糊糊的洞里。猫下腰一下一下地挥着大木锨，瞬间，又有一团一团黑糊糊的东西像刚长出的黑蘑菇似的从母亲低着的头顶上升了起来。腾腾地拔起，又很快地加入了刚才那大团黑糊糊还未散开的军团。此时别说睁眼，就是喘气也费劲！



我立在那儿，老半天才一点一点地挪着脚儿，走了好几步才敢把头往前探。我觑着眼将目光放远，费了好大劲才从飞旋的粉末里借着一丝蜡头似的灯光把妈妈找到。

母亲弓着腰一手扶着墙壁，一手拎着木锨缓缓地往下走；走一步就停下来，稳稳身子，挪过扶墙的手，握紧锨把儿铲两下，走一步，铲两下；铲两下，又走一步……沿着一级一级的台阶走，沿着台阶一步一步地铲……妈妈一点一点走了下去。

原来母亲走进的是一个黑得见不到底的大坑！那个坑很深，很大，很黑，妈妈的影子很小、很小……很快妈妈的影子就被那大坑吞没了。

“妈妈！”我终于憋不住了。母亲抬起身子扬起头：两道小小的亮光从黑黝黝的深渊里闪了出来，像两把小小的火炬

“腾”地把我的眼前点亮了，把我那颗在黑暗中颤抖的心，扶稳了。

“下来吧。”我寻着那亮光，寻着那声音，抱着一捆麻袋沿着母亲走过的路，一步步走进那黑暗，来到母亲身旁。

原来，这个大坑是一个很大的池子，粉碎机吞下的大草垛都藏在这儿了，它们都变成草末，碎碎的、暄暄的一大池子。

我撑开口袋，母亲挥动着大木锨，一锨一锨地将草末装进口袋。尽管母亲有意用劲压着草末，但那些不肯安分的草末子还是乘机飞扬了起来。一时间棚内升腾的草末子更浓烈了。我不得不间歇着闭上眼，憋着气。

终于，一大池子碎碎暄暄的草末子装完了。二十几条撑得圆滚滚的大麻袋霸占了大敞篷的半壁江山。



唉！望着一大片麻袋，我和哥哥姐姐们又发愁了：咋搬来的山，还得咋运回去。

“别愣着呀，再铆铆劲儿咱就完活儿了。赶紧装车。再坚持一会儿咱就回家睡觉喽！”母亲一声貌似轻松的招呼，让我们即刻来了精神。肩扛的、车推的、背筐运的，我们像来时那样一趟一趟、一车一车地穿梭着。

母亲一边走一边给我们鼓劲，一会儿说姐走得稳，一会儿说哥真有劲儿，一会儿又说我跑得谁也追不上。我们几个你追我赶、苦中寻乐，刚才还无精打采的我们眨眼间成了小老虎。

午夜时分，我们终于把最后一袋草末子码在了家里的西厢房里，结束了战斗，结束了这场将人变成鬼的、又脏又累、艰苦卓绝的战斗！

我们顾不得仔细洗漱，用水好歹划拉划拉，便倒头睡在了炕上。至于父亲母亲什么时候睡的就不得而知了。

多少年来，我们只知道，梦中的我们总会被母亲剧烈的咳嗽吵醒。瞌睡的我们总会恍恍惚惚地看见：母亲趴在炕沿儿上手捂着嘴，不住地咳着咳着……脸憋得通红通红的，身子也随着那咳声一起一伏。

**止疼片真的那么神奇吗?**

每年草粉完了，母亲就会大病一场，发烧咳嗽一夜。

父亲站在炕沿儿下，俯着身子，一手端着水，一手在母亲背上轻轻拍打着："吃片止疼药吧。又退烧又止疼。"



我记得那次睡在母亲身旁的我看到难受的妈妈不知怎么办，悄悄把一只手伸到母亲的被子里："哎哟！"我的手刚一碰着妈妈的身子，就像被什么烫着似的缩了回来！

"妈妈在发高烧！妈妈身子滚烫滚烫的，妈妈浑身直哆嗦！"我瞪大了充满泪水的眼睛看着痛苦的妈妈。

"睡吧，睡吧，明天还上学呢。我明天就好。"

妈妈！妈妈！"明天就好，明天就好。"您说得多轻巧呀！二十多年来，您就是为"明天就好，明天就好"，战斗着……战斗着……为"明天就好，明天就好"盼望着……盼望着……

您的病，明天真的就好了吗？小小的止疼片果真就有那么神奇吗？您的烧，明天真的就退了吗？

东方的天儿刚有些发青，栏里的大公鸡就开始啼鸣了，接着就是猪圈里的猪，也哼哼了，紧接着村子的上空就响起了的钟声。这是生产队催人出工呢。这钟不知为什么总是在太阳还没露头儿的时刻，“当——当——”敲响！也不知它为什么每次总是敲得那么急急慌慌的、敲得人心乱颤、像是催命似的！

几乎一宿没合眼的母亲，拖着身子坐了起来，揉了揉又干又涩的眼睛，披着衣服出溜到炕沿儿，在黑灯影儿里用脚踅摸着鞋。

母亲早晨起来一般都不开灯，穿衣下地都很轻，总是怕吵醒我们。可今天我早就醒了。我看见往日挺麻利的妈妈今儿无精打采，身子挪得慢，气也喘得粗，手还不住地揉眼睛，迈门槛时还伸着手扶着门框。

母亲一迈出门，猪就不叫了，我知道它们得到了一把青菜。不一会儿，我听到厨房的锅盖响，又过了一会儿，我又听到了开街门的声音。



妈妈，您的病，真的好了？您的烧，真的退了？小小的止疼药，果真就有那么神奇吗？

记得那年一清早儿，您去队里拔葫萝卜，您突然被人送了回来，说您的腿站不起来了。全家人很着急。可是，您到家还是吃了几片止疼片，第二天就照样出工了。还有那次您在猪场喂猪，担猪食时，您腰扭了，您照样只是吃了几片止疼片后，第二天照样肩挑手提了。

“止疼片”真的就这么神？真的就这么管事？真的是灵丹妙药？几十年后的今天，当我的腿疼腰疼的时候，可，怎么吃也不管事了呢？而那时这“止疼片”可是爸爸妈妈的宝贝呀！不仅腰疼腿疼时吃，而且头疼胃疼时也吃，就连感冒发烧，也是靠它。

望着89岁的妈妈，望着她直不起来的腰，望着她因疼痛不敢伸直总是弯着而变短的一条腿（母亲前年摔伤了腿我们擦洗时才发现），我明白了，原来止疼片，不是万能药，也不是一吃就管用的好药，更不是啥病都能治的灵丹妙药，它只不过是医院里一种最普通而且是最廉价的止疼药。

## 宁让身受苦，不让脸受热

山再高，人只要登上去，就比山高；路再长，只要用脚走，路也比人脚短。

母亲是个性很强的人，做任何事都“抢上”。“宁让身受苦，不让脸受热”是母亲的口头禅，也是母亲的座右铭。



母亲个头不高，也就1米6左右，在娘家娇生惯养，可自从出了门子做了媳妇、当了母亲就身子骨“强硬”了起来。

在队里的大田、菜地是公认的一把好手。不仅手脚麻利，而且活茬漂亮！麦秋，割麦子、打麦子（机械脱麦粒）不怵；冬天，暖洞子割韭菜打捆漂亮！那韭菜把儿捆得，紫根儿齐，绿叶顺，小把儿紧实。一捆儿捆儿，常被队长亮出来当样板。

家里呢，母亲更是如鱼得水，能把家里的苦日子过甜过美。

就先说吃，就是萝卜、咸菜缺油少肉的日子，母亲也会把一天三顿贴饼子熬粥，打理得有滋有味。

先说早饭，甭说贴饼子、蒸白薯、棒子糁粥，就桌子上一盘自制的“什锦小咸菜”，就让村里许多人羡慕且如今记得。小黄瓜扭儿、小茄子包儿、小辣椒儿、萝卜皮儿、白菜帮儿、咸菜疙瘩、萝卜缨，红黄紫绿六七种，单说颜色，就让串门的人流口水。别人家也就是每年一缸腌萝卜、咸疙瘩，饭桌上常年摆着。

不是我们家生活好，而是母亲会打算。黄瓜扭儿、小茄包儿、小辣椒哪来的？那都是队里菜地拉秧没人要，母亲晌午收工顶着太阳或晚末晌摸着黑儿，在扯得乱七八糟黄瓜秧上、茄子秧上，一个一个捡来的。

午饭，母亲可是费心琢磨的：队里干的活儿累，学校的孩子长身体。贴饼子要有个炒菜，就是白菜、萝卜条，母亲也会想着法儿，炝锅放几粒花椒，出锅点几片蒜，把菜炒得香香的。



## 母亲的拿手戏——抻面

和面讲究“三光”：盆光、面光、手光。

早饭不凑合，午饭母亲更是用尽心思讲究。炸酱面，可是母亲的拿手戏。小肉丁炸酱，小把儿抻面儿，黄瓜、豆角、芹菜、土豆、韭菜等五六样菜码儿，甭说吃，一想起来，就流哈喇子。

母亲一早儿上地干活前，先用盐、碱沏水把面和好，晌午收工进门第一件事就是洗手拃面，随后便是抄簸箕进柴房，撮锯末压上锯末炉。说到锯末炉，这可是又干净又省事又环保的炉子，我们村里独有。为啥？因为我们有便利条件呀。

北京市大红门木材厂离我们村只有十几里，一早儿去晌午回，队里派的大马车就把满满一车锯末拉回来了。满满一大车，几个钱？三四块钱，十来户人家一分，烧火做饭能用一两个月。而那能一次装下两簸箕锯末的锯末炉不仅能蒸窝头、炒菜，还可以烧开一壶水。

母亲把锯末炉收拾好，坐上锅，点着火，就要炸酱了。炸酱是母亲拿手的！没有肉就花椒葱花儿炸"素"酱，要是有5毛钱的肉，母亲就会妙笔生花，香飘半条街！

猪肉肥、瘦分开，切成小拇指肚儿大小的肉丁儿。锅热先下肥肉丁，熬出油，放葱姜，煸出香味放瘦肉丁，肉变色放酱，翻炒再翻炒，直到酱出油，不粘锅不粘铲，撒上盐，点上些绿葱花儿，出锅！那酱炸得，碗边儿亮一层油，油下是一层肉，小肉丁儿方方正正，看着就诱人。肉丁儿下是炸得透透的、香香的、不粘锅、不粘碗、不糊嘴的浅黑淡黄的炸酱！这还不算，炸酱里还星星似的点缀着翠绿色的小葱花儿……



那香味，每回都引得我们从五百米外的校门呼哧带喘地往家跑。其实，那炸酱只不过是五毛钱的、且半斤都不足的肉而已！

母亲的酱炸好了，五彩缤纷的菜码也早被父亲从自留地摘回且被姐姐择好、洗净、焯好、切碎、上盘了。

其实这炸酱还不是母亲最拿手的，要说拿手的还得说那抻面，那更是母亲的一绝呢。

母亲的抻面不是现在电视里的表演的那样把面条抻拉得又细又长的龙须面，而是老一辈北京人传下来的"小把儿"手抻面。

母亲要是打算中午吃炸酱面，就得清早儿上地干活前，用盐、碱水和好面。她常说：“抻面，关键就是和面。盐是面的骨头，碱是面的筋，盐碱使到根节上，面要反反复复揉滋润了，手里的面，才经得住抻、拉、拧、拽、摔。这就好比人这辈子只有受过苦中苦，才能享受人生之中的甜中甜。”

红色的瓦盆，盛着三剂儿白亮圆润的面团。系着蓝布围裙的母亲放平案板，撒上薄面（干白面），拎出一剂儿面，抄起擀面杖，先擀东后推西，一下一下，面团很快成了宽一尺、长二尺、厚三分的椭圆形面片了。母亲端起薄面碗均匀地一撒，撂下碗，右手握刀，左手执杖，杖后滚刀切进，刀进杖退，不见杖刀动，只听“嚓、嚓、嚓”的一片响。

一分钟不足，刀停杖止，母亲的双手已将切好的面条卷起，双臂一撑，手腕一抖，三抖两抖，手指粗细的面条变细变长，待母亲双手合一，面落案、刀截面，嚓！面头进盆，细面条儿入锅，只待开锅点水，两点两开，滑润、劲道的小把儿抻面就可以出锅了！



母亲抻面，我看锅煮面。母亲边说边干，如同魔术师一般，一坨圆圆的面就在我的面前，母亲的一双手里擀、切、叠、拧、转、抻、摔，最后，手起刀落，一把面，就一扬手扔进锅里，三开两打水，就变成碗里一根根滑润劲道的面条了。

“看锅！”太奇妙了！我看傻眼了。忘了看锅这码子事了。要不是母亲吆喝，面锅几次都溢出来了。

炸酱面再好吃，再拿手，也是不可能老吃的，那可是20世纪70年代初，一是没钱买肉，二是没有那么多白面，十天半月能吃上一顿，就不错了。

## 笑破，不笑补

再说穿。母亲的针线活儿，真是没说的，真不愧奶奶一针一线手把手带出来的！不仅自己为孩子们缝衣补绽，还把手艺传给了女儿们。母亲和大姐、二姐、三姐、四姐不光给家里人做，还帮街坊们裁剪缝制。我小时候，也就是 20 世纪 70 年代中期，我家缝纫机上总放着布料还有裁剪好的半成品。尤其是快到过年的腊月里。

母亲常说："笑破，不笑补。穿衣服不论新旧，穿的就是干净利索。"所以我们家再穷，衣裤上的补丁再多，也是整整齐齐的。蓝衣服，补蓝补丁，灰裤子，补灰补丁。绝不是一件衣服上一块蓝一块灰的见人。就是袜子脚后跟、前脚掌磨出了洞，母亲也会用袜板撑好，找块颜色接近的布头一针一针缝好。就是补丁的形状，母亲也是有讲究的。褂子肩头补去角的方，裤子屁股蛋补一半的圆，膝盖补长方去角的椭圆。



在我儿时的记忆里，母亲每天夜晚待我们脱下衣服躺进被窝时，都会拿起我们的褂子、裤子、袜子、鞋检查一遍，而后拿起针线，破洞的补上，开绽的缝上。补丁该方则方，该圆则圆，该蓝线不用灰线，该灰线不用白线，该藏针绝不露线。

就算是老街坊的衣服破了，母亲看到也会搭把手。

母亲在生产队养猪场时，看到守门的彭大爷有一件黑棉袄，连着两冬都没有拆洗，肩膀头、袄袖、胳肢窝都磨破了开了线，白色的棉花都从破处冒出来了。母亲几次想张嘴，帮着缝补一下，又觉得不太合适，因为彭大爷是有老伴儿的。

直到过了年快脱棉袄了，才忍不住问了一下。原来一向干净利索的彭大妈眼睛出了毛病，纫不上针缝不了衣服了。母亲忙道："唉，大哥您早说呀。您换下棉袄我拿家去。这点活儿不算事。"只一天工夫，拆洗、缝补、絮棉花、上领子，一件棉袄就做好了。等第三天母亲将收拾干净软和的棉袄递到彭大爷手里时，彭大爷竟不知如何表达感激之情了："下辈子我就是托生只小鸡，也要报答您。"

那时候，我们穿着打补丁的衣服出门，没觉得丢人寒碜，反而有一点点骄傲，因为这一路总有人悄悄地说："瞧这衣服，补得真讲究的。"



母亲在娘家没有兄弟，也没有姐妹。自打60年代初姥爷姥姥去世，70年代三姥爷离开，就说自己命苦，娘家没了亲人。

我们一个一个出生，母亲都视若珍宝，不知怎么疼我们，爱我们。吃的紧着我们，穿的紧着我们，家里的累活儿，能自己干的，绝不推给我们。

## 让日子像花一样

母亲做饭讲究，"妈妈论儿"多，其他方面也不少。

母亲爱我们，更能表现在我们姐妹的头发上。我们小的时候，不会帮助母亲做家务。养猪、喂鸡、做饭、缝衣基本是母亲自己承担。别人家的母亲为了省事，女孩子很少留辫子，齐耳短发，大街上多得是！

可是，只有我们的母亲每天一大早儿腾出时间给我们编辫子。那时，我们姐妹六个每个人当姑娘时，头上都有两条梳得光光溜溜的、又黑又粗的大辫子！开始是母亲拿梳子一边蘸水一边梳，梳通了、理顺了才分三股编辫子。那梳头的手劲、编辫子的松紧，不大不小轻缓适中。母亲生怕劲大了弄疼闺女、伤了头发……后来姐姐长大了，就学着母亲给妹妹梳头编辫子。

六个闺女，六对大辫子，母亲没有因为编辫子、洗头发费事儿，给我们一铰了之。没有工夫，就算两天梳一次，辫子辫得紧点儿、辫梢上的玻璃丝匝结实点儿，也不舍得把闺女们的大辫子剪去。前不久拿出相册，看到我们小时后，梳着两条辫子的照片，心里仍是热乎乎的。



母亲的个头不高，手当然也不大，可母亲心里一有想法，不论想法多大，两只不大的手就帮助实现了。家的里外院子，菜种了，猪养了，鸡喂了，可院子仍是干干净净利利索索的，不仅如此，还忙里偷闲地养了一院子花花草草。

一院子花，满院子香。绣球、九花（菊花）、柱顶红、万年青、橡皮树、指甲草、夹竹桃、茉莉花、死不了、五色梅、姜刺腊、美人蕉，等等。花不名贵，香也不浓郁，但在我家一年三季都有花香。为此每天不知有多少人路过门口时，都忍不住停下脚步，扭着头往院里看呢。

家，哪能没有花儿呢？母亲的早晨是最忙的。熬粥、贴饼子、放鸡、喂猪……可再忙，也能忙里偷闲！

母亲把饼子贴进锅，走出厨房就弯腰给花池里的指甲草松一松土；一瓢猪食倒进猪槽，顺手舀瓢水就浇浇美人蕉。就是晚末晌收工回家做晚饭、收拾完家务，再累也会拿起抹布，净一净橡皮树的叶子，擦一擦花盆边沿上的泥土。

自打有了我们，印象中母亲就没坐在桌旁吃过饭，总是嘴里嚼着饭，手里干着活儿。手里拿笤帚扫着，嘴里仍在嚼着是常有的事。背筐走着上地，哈腰揪根葱叶儿往贴饼子里一夹，边走边咬这也不新鲜；就是手里端着饭碗，走到猪圈旁，边吃饭，边向猪圈里张望你也别奇怪。

要想让母亲手里不抓着点什么，那简直是忒难了！就是睡觉，母亲手里还攥着鞋底呢。母亲这边吃边干的样子，不要说我们记着，就是现如今80岁出头的邻居大婶也清楚得很呢。



母亲热爱生活，为了实现自己的梦想——让自己的儿女们身体好、有文化，拼命地操劳着付出着，为了儿女们的未来，绞尽脑筋思索着设计着，为了实现美好的目标忙碌着快活着，总之，家，就是母亲的一切！为了她的家，为了她的儿女们，她什么都舍得。

至于母亲自己，就单说身上添件新衣服，恐怕都没想过。从我记事起到我1981年高中毕业，就没见母亲穿过新衣服！印象深的就是一件藏蓝色的中式上衣，总是出门穿，回来收的。直到现在也没舍得扔。

## 美丽的母亲谁给偷走了

坐在母亲身旁，我不知为什么不敢坐在母亲对面，不敢大胆地端详母亲——真不敢相信面前这位，脑门皱皱、眼神昏昏、眼睑下垂、嘴角耷拉、双颊撒满老人斑、身量不高、腰身佝偻、手脚不大、走路蹒跚，走几米就接不上气的耄耋之人，就是我们那精明强干、伸手能拎百斤草筐行走、日挑四十担猪食累不垮、能将我们兄妹七人养大成人的母亲！

那日，我收拾母亲的衣橱。在橱子的底部发现了一个很旧很旧的小纸包。一层、一层、一层，我小心地打开，原来里面包着一张五英寸大的黑白照片：一位二十多岁的母亲怀抱一个周岁的女孩儿。母亲是一头一丝不乱的黑发，一个大大的发髻盘在脑后，宽宽的脑门平平展展的；一双眼，眼皮是双的，眼睛是亮的，一对目光是灵动的；高挺的鼻梁，微翘的嘴角，白皙光润的面颊。



打眼一看，就能感觉出这个女人的美丽聪颖，而且还看得出她是一位自小生活在富足人家，被爱滋润长大的。那双眼里放射出的不仅是美丽，更多的是坚韧，以及对梦想敢于追求，敢于付出、且充满信心的光芒。

藏青色的偏襟旗袍，七分长的袖，袖口露出一双同她脸一样白皙的手，那手轻轻地拢着坐在怀里的小女孩儿。母亲是笑的，小女孩儿也是笑的。母亲笑得有些羞，小女孩儿笑得可全是甜……小女孩儿同她母亲一样，眼里也闪着迷人的神采。

我仔细端详着那小女孩儿。我竟然发现那小女孩儿，有些像我年过 60 的大姐！难道，抱着那小女孩儿的女人，美丽的女人、有个性的女人，就是眼前的母亲？

## 贴饽饽蒸白薯

说起“妈妈论儿”，北京人，尤其是土生土长的北京人，那可是一套一套的。

城里咱就不说了，就拿住在农村的我家来说吧，90岁的母亲不要说以前，就是现在说起来还一套一套的呢。

能讲究，就不将就，要紧的是眼里要有活儿。

我出生在1963年，正是百姓不富，甚至还有些吃不饱的时候。作为有六个闺女一个儿子，七个孩子的爸妈，就填饱肚子一事就够愁的，将就凑合都成问题，还能讲究？

讲究是必须的，不用商量。为此，母亲自有一套。

一早儿，爸妈都是天不亮就起的，春秋这样，十冬腊月也如此。爸起来上菜园子干活儿，妈呢？做饭。饭简单，就是天天做、天天吃的贴饽饽蒸白薯，再加一锅棒子糁儿粥，可就这，妈妈也会让我们吃得有滋味有想头。

一个土灶一口大锅，一圈贴饽饽半锅蒸白薯，一灶火茄秧棒子秸，十几分钟，贴饽饽的香气裹着白薯的甜香就破窗而出了。那贴饽饽一面手按下弹手，一面焦黄，牙一咬焦脆。白薯呢，拿起来拉黏儿，咬一口倍甜！那软甜的滋味就像一个举着小风车的小孩子，顺着唇、牙、舌、嗓子、肠胃一路奔跑。

过去家家做饭都是大柴锅。柴锅由灶台、大锅、烟道组成，灶台坐着锅，烟道连着炕，一灶柴火，既做了饭又暖了炕。农村柴火多，低头就拾、随手就捡。树叶儿、树枝儿、树根儿、树皮，棒子秸、棒子皮儿、棒子柞子、茄秧、稻草……

可以说是只要地里长的，晒干后都行。所以柴火又称柴禾。

虽说都是烧火做饭用，但还得分“软和硬”，做什么饭，抓什么柴。

而烧火，更是一门技术。饭不同，柴不同；柴不同，火不同。柴硬火旺，柴软火微。树叶儿、棒子皮儿一根火柴就能点着，火软不顶事儿，但烙出的饼好看好吃。抓两三把，用几分钟，饼就出锅了。外面焦黄酥脆、里面层多软和，张嘴咬一口，不用嚼，你就香得垂涎三尺了。

树枝、树皮、棒子秸这样的软柴，也适合贴饽饽、熬棒子糁粥。

妈做饭，我烧火。一个瓦盆两瓢棒子面，半舀子温水，盆里一倒，一双筷子搅成耙拉儿。撂下盆儿拿起碗儿，放一勺儿面起子（小苏打），倒半碗儿热水，盆里一抡，筷子一搅，手进盆一抄和，盆光、手光、面光，盖上盖帘齐活儿，就撂一边饧着了。



趁饧面的工夫，妈把洗好的白薯按大小放入锅里，添两瓢水，我再把火烧旺。待到锅边“刺啦刺啦”冒出一圈儿细碎小泡儿，妈抓一坨饧好的棒子面，左手倒右手颠成个椭圆，弯腰、侧身、低头、伸胳膊，手上的面团，对着早就看好的锅边儿一贴，那长溜溜手掌大小的面团就成了贴饼子。

这，看着简单，实则也是技术。火候掌握不好，那就要“蔫溜”或烫手了。

有句俗话“凉锅贴饼子蔫溜”。是指聚会时有人不打招呼离开。这句话从哪儿来的？就是从这儿。贴饼子锅要热，不够热，饼子贴上后会慢慢滑下去成为煮饽饽。锅里的水沿着锅边儿起小泡儿，才能贴，这是妈妈告诉我的经验。水冒大泡泡不行吗？不行。一是容易烫手，二是饼子爱煳，这也是妈的经验。

没多大会儿，也就三五分钟，七八个大小相近、模样相似的贴饼子就被妈妈整齐而和谐地在锅里排了一圈儿。盖上锅盖，拿着三块毛巾周圈儿一围一按，等热气蒸腾了，妈说，灶膛的柴就不用加了。待到灶火里的柴燃尽，热气消散，不用揭锅掀盖儿，那味就引得我们馋涎欲滴了。

## 棒子糁儿粥疙瘩汤



母亲熬的粥更是好吃。

母亲熬棒子糁儿粥时，先大火轰开锅撒进棒子糁儿后，马上用勺子搅和，而且要不断搅和，待到锅滚开糁子全部漂浮"咕嘟咕嘟"冒泡为止，否则就会糁子粘锅煳底。糁子漂浮翻滚了，柴火就不用添了，用灶里的余火慢慢糗就行了。待到糁子熬出浆儿，勺子一搅，水和糁融合在了一起，扬起勺子洒出黏稠的、先宽后窄的一溜儿，那粥就算熬地道了。

熬米粥，妈妈熬得更是好吃，那米粒熬得似烂非烂似整非整，米汤既黏稠又滑润，米粒既柔软又有嚼头儿。

说到疙瘩汤，那更是馋人了！西红柿、丝瓜、冬瓜、黄瓜、油菜、小白菜……母亲随便拿一个、抄一把，就能做出一锅香喷喷的疙瘩汤。油少许、花椒几粒、蒜几片、葱几丝，炝锅、放菜、煸炒，点酱油、倒水、盖锅，小面盆里舀少半瓢白面，点上些水，用筷子搅成小拇指大小的薄片嘟噜，待到锅内沸腾，均匀地撒进锅里，滚开后，撒一把或香菜或韭菜的碎末儿，再点少许醋，齐活！闻着味儿，再寒冷的早清儿，我们也急着钻出被窝儿，抻着脖子朝锅那边吸溜鼻子呢！

## 母亲的小酱菜与肉皮冻

母亲做的小酱菜呢，红、白、紫、绿一大盘，更是顿顿让你想着。胡萝卜、白萝卜、白菜帮儿、小辣椒、小茄子、芥菜缨儿、黄瓜扭儿、嫩豆角儿，长的、方的、圆的、扁的少说四五样，多的七八样，母亲像变戏法似的，菜盘里总是变换着花样。其实那些菜都是父亲菜园里登不了大雅之堂的“处理品”。裂的萝卜、歪的瓜、刷下的小茄包子、辣椒娃以及母亲菜刀撇下的萝卜皮、白菜帮以及各种菜的疙瘩把儿。



二尺高的小瓦缸儿，放在窗根儿，撒进几把盐，装进几样菜，加上一番好心思，母亲就让我们在没有鸡鸭鱼肉的日子里有了想头儿、有了盼头儿、有了念头儿……

除了这些，还有一种带荤腥的、至今我们仍喜欢吃的——“肉皮冻”。

母亲做的肉皮冻，内容丰富得很。肉皮不多，也就三五片，刮毛、洗净，煮开撇浮沫儿，放上花椒、大料、桂皮，煮上个把钟头，待肉皮八成熟，捞出切成小丁再放入锅里，接着将泡发的黄豆、花生仁儿放入，过三五分钟，再将胡萝卜丁、咸疙瘩丁加入，撒上一把盐，待菜进味，就成了。此时味再香，嘴再馋，也得绷绷儿，明天再说。为啥？还没成“冻儿”呢。

母亲一般是在晚上做肉皮冻，次日一早端上桌。那时的肉皮冻早已被母亲切成拇指大小、味香色美而且柔软劲道的骰子块了。

## 揪疙瘩、打烀饼、熬饽饽、烫米饭

为了孩子们长身体，讲究的母亲又想出了方法，白面少就把土豆擦丝儿剁碎和在面里做成“揪疙瘩”。要不就把细棒子面和硬些，在案板上戳拍成正方块，而后用刀横、竖切成骰子块儿，撮进簸箕里撒上些棒子面轻摇慢滚，往开水锅里一出溜，一锅棒子面“煮疙瘩”就告成功了。没有肉炸酱，就用花椒、葱花炸成花椒油、葱花酱。



母亲的炸酱面好吃，烙饼也好吃，葱花饼更好吃！可那时很少吃，母亲说，一顿烙饼的面，能吃好几顿“揪疙瘩”。

烙饼吃不上，母亲就用棒子面给我们打“烀饼”。一把葱花儿或一把韭菜加上少许自己做的花椒盐儿与棒子面和在一起，饧上十几分钟，而后倒入微热的大锅里用手拍成一个手指厚的大圆饼，用微火煨十分钟，闻到了香味，即可出锅上桌了。烀饼，上酥下脆，一口下去，满口盈香……

饺子，当然也吃。可“一肉丸儿”是不可能的。不要说吃就是想，也不敢想。还是那句话：一是没钱，二是没票儿。20世纪六七十年代买肉是要肉票的，肉票是按计划供应，每人每月只能买半斤，来人、过年也许才能吃顿白菜猪肉饺子。

肉馅饺子吃不上，那咱就吃素的，饺子总还是要吃的。

剥两把花生仁儿，炒熟、擀碎，撒一把花椒面儿、剁一棵大白菜，讲究的母亲总会有办法让我们五天八日地美美地吃上一顿。

母亲早饭不凑合，午饭不将就，就是晚饭，也是讲究的。虽说家里的晚饭一般情况下都是早饭午饭剩下的，但母亲也不会放到大锅里，一把火，一热一馏，完事。

剩下的贴饼子窝头，放在案板上先横、后竖切成小方块，白菜先竖切，然后横切成罗锅丝，花椒粒葱花儿炝锅，放菜煸炒出香味儿、放水、开锅再把切好的贴饼子块放入。每人端一碗“熬饽饽”，我们吃得“滋滋”带响！

还有“烫米饭”。过去村里种稻子，口粮里也能有大米，但数量极少。所以大米饭再好吃也得算计着吃。假如吃顿米饭略有富余，剩下了一碗，母亲是绝对不会鸡蛋炒米饭的，那样一个人吃也许都不够。这时的母亲就会像“熬饽饽”那样，锅里点些油放几粒花椒、葱花儿、蒜片炝锅炒香，切点白菜丝，放水，滚开，米饭往锅里一倒，一碗米饭就变成了一锅“烫米饭”，就能够三个人吃的了。



母亲说，过日子就要细水长流，不能有柴一灶有米一锅。

## 猪也是爱干净的

母亲过日子讲究，就是家里养猪、养羊、养鸡，也不将就凑合。母亲说，猪、羊、猫、狗、鸡，也都是喜欢干净的。鸡趴的窝、羊待的栏、猪卧的圈，母亲每天清扫。家里的猪圈分上下，上铺草让猪睡觉，下撒沙让猪嬉戏。猪果真像母亲说的那样是喜欢干净的，屙屎撒尿并不是随意的，而是集中在圈底一个角落里。

“脏活儿，就得手勤。”母亲说。家里这样，就是对待生产队猪场里一排猪圈，几十头猪，体重不足百斤的母亲，也是如此。

想当年，老妈在猪场喂猪时，我六七岁的样子，常常要跟着去的。

队里的猪场在村子的正南，要穿过一片菜园子才能过去。虽然菜园子不是很大，但从北到南也得有一里多地。没有路，只有沿着一条浇水的大垄沟埂儿走下去，走到头，才能进入猪场大门。大垄沟不是很好走，因为是浇水的垄沟，不仅长着许多杂草，有时还汪着水，时常一走一出溜。妈妈牵着我的手，又想快又想慢，快了，怕摔着我，慢了又着急怕喂猪晚了。我自己曾试着甩开老妈的手，还就真滑进过沟里，还好沟里的水不多只是脏了衣服。

一大排猪圈，有好多猪。每个猪圈都养着大小不同的猪，黑的、白的、黑白花的，大的、小的，有几十头。那些猪一见着妈妈就吱哇乱叫着朝前奔，就好像我的妈妈也是它们的妈妈似的。妈妈呢，见到猪像见到自己的孩子们似的，从不像别的饲养员那样拿起棍子又赶又骂，总是和颜悦色地说，“别急别急”“等着等着”“都有份都有份”。

妈妈喂猪的猪食在猪场一进门的大敞房里，大敞房里有十几个大铁锅，每个饲养员有一个，自己点火给猪熬猪食。锅很大很大，一次能喂一大排圈里的猪。

妈妈进猪场先提水筲把大锅添好水，之后点上火架上劈柴等把水烧开，放上饲料、青菜等熬成黏稠的粥。一大锅水烧开要等上好半天，这工夫妈妈就往猪场西南走，妈妈这是先要看看离开一宿的猪们今早儿的情况。

猪们好像也知道妈妈的心思似的，不等妈妈靠近它们，它们就纷纷上前汇报，仰着头撒着欢儿吱哇吱哇叫着：我们都很好都很好。

大约半个多小时，大锅里咕嘟咕嘟冒泡的猪食就熬好了。熬好了的猪食，妈妈并没有马上倒进猪食桶里，而是不断地用大铁勺在锅里搅和。腾腾的热气随着妈妈的动作不断弥漫。热气渐渐少了，妈妈伸出一个手指放进锅里，之后开始用大铁勺往两只比家里水桶高出许多的铁桶里舀。妈妈说，猪食烫了可不行，猪会烫坏的。



猪食倒进桶里，扁担就上了妈妈的肩膀。妈妈个头不高，身子骨也不强壮，可不足百斤的妈妈挑起两只大约七八十斤的大猪食桶，却腰不弯，肩不塌，颤颤悠悠地走起来又快又稳当。妈妈说，那是平时练出来的。干活儿有巧劲儿，老干就琢磨出来了。

母亲给猪喂一顿，要挑 13 担猪食，一天要喂 3 顿。一年就是 1000 多顿，要挑 13000 多担猪食，就按一担猪食 60 斤，不足 100 斤的母亲，就要担上 78000 多斤，我都不忍心算了——而这一担担猪食要从猪场大门口的猪食大敞房一步一步挑到猪场最南侧，大约六七百米的那排猪圈，然后从东头第一个猪圈开始到西头第九个猪圈，依次登上猪圈前一级级台阶，奋力提起一桶桶热乎乎的猪食，一勺勺舀给早就张着大嘴迫不及待的猪们。

大约半个小时后，猪们就“哐叽哐叽”吃饱了。一个小时后，一排猪圈的猪们就都踏实了。可母亲的活儿才干了一半。打扫猪圈，猪圈要一个挨一个打扫干净。

打扫猪圈，可是件又累又脏又让人心悸的差事。

为了防止猪们翻墙爬栏，那时的猪圈围墙都垒得很高，就算是养着刚一两个月的小猪娃，也有一米多高，七八岁的我要想看看猪娃都要登上两三块砖才能趴在围墙上看到。要是圈着成年猪或者是养猪娃的母猪的猪圈，可就高多了，差不多有两米了。我要是想看，就得让妈妈抱着举着才能如愿了。

打扫猪圈，说起来简单，就是将猪圈里猪们随意屙在猪圈台上的屎尿用铁锨铲起来、扔进下面的坑里，用扫帚扫干净，撒上黄土，铺上稻草。可要是干起来，就难多了。



不要说铲除猪屎的脏臭，就是爬上猪圈围墙，往猪圈里的纵身一跳，就需要多大的勇气呀！一群小猪娃还好说，虽说也是张着长嘴巴露着满嘴牙，但也就是淘淘气叼叼你的裤脚儿，可面对站起来一米多高的大猪们，一个个仰着大脑袋，瞪着大眼珠子，张着大嘴叉子，龇着满口大牙，对着一两米围墙上的你——跳下去，该需要多大胆量啊！

身高不足一米六，体重不足百斤，有七个儿女的母亲，登上台阶，身子一纵蹿上围墙，之后，矮下身，坐下，双手一推、两脚一蹬，就只身跳进了猪圈。

挥着铁锨、握着扫把，三下五除二，十几分钟就把这个猪圈“炕”上的猪屎猪尿打扫清爽了。

就这样，母亲一个挨一个地给大猪小猪们清理打扫，一排猪圈打扫完就要一个多小时。

我问母亲，您当时怕不怕？母亲说，猪也是爱干净，讲感情的。我为它们好，它们心里明白着呢。你当年没看见我一跳进猪圈它们用大脑袋蹭我的手、蹭我的腿吗？那是高兴，谢我呢。

耄耋之年的老妈的脸上放射出骄傲的光彩。

## 女孩子不能“叉门槛”

母亲“妈妈论儿”多，对自己如此，对自己的儿女，更是加个甚！



就从每天一早说吧。首先不许睡懒觉，天亮就起。叠被子要方正，摞被子要整齐，炕单儿要用笤帚扫平。白天，孩子绝对不许上炕折腾。洗脸、梳头把自己收拾干净利索，再去刷茶壶、扫院子、擦玻璃，决不允许“挠头趔趄的”出门！梳完头，要洗手，用笤帚扫衣服，收拾利索，别让头发乱飞。

吃饭，碗筷不仅主动摆放、收拾、刷洗，而且要等大人入座后自己才可以上桌。大人干活儿回来要准备洗脸水，并且要拿着笤帚帮着打扫身上的土。吃菜不要在菜盘里翻腾，就近在自己的位置上搛。吃饭不要吧唧嘴。碗里不能剩饭，吃多少盛多少，不够再盛。饼子、馒头不能整个咬，要掰开吃。盛米饭碗不能盛冒尖，筷子更不能插在其上（死人上供才如此）！也不能没事拿筷子敲碗玩（过去要饭人的行为）。打嗝、咳嗽、哈欠、打喷嚏不要冲着人而且要背过脸用手遮着。

女孩子尤其不能“叉门槛”（一腿门里一腿门外），不能倚门框。坐有坐相，站有站样，不能蛇腰拉胯搔首弄姿。衣服要常洗。脱下的鞋要并排放好，不能东一只、西一只。不能玩剪子，玩剪子有灾（伤着）。

家里来了客人，要先打招呼、让座、沏茶。给客人端茶要双手，二次续杯时，要一手扶着客人的杯或扶着茶壶嘴儿或茶壶盖儿，放茶壶时，壶嘴儿不能对着人。大人说话小孩儿不要插嘴、搭下茬。客人吃饭时不要“看嘴”，要远离饭桌，去一边玩。客人带的礼品，大人没话儿不能动。客人要走时，要站起送出门。出门在外，与人搭腔说话，要“矮三分”，说话先带“您”，视他为自己的长辈。



母亲这些“妈妈论儿”，刚接触时，我们心里都有些抵触，心说，“妈妈论儿”真多。但时间一长也就形成了习惯，不知不觉中就融进了自己的日子里了，也不知不觉中影响了我们各自的儿女嫡孙了，我们在工作生活中也因母亲的这些“妈妈论儿”结交了不少朋友，获得了很多便利。

## 紧自己宽别人

母亲说，过日子谁也保不住遭灾遇窄，亲戚街坊张口伸手，自己再难，也要尽力相帮。不要说街坊借把铁锨、借个笸箩，就是借现钱，母亲也是二话不说。

我记得小时，家里养猪，一到卖猪时，就有街坊来借钱，不是说打井、盖房，就是说娶媳妇、过满月。母亲只要手头有，都是借多少给多少，很少让街坊空手而归。一头猪哪怕只卖109块，100块也能借出去。而每到大年三十晚上，队里结算开支拿到钱的街坊们，也准会接二连三地往我家跑（欠账不过年），一边说着感激的话，一边把借去的钱递到母亲手里。

人活一张脸，树活一张皮，有肉贴脸上。

待客探亲，母亲更是没二话，买的也好，自己种的也罢，给亲戚、客人吃的拿的，一定是家里最好的！哪怕自己为难捉窄、哪怕是拉到天桥菜站上换钱的萝卜、白菜，也是光鲜亮丽的。

“惜老怜贫”，这是母亲骨子里带的。



母亲在新中国成立初期，不仅为孤身闯京城的老者做过热汤面，也给寒夜里在电井房逃灾避难的一家老小，送过大衣、热粥、贴饼子。

我七八岁时，有个老奶奶住我家东侧，经常端着碗来我家，说找碗热水喝。可那钟点，正是我们一家人围着饭桌子吃饭的时候。母亲接过碗：“喝啥水呀？来碗热汤面吧。”

其实老人的心思母亲早就摸准了，老人饿，家里吃的又紧张了。老人端着热气腾腾的面碗，坐在母亲递过去的板凳上，吃吃停停，脸上挂着难以掩饰的感激。而母亲很自然地往面锅里兑些开水，而后盛一碗真正的“面条汤”。

“吃亏的常在，能忍的自安”。母亲说，为人处世，不能太奸猾。财大方来，大方去。人都有为难时，能帮就帮。即使对得罪过你的“仇家”，也不能“落井下石”。

## 吃不穷穿不穷，算计不到就受穷

算计，其实也是讲究。春天，母亲让父亲赶集买只小羊儿，早晨上地干活儿时就把羊拴在村外沟边吃草，晚上收工再顺手把吃圆肚子的羊带回家。就这样，一早一晚，一拴一带，从春到秋，十几斤的小羊羔儿，就长成了百十来斤的大羊了。到了年底，集市上一卖，或请回民阿訇一宰，就有了过年的饺子、炒菜的油了。

每年春天，母亲都会让家里的老母鸡趴窝孵小鸡儿。大鸡下蛋小鸡长，年年鸡生蛋，蛋孵鸡……

酱油没了，拿一个鸡蛋去换。醋瓶子空了，拿一个鸡蛋去换。作业本没了，再拿一个去换。学费该交了，等个三五天，也就攒得差不多了。



那时供销社每个柜台都收鸡蛋，一个鸡蛋能换八分钱，小的也能卖五分。当时物价低，一斤酱油，一斤醋也就五六分钱，一个作业本大的八分，小的六分，一块橡皮两分，一支铅笔也两分。三分的铅笔就是高级带橡皮头的了。笔本能换，酱油醋能换，就是母亲缝衣服的针线、做衣服的布头，也都能用“鸡蛋”换来！

一群鸡，一把青菜、一把麸皮。一个有七个孩子的九口之家，就因母亲的精心算计，有了着落。

养猪，更是母亲算计之中的拿手好戏！20世纪60年代中期，虽然最困难的时期已经度过，但国困家贫，百姓的温饱还是解决不了。吃不饱，是免不了的。村里有的人家一天三顿饭改两顿的有，棒子面掺麸皮的也有，可在我的记忆里，我们家却没有。

人们猜想，是我家女孩多吃的少，其实不然。

那时国家号召养猪，百斤以上上缴国家，不仅给钱，还给买肥皂、毛巾的工业券。这都不算什么，母亲看重的是：一百斤的猪，补助一百斤的饲料粮！虽说是饲料粮，可那也是黄澄澄的棒子粒呀！

母亲打定主意，养猪。

没钱，到猪场先记账，赊下小猪秧儿年终结算再说。小猪秧儿下圈，母亲早喂热粥，中午喂菜，晚上多加饲料让它吃饱睡觉长肉。说一天长一斤有点悬，一个月长十七八斤不邪乎。八个月出栏上秤一称，一百斤，只多不少！一手钱，一手饲料票，拿到生产队，装满了一口袋棒子粒！



粮食到家，母亲又有了新的算计：一个猪圈就有了一大一小两头猪。大猪七八十斤，小猪二三十斤；大猪够百斤，小猪也长成七八十斤了；大猪出栏，小猪秧儿进圈。一出一进，一进一出，我家一年能上缴国家五六头肥猪，能进家五六百斤粮食！顶上壮劳力的一年口粮还有富余。母亲一下算计出名了，不光街坊邻居佩服，还算计得登上了“广播”！

## 老天爷饿不死瞎眼的雀儿

盖房，是母亲最大的愿望。住了半辈子三间老屋，矮小窄憋不说，就算随风长的闺女儿子也能凑合，可一下雨，就折腾死人！天上大下，屋里小下，外头不下，屋里还滴答，大盆小碗炕上、桌上、地上摆满一屋子。特别是那次夜里下雨，顶棚都沤得“咔嚓”一下捂在了炕上……

盖房，可是件大事。特别是20世纪70年代，刚刚吃饱穿暖的时代，算计，那可不是一般的算计。

攒钱！攒钱！父亲母亲这回是带着我们全家齐心合力地算计了。

父亲的菜园除了供家里吃，还多种了“心里美”萝卜，多栽了“核桃纹”白菜，为的是到年根底下，把萝卜白菜送到城里的天桥菜站，不仅能换回过年的钱，还尽可能地为盖房积攒下一些。

母亲养鸡下蛋能供我们读书，也能将就着油盐酱醋地过日子。养猪，换的粮食吃掉，钱攒下。就是当时借给街坊的钱，年底一还回来，也是转手存进信用社。



村里有一位街坊大叔在信用社上班，母亲攒钱的习惯，他“门清”。每到年三十或我家卖猪的当天晚上，他都会不请自到。母亲不用到信用社，钱就存好了。

二姐所在的建筑公司，70年代改造北京城，拆下的旧城砖有的是。受母亲的影响，二十岁出头的姐，早就与母亲并肩算计日子了。她不仅在班上撑着单薄的身子劳作，还抽空儿捡拾旧砖。

那时，我家门前，有一溜青灰色的砖垛，全是缺边儿、少角儿，半块、一条的，没有一块像样的。可就是这些破砖头最后都成了我家五间大瓦房的“中间”力量。

永定河岸边生长着许多芦苇，芦苇是盖房苫房顶的好材料，沿岸有许多村子都卖。母亲听人说有个村庄出的苇子更省钱，就让父亲找到车把式杨大哥，赶着大车拿着钱特意去了那个村买下，备着了。

钱，十块、五块地攒；砖、瓦、木料，一点一点地备，一年、两年、五年、十年，整十年，母亲带着我们除了攒下一些砖瓦木料，也攒下了三千块钱！

1979年的春天，我们家的新房建了起来——五间起脊大瓦房，“白沙砖”起脊大瓦房，我们家成了村里第一家！

新房的落成，让母亲得到了一生中最大的满足和骄傲，讲究得更有理由了。

而这讲究也不单单是母亲一人了，长大了的姐姐、哥哥们在母亲的潜移默化下也讲究起来。栽树，养花，收拾院子，归置屋子都成了习惯。



春天为窗户刷漆见新，过节窗明几净。长十七米、宽十八米的院子里，不仅花香阵阵，而且笑声朗朗。因为心灵手巧的大姐，用三根鸡毛、一截玉米骨头儿，做成了一只羽毛球，用两块木板儿削圆钉上把儿，做成了一副羽毛球拍。

这下好了，你看吧，洗衣服、做饭、收拾屋子、擦玻璃、扫院子的我们，都手脚麻利地加快了速度！为啥？就为你抽、我扣地打上一场，痛快一场，乐上一场！一早清儿打不算，晚末晌拉上电线支上灯，还得打一场！一场羽毛球大赛，兄弟姐妹竞争激烈，无论大小毫不示弱。但打得最好的还得是哥哥，因为他闪、转、腾、挪、掉，不仅身轻，而且总是坏坏地偷袭使暗招！

20世纪60年代到80年代，我家的物质生活相对于现在来说是清贫的，可我们家的日子是欢乐的幸福的。讲究的母亲，用她的“妈妈论儿”，把苦日子变甜了。

母亲说：老天爷饿不死瞎眼的雀儿。过日子，过的是心劲儿；有了心劲儿，就有了心气儿，再难再苦也有了奔头；心里有了奔头儿，手上、身上就有使不完的劲儿，脑子里就有想不尽的办法。

“妈妈论儿”是母亲的“心劲儿”催生的，我们家的好日子是靠妈妈的心气儿引领的。

“心气儿”就是“精气”！有了心气儿的人才会活得有神气！精气神，就该是这个理儿！



## 那顿炸酱面

那是20世纪70年代的一个盛夏。

天热，实在是热。头顶上太阳似一条火龙，喷着灼人的火焰，驱走了天上的云，也烤焦了地上的土。知了嚷着热，树叶卷了边。

晌午收工了。从地里往家赶的人们两条腿紧捯着。头上脸上衣服上全是汗。女人溻湿了前胸后背，男人们就算光了膀子，脑门儿、脖子上的汗，没见少不说，反而让汗珠子得到释放似的，从古铜色的脊背上滚滚而来了。

一个大“草垛”从匆忙的人群中移出。草垛下的人头垂得很低，一手抹着汗，一手提着草帽，拐向路北的一家土坯门楼。

那是我的妈妈，一位瘦弱的体重不足百斤的母亲。

妈妈走到门楼前，把身子稍稍直了直，头就从草垛下露了出来。她一手扶着门楼，另一只手赶紧抬起来在脸上划拉了一把。之后顺势把手上举，往门框顶上摸，两只脚也踮起往上使劲。一把拴着红头绳儿的钥匙拿到了手里，往门锁上一拧，门开出了一条缝儿，妈妈用脚尖一点，身子一闪，小山似的草垛就无可抗拒地倒了下来，妈妈也趔趄着歪在了地上。

妈妈“唉——”长长地喘了一口气，喘息了片刻才慢慢站起身，背过手用力在腰上砸了几拳，而后又顺手在肩膀上捏了捏。捏着的同时又摇了摇头，因为妈妈的手在肩膀头儿上摸到了那块两天前刚补上去的补丁，又被磨出了窟窿。



“咩——”东墙枣树下拴着的绵羊扭着脸冲妈妈叫了一声。妈妈弯下腰抓起一把青草，一扬手扔了过去，羊不叫了，低着头嚼起了草。妈妈又挑了一把青菜，手一甩，猪栏里“哼、哼”的两头猪，大嘴巴一张就咔哧咔哧地堵上了嘴。

妈妈拍了拍手，掸了掸衣服，快步走到脸盆旁，舀了一瓢水，洗了洗脸、划了划头发，抻下手巾擦了擦，顺手将毛巾搭在了脖子上，一转身进了厨房。

“菜捎回来了。”收工后，绕到自留地摘菜的爸低头走进门。顺手将肩上扛着锄头挂在小西屋，拎着的菜篮撂在了柿子树下。

“妈——今儿个咱吃炸酱面？”刚放学的我还没进家门，老远就闻到了猪肉炸酱的香味儿！我一蹦一颠地跑到厨房门口，一吸气：“啊——真香呀！咱家好些天都没吃了！”

“今儿抻面，赶紧去帮姐姐择菜，一会儿就得！”正在哈腰点锯末炉的妈妈，抬头对我笑着说。

妈妈的眼睛闪着亮儿，脸上泛着红，说话的声音又甜又脆，眼前的妈妈多好看呀！我真想奔过去抱着妈妈亲一口。

我将书包往葡萄架下的柱子上一挂，一扭身，蹿到了择着菜的三姐跟前。长豇豆、嫩芹菜、水萝卜、绿黄瓜，哪样都鲜鲜亮亮玻璃翠似的。“这菜全是咱爸爸自己种的吧？”“当然了。咱爸在队里可是种菜好手呢！”三姐满是自豪。

“哎哟！”我叫了一声。“怎么了？”“黄瓜刺扎了我手。”“哟，扎疼了吧！快放下，你剥蒜吧。”三姐心疼地说。

“菜洗了吗？锅快开了。”给妈妈打下手的大姐，从厨房探出头。刚洗完脸的二姐，接过我手里的菜，放进盆端起来，就朝压水机走去，“吭哧、吭哧”两下，就压满一盆水，双腿一蹲就麻利儿地洗了起来。

“放——桌子，菜码切好了！”厨房里大姐唱戏似的甩出了长音。刚擦完饭桌，摆好板凳儿的四姐，应声走进厨房端出一盘又一盘大姐切好的菜码。

好家伙，就这么一会儿工夫，黄瓜丝、芹菜末、豇豆段，香椿、韭菜、青蒜、小水萝卜，就都装上盘子，一座座小青山似的“飞”落在葡萄架下的小饭桌上了。

“靠边喽！”随着大姐的一声吆喝，飘来一股香风。冒着油泡儿、漂着肉丁儿、扑鼻儿香的猪肉炸酱，就嘉宾般地“登”上了群山！

尽管它只不过才有五毛钱的肉，而且还是肥的，可一经妈妈的手，葱花、姜末、黄酱一鼓捣，它就变成让人止不住地咂嘴、咽口水的“肉丁炸酱”了。

“我要吃！”早就等在小饭桌旁的小妹，瞪着小灯泡似的眼珠子，小鼻子嘁着，小手指伸着，小舌头在小嘴儿上转着，一副小馋猫的样子。

“喜子回来没有？”案板旁的妈妈，双手拿着一把又细又长酷似瀑布的面条，一边往滚着水花的锅里放，一边头也没抬地问。

“嘿，炸酱面！”妈妈的话音儿还没落地，满头是汗、红头涨脸的哥哥，“呼”地一下黑旋风李逵似的闯了进来。

“好香的炸酱面！饿死我了！大姐快给我盛！”一跨进门还没撂下书包，哥就嚷开了。



“不！先给我盛！”举着小花碗儿的小妹嚷道。

“甭急！甭急！都吃，都吃。”大姐赶忙着一碗碗挑面，一样样拨上菜码，再一勺勺浇上酱，紧赶着递给高举着的小手上。接着“呼噜呼噜”的响声就传了出来。

我呢，正在厨房帮妈妈看着面锅。妈妈把一把抻好的面条放进锅里，我拿筷子小心地挑散，以免粘在锅底，盖上锅盖，我要两眼盯着以防面锅滚开面汤溢出锅外。而妈妈则继续在案板上抻面。

“嗨！瞧锅。”可我的眼睛被一旁抻面的妈妈吸引住了，妈妈的两只手团、揉、擀、切、撒、卷、抻、断，上下翻飞、里旋外转太令人惊奇了！一坨圆鼓鼓的面团，就那么一两分钟的工夫就变成了一根根柔软细长的面条。

“妈妈该不是魔术师吧！”我心中对妈妈的本事暗暗叫绝。净顾看了，把煮着面条的面锅给丢在了脑后了。我慌忙掀开被滚开的面汤顶得上下抖动的锅盖。

“打上凉水。再盖上锅，再开，再打水，就捞面。”妈妈一边手里忙活着，一边轻声地教着我。大姐端着空盆儿走进屋，接过筷子，将煮熟的面条，挑进面盆，“捎过去，你也吃吧。”大姐递过面盆。

我端着盆儿来到桌前。哟！才多大一会儿呀，座座“青山”就已夷为平地了。一小搪瓷盆儿炸酱，油泡、肉丁不但没了踪影，就连盆底儿也被掏得几乎可见了。

我挑了一碗看着又白净又软和、又筋道又滑溜的面条，拨上各种鲜嫩的面码儿，抄起酱勺，向酱盆儿深处，使劲扤了扤，“嘿，真不赖！还真有漏网的肉丁！”浇上两勺儿，手里的筷子在碗里左一翻右一转，顾不得拌匀，嘴唇一碰碗边儿，一阵“胡噜胡噜”之后，尖尖的一碗青菜面条三划了两扒拉，就下了肚儿！真香呀！真好吃呀！

“爸，您吃了吗？”我忽然想起了父亲，转脸儿冲着正在拾掇鸡圈儿的父亲问。“不急，你们先吃。”低着头正用钳子拧着栅栏上铁丝儿的爸，扭过头，冲我们眯着眼笑了笑。

哟，爸还没吃呢！我们这帮孩子竟顾着解馋了，怎么把家规（只有父亲上桌了才能动筷吃饭）给忘了。我们脖子一缩，两眼一挤，互对着做了一个鬼脸儿。

“面条就这么点儿了？爸妈吃什么呢？”望着盆儿里清晰可数的面条儿，我小声嘀咕着。

“快！桌子上腾地儿。”大姐大声吆喝着走出厨房，双手使劲端着炸酱的小把儿锅。

咦，锅里怎么黄澄澄的？抻脖一看，哎！原来是一锅切成小块的棒子面贴饽饽。

妈妈走出厨房，解下围裙抽打着衣服，扯下搭在脖子上的手巾，擦了擦满脸的汗，在脸盆里洗了把脸，来到饭桌旁，拿起桌上的菜盘儿将“菜根儿”折进锅里，抄起勺子舀了一点儿汤，倒在酱盆儿里，涮了涮，又倒回锅里，和棱和棱，盛了两大碗，递给刚洗完手坐下的爸一碗，自己端起了一碗。四目一对，笑了笑。低下头，稀里呼噜地吃了起来。

“爸爸，您吃的什么呀？好吃吗？”正在花丛中捉蝴蝶的小妹，看着爸妈吃得很香，禁不住跑过来，趴在爸打着补丁的肩膀上，歪着脑袋问。



“这叫‘福根’饭！好吃着哪！”“比炸酱面还好吃？”“好吃！不信你尝尝。”爸说着夹了一小口，放在小闺女张着的小嘴里。

“噗，不好吃！”刚嚼一下的小妹，一张嘴就吐了出来。“傻闺女，多好吃呀！”爸轻轻地捋了捋小闺女的羊角辫，“乖，玩儿去吧。”说着弯腰伸手抓起地上的那口饽饽扔到鸡食盆里喂鸡了。

“当——当——”上地干活儿的钟声响了。

母亲站起身，摘下墙上挂着的两顶草帽，递给父亲一顶，自己戴上一顶，母亲背上筐，父亲扛上锨，一起走出了家门。

这一幕已过去了四十年了。父亲离开我们也十五个年头了，母亲也八十有五了。我如今也早过了不惑之年。可那炸酱面的香味，却总是在我们口中回味，在我们心中荡漾……

## 那年槐花正飘香

“是这儿，没错！就是这儿！”老太太的手，指着一棵老槐树不住地点头。“娘，您可看准了。要不，咱再转一圈儿看看？”车里的中年人一边握着方向盘，一边柔声地说。

“没错！快停车。”老太太急得伸手就拉儿子。轿车“吱——”的一声停了下来。一位打着领带的男人急忙下车。从车内慢慢搀下一位满头银发的老太太。“你别看这街变了房变了，可这槐树没变！”老太太边点头边叨咕。

在一个槐花飘香的日子。一对操着外地口音的一老一少，站在我家门口儿，高一声低一声。



“娘，您再等一会儿，容俺再打听打听？”“不用！俺记得准！”老太太还挺倔。头一扬，腰一挺。甩开儿子的手，迈开小脚儿就向老槐树奔去。

“错不了！那时，俺偷偷来过。这树，这门儿，俺早就记在心里了。咋会错呢？当初，不为别的，就是为了现在！”她哆嗦着手，冲着老槐树走了过去。那样子就像找到了失散了很久很久的亲人。对着大树转着圈儿地摸。摸着，摸着……眼里竟还滚动着泪水。

庭院里喝茶的母亲，听见门外的说话声，放下茶杯，站起身。

“看！她就是。”向大门里张望的老太太，一眼就看见了母亲。“大嫂子！”老太太冲着母亲喊了一声。话音没落就甩开两只小脚儿，向母亲奔了过来。

“你们是？……”母亲被吓了一跳！一头雾水地打量着来人。

“老嫂子，你不认识我了？”老太太对正打迟愣的母亲瞪大了眼，“唉，也难怪，四十多年了。”老太太喃喃地说。眼里噙满了泪水。“想想，想想那个……下大雪的晚上，棒子地……孩子……电井房……”

老太太一点儿一点儿地提醒着母亲，急得满脸通红。手不住地抹着眼泪。母亲眯缝着眼睛，盯着来人。突然，母亲紧皱的眉头，嚯地打开了，眼睛一亮：“你是……你是那位……”



那是四十年前的一件事。一个大雪纷飞的晚上，在生产队养猪场负责喂猪的母亲收拾好猪圈就急匆匆地走出猪场大门。母亲顶着雪在菜地的垄沟埂上穿行。母亲走得很急，没脚脖了的雪，在母亲脚下发出咔哧咔哧的声音。不一会儿，母亲就被狂风中舞动的雪花罩上了一层白衣。

“啊——啊——”风雪中突然传来了孩子的哭声。母亲停下脚步，四下看了看。侧起耳朵听了听，呼呼的风声，唰唰的雪声，“啊啊”的哭声没有了。四下里看看，黑糊糊的田野里，连只野兔也看不见。

“难道我听错了？”母亲拔起脚接着走。挪出还没二十步，“啊——啊——”孩子的哭声又传了过来。母亲快步登上垄沟的高埂，踮起脚，向黑洞洞的旷野里望去。母亲一把扯下头巾，凝神屏气再次寻找。沟西是发着惨淡白光的雪野，沟东是望不到边的棒子地。一人多高的棒子秧戳在那儿，黑黝黝的一大片。风雪中哗啦、哗啦的让人头皮发麻。

“这蛮荒野地的哪儿来的孩子？”迎着刀尖儿般的雪片，借着微弱的雪光，母亲急切搜寻着发出孩子哭声的地方。

“是棒子地里过来的声儿。”嗵！母亲跳下高埂儿。双手扒拉开戳着的棒子秧。咔嚓咔嚓地钻进了棒子地。电井房，母亲想到了棒子地里的那间电井房，只有那儿有可能。母亲加快了脚步。

透心凉的寒风夹带着雪片向母亲脸上、身上拽打着。干枯的棒子秧像无数只魔手，刺扎着母亲的脸，撕扯着母亲的衣服。母亲左歪一下、右闪一下，终于挤到了电井房门口。

透过雪光，母亲往电井房里一探头：“哎哟！”墙犄角处还真蜷缩着一个黑糊糊的人影。“啊——啊——”那团黑影儿里发出孩子的哭声。母亲一听急了，三步两步就冲了进去。

那个人正抱着一团破棉絮，那破棉絮里正包裹着一个小孩儿。那是个不满周岁的孩子，一张小嘴正在那不大的小脸儿上一张一合地发出微弱的哭声。那孩子的气力微弱，上气不接下气，哭声断断续续。

“这怎么成！这不把孩子冻坏了！”母亲一看就急了。

那人吓了一跳。蜷缩的身子一震的同时猛地抬起头。那是怎样的一张脸啊！蜡黄、干瘪而且满是泪痕，是一张写满凄苦的女人的脸！女人的样子让母亲震颤。

“你们是哪儿的？大冷的天儿怎么会在这儿？”母亲和缓了些。

"俺们……俺们是从山……山东来的。家……家里……"女人上牙磕着下牙，浑身打着哆嗦，一口家乡话说得结结巴巴。一双深陷的眼睛，惊恐地瞪着突然而至的母亲。

母亲明白了。望着破棉絮中嘴唇冻得发紫、气息奄奄的孩子："这怎么行！快跟我回家。"母亲跨到近前，不容分说就要伸手抱孩子。

"不……不啦……不麻烦了。"女人一边摇着头，一边使劲裹了裹孩子身上的破棉絮，又把孩子往怀里搂了搂。

母亲看着女人，愣了愣，倏地有了主意。"那你等着！"说着没等那女人反应就一个转身出了电井房，头一低又钻进了黑咕隆咚的棒子地。跨沟过坎儿，上坡下洼，向着家的方向疾行。茫茫的雪野上留下了母亲一串深一下浅一下的脚印。



母亲喘着粗气跑进家门直奔里屋。掀开炕上的箱子，翻出一件蓝色的棉猴，又扯出一件小花棉袄，顺手又拽下被垛上的一床被子，将棉猴棉袄一卷。

顶着一身雪进门的母亲把我们弄蒙了。

"锅里还有粥吗？"母亲问

"有，有，锅里热着呢！"大姐赶紧应着。

母亲走到锅台边。伸手抄起一个大蓝边碗，拿起勺子"哐哐"盛了满满一大碗棒子糁儿粥。又扯过一块屉布，将碗一摞，又揣上两个贴饽饽往上一提一系。对大姐说："快穿上大衣，拿着。跟我走。"

"哎！"大姐赶紧站起身。拉过炕上的大衣。接过提兜，紧跟着抱着被卷儿的母亲，跑出了家门。

“妈，您上哪儿呀？”我终于缓过神儿来，冲着黑咕隆咚的窗外大喊。

…………

“大嫂子，想起来没？你忘了，俺可不能忘！四十多年了！俺天天都叨念你！早就想来看看你！”老太太使劲眨动着眼皮，异常兴奋地盯着母亲。

“快！快过来！快叫大娘！”老太太说着使劲拽过愣在一旁不知所措的男人。“这就是那救你命的大娘！”说着抬起袄袖使劲擦着淌下的泪水。

“大娘！”中年男人眼圈一红，一步跨到母亲近前颤抖着握起了母亲的双手。

“他是……”母亲睁大了眼睛，上一眼下一眼地打量着近前这个高大英俊的男人。

“他就是俺那没冻死的娃！”老太太哽咽着说。

母亲眼里滚动着泪花，中年男人淌着泪水，老太太的泪更是止不住了！

一阵清风吹来，大槐树摇下了洁白的花朵，灼热的泪珠，和着飘飞的槐花，伴着沁人的香味，一滴一滴，滴落在紧紧握在一起的三双手上。



## 就那么一眼

吃过晚饭收拾停当，我走出家门拐弯一遛达就到了老妈家。

推开虚掩着的屋门，静悄悄的。

“唉——”里屋传来一声叹息。我放轻脚步抻头儿一瞅：老妈在床边弯着腰，低着头正忙着什么。一绺白发从额前披散下来，遮花了老妈的半张脸，也遮花了悬在老妈鼻梁上的老花镜。老妈很投入，好像干着什么要紧的事，专心得连我进门也没理会儿。

“妈您干吗呢？”我紧走几步进了屋。

老妈愣了一下，仰起脸撩了一下挡着眼睛的头发：“哟，你呀！”

“唉，今儿早上我把被子拆了，想着下午做上。唉，就这么点活儿，愣鼓捣一天也没弄完。”老妈手扶着弯着的腰直了直。



“妈，我来。”我紧忙接过老妈手里的针线。心里有些异样的感觉。

“成！”老妈闪开身子，顺势往后靠坐在了沙发上。

“你绗，我给你纫针。”老妈沙发还没坐稳手就抄起了撂在一边的线团儿。还不好意思地冲我笑了笑。

“先前儿这哪儿叫活儿呀！早清儿上地前儿，拎出被子拆拆洗洗往绳子上一晾，晌午收工抽空儿抻抻绗绗，眨眼的工夫就做上。拆洗被子也就是个忙里偷闲插缝儿的活儿！”老妈的话音儿脆脆的眼里亮亮的，那神态透着自豪。

“唉！你说现在怎么干点儿活儿头晕眼花不说，腰还一个劲儿地又酸又疼，这不成废物了吗？”老妈伸出手攥成拳头一边使劲捶着还没伸直的腰，一边自顾自地唠叨着，那声调充满了无奈和悲哀。

"唉，往后这被子就不老拆了忒费事儿。"母亲一手捏着针一手捏着线，手指在嘴角儿抹一下捻一下，尔后双手高举过头顶皱着眉、嘘着眼、抿着嘴、执着线头儿，对着灯，瞄着……瞄着……

我低头绗着，眼睛一直盯着被子，眼角处瞥见的情景，让我不敢抬头。

被子，谁家没有被子！谁没盖过被子。我们这二十多口人的大家庭，有多少被子，多少次从年过八十的老母亲手中走过呀！

被母亲称作"偷闲插缝儿"的活儿，母亲一做就是大半个世纪！从十七岁嫁给父亲开始，先为公公婆婆以及我父亲做，尔后为儿子女儿孙子做，现今耄耋之年了，还要"逞强"藏着掖着为自己做，母亲以为自己还是当年那个——把公婆爹妈养老送终的、把七个儿女抚养成人手脚麻利万事不求人的自己呢。



哥哥找的保姆，老妈不用。"我自己能成。不就是洗洗涮涮，弄点儿吃的吗？干了一辈子了，有什么呀。"其实，老妈是舍不得钱！觉得儿女挣点儿钱不容易，六百多块给了人，实在是心疼！自己贴补儿女点儿，自己心里才踏实。要整天拖累人，成了包袱，那怎么落忍，那怎么成呀！

老妈年岁大了，我们都很孝顺。今儿个姐姐陪着老妈逛公园，明儿个妹妹请老妈到饭店。老妈住着高楼、坐着沙发、嗑着瓜子、品着小吃儿、看着大彩电，三九天儿冻不着，三伏天儿热不着；今儿个我进屋，明儿个他过门，老妈总是被说声笑声围绕着。老妈快乐着幸福着；我们也因孝顺而快乐着骄傲着。

而今，一床被子却让我……

老妈八十岁了！被子不知盖了多少床、拆洗过多少回，作为女儿的你，四十多岁的你却……

“你说好模样儿的胳膊腿儿，怎么就不听使唤了呢？……”坐在沙发上的母亲仍不停地嘀咕着唠叨着。像是为自己给人添乱开脱，又像是对自己的“笨拙”找答案。

妈妈，您别说了……满眼的泪水早已让我无法看清被面上的花花朵朵。内心隐隐的痛让我手不住地哆嗦。“刺溜儿”，手指被针重重地扎了一下。我不由得吸了口气儿。



“扎手了？”老妈欠了欠身要站起来。

“没事没事。”我紧着说。大颗的泪珠从眼眶里滑了出来掉在了被子上，洇湿了被面上的花儿。

“这是怎么说的。唉，真是……”老妈那轻摇着的白发，微蹙着的眉头，一副自责的样子，更让泪眼蒙眬的我越发的难受。

被子好不容易做好了，我轻轻为老妈铺在床上。

“累了吧！往后来点儿，我给你捶两下。”老妈有些讨好地说。

“妈——”我终于控制不住了！转身将老妈紧紧搂在怀里！像搂着自己的女儿，任泪水流淌。

热热闹闹的春节来了，母亲家里一下子热闹起来，母亲很高兴，我们也很高兴。春节过了呢？

无意间的一次回家，瞬间的一瞥："白发老母垂首引被"的情景，让我心灵深处受到极大震撼！衣食住行都不在话下的今天，母亲老了，我们该为母亲做些什么?！我们能不能像母亲当年爱我们那样爱她？像母亲疼我们那样疼她？能不能从心底深处关心一下，"老了"的母亲在想什么？能不能从动作的细微处观察"变小"了的母亲，需要什么？能不能像爱我们的儿女那样精心耐心呢？面对八十的老母，我很内疚！

## 刁钻的老妈

"丁零零"一大早，嫂子就打来电话了："你过来吧。妈又闹脾气了。"

我撂下电话，就往娘家跑。多亏路不远，打车十几分钟我就进了楼门。原来是新来的保姆因说话习惯，无意中的"你，你"让母亲不顺耳，一早就吵着辞退人家。

为了让85岁的母亲顺心，只好辞退再请。请保姆有市场，有联系人，一个电话就可以过来人，很方便，却很难如意。特别是母亲。

保姆辞了，我就留下了。做饭、洗衣服，推着母亲到街上转悠，就成了我的活儿。直到新的保姆请来。就算请来还要带上三两天。每次保姆来去，我都要这样做。

第二天上午，嫂子领进一位50多岁的山西大姐。也许是年岁大的缘故，说话、做饭、搞卫生，让一向喜欢干净利索的母亲选定了。

"你过来吧。"还没消停三五天，嫂子又打来电话说，老妈让我回去给她洗澡。我前几日刚给老妈洗过，还没到一个星期，又要洗？就算洗，老妈您有保姆干吗闲着不用呀？我心里有些起急。但为了让老妈顺心，我只好把家里的事安排安排，晚上住到了娘家。

晚上临睡前，老妈主动走进洗澡间，笑眯眯地看着我，顺从地让我洗头、搓背、洗脚。“有闺女真好。”一向不喜好夸奖人的老妈这样的话，洗一次澡都要说几回。

以前老妈一直自己洗澡，就算有保姆，也坚决不用，内衣内裤也坚持自己洗。自那次在浴室滑倒，我就开始为老妈洗。不承想竟让老妈“赖”上了。

“快来！妈摔着了！”嫂子的一个电话，就把清早刚起床不久的我吓懵了。我急忙赶去，看到楼下闪烁着蓝色光芒的救护车，我的泪就忍不住了。



“股骨粉碎性骨折。”“这么大岁数能熬过十天就不错了。”

急救室的病床上，89岁的老妈瘫软地躺着，双眼紧闭，面无血色，一头白发凌乱地散开着……

我伸过手攥着妈妈，妈妈用力地攥着我，嘴唇紧紧地咬着……

住院、手术、输血、输氧、输液……医生努力着，老妈坚持着……

20天，老妈出院，60天，老妈就能下床扶着助力器坐在客厅沙发上了。

60天的日夜陪伴，我明白了母亲，母亲的“刁钻”是给我们儿女制造一次次尽孝的机会呀。

## 家里有老妈

昨天回了趟娘家，娘家不远，不足十里，开车十几分钟，电动车二十几分，就是骑自行车用也不过半个小时。要是乘公交车，出门等车、坐车，一个小时也足够了。

我们姐妹兄弟七个，哪天都有人陪老妈的。老妈身边从没空落过。

哥雇着保姆服侍老妈，洗衣做饭收拾屋子。

“我这些日子吃东西不香……”面对四菜一汤，老妈有些无奈地说。

“您怎么了？”看着满面愁容的老妈我问。

老妈今年 90 岁，脸上要不是有些褐色的老年斑，白净红润的脸，就像 70 来岁的。



“上医院看看……”

“不去！不去！”还没等我说完老妈就摆起了手。

第二天，二姐回了娘家，二姐家离娘家也不远，比我还略微近些。姐会开车，一脚油门就回娘家了。

保姆是个勤快的人，午饭又是一桌子的丰盛。

“这些日子，我吃不下饭……”老妈一脸的无奈。

“您怎么了？”二姐望着面色红润的老妈有些诧异。

“到医院查查……”

“不……不……不去医院。”老妈紧着摆手。

老妈怕医院，特别是那次心梗住进“ICU”之后……

又过了几天，我们姐妹七个不约而同地来到了老妈家。我们乱哄哄地挤满了一屋子。

午饭时，坐在沙发上的老妈还没等请，就起身坐在了饭桌边上了。

“我今天饿了。”说着就朝聊得正嗨的我们吆喝，“快吃饭！”

不等我们坐稳，老妈就自顾自地拿着筷子把一块红艳艳的红烧肉送到了满口牙齿的嘴里了。这还不算，还孩子似的吧唧起了嘴。

“不许吧唧嘴！”小妹模仿起老妈当年管她的样子。

老妈笑了，我们也一起笑了。

74 **老妈怎么了**

娘家离我家不远，只有十几里地而已，所以常回家。

那天下午我来看老妈。陪老妈聊了大约一个小时，我起身说：“妈，我回去了。”因为朋友和我约好逛商场呢。

话音还没落地，“哗啦”老妈就把茶几上装瓜子的盒子碰洒了一地。

“瞅我这笨手笨脚的……”老妈红着脸不好意思地看了我一眼。

“没事。”我放下手里拎着的包，走进厨房，拿出笤帚簸箕，用笤帚一下一下把洒落在地板上的瓜子扫起来，撮进簸箕里，倒进垃圾桶。放回笤帚簸箕，洗了手，重新拿起包，这么一折腾，十几分钟就过去了。

又一日，我回娘家。待了大约四十分钟，我就起身了。

“妈，我回去了。”因为今天和朋友约好一起看电影呢。

“啪”一个水杯从老妈手里滑落在地，水和玻璃碴弄了一屋地。

“看我这手……”老妈红着脸看了我一眼。

“没事。没扎着您吧？”

“没有，没事。”老妈红着脸有些难为情似的。

我走进厨房拿起笤帚簸箕，用笤帚一点一点扫净碎玻璃碴子，之后又到卫生间抄起墩布，一下一下把地板上的水擦干。这么一折腾，就是二十多分钟。

又一日，我到老妈家。约莫半个小时的样子，我接到牌友的电话，说，三缺一。我放下电话说：“妈，我得走了。”我刚起身，还没拎起包，茶几上的茶壶就滑落在了老妈的腿上了。



“妈，烫着没有？”我慌忙跑到卫生间扯起一条湿毛巾就往老妈腿上捂。

“唉——瞧我笨的……”老妈叹着气。脸色有些微微地红。

还好，茶壶里的水，不太热，因为是早上沏的，已经过去了一个多钟头了。

我扶起老妈走进卫生间，把老妈湿了的裤子换下来，用毛巾沾着温水一点点把老妈腿上的茶渍擦干净，之后到里屋老妈的衣柜里找出干净的裤子帮老妈穿好。之后，扶老妈重新坐在沙发上。

我进厨房，拎笤帚抄簸箕，扫地下的茶壶碎片，之后，再用墩布一下一下把地板上的茶水擦干。放回墩布走出卫生间，我一抬眼，老妈正笑眯眯地瞅着我呢。

## 老妈摔倒骨折了

2016年8月5日，上午8点多钟，嫂子突然来电话说，老妈滑倒了。我撂下电话就打车奔了过去。一进小区就看见闪着蓝光的救护车停在楼下，心里就"咯噔"一下，感觉不好。以往老妈摔伤都不吭气，总是自己偷偷忍着，就是疼得忍不住也只是贴一张止疼膏而已。

老妈生怕我们知道，说我们什么都大惊小怪，值不值地就把她往医院送。花冤枉钱还让她遭罪。老妈不愿去医院，说上次在医院可把她折腾坏了。"手上、脚上、胸脯、鼻子里全是管子电线，像个五花大绑的犯人不说，那床软得连翻身都翻不了。"



老妈说的是前两年突发心绞痛那次。那次真是挺危险，发病时，老妈自己吃药，说没事。在我们的坚持下才打了"120"去了医院。结果一进急救室，大夫就把老妈送进了"ICU"进行抢救。

这次不是犯心脏病，只是在床边滑倒，却叫来了救护车，可想而知是嫂子怕我们着急把老妈的伤情轻描淡写了。

我急匆匆奔上楼门跨进电梯，一两秒钟就一层的电梯我仍嫌慢，恨不能电梯一按钮就"噌"地蹿到我家的门口，立刻看到摔伤的老妈！

老妈的脸涨红着，嘴唇被牙咬着，一条腿明显地粗了起来。老妈看见我，眼圈红了。

随救护车来的两位医生一边轻声问着老妈一边小心地把老妈抬到担架上，并小心地固定好。老妈的眼睛一直看着我，我过去伸手用力握了握老妈有些无力的手，意思是告诉89岁的老妈：别怕，没事的。

上了救护车我和老妈的手再次握在了一起，不仅如此而且是紧紧地攥着了。老妈攥着我，我攥着老妈，我们两只手攥得紧紧的。看着仰躺在担架上白发稀疏、因疼痛面色苍白、一直用力咬着嘴唇、不肯哼哼一声“疼”的老妈，我抑制着眼里的泪，但我眼眶里最终还是溢满了泪水……

“妈妈不怕，妈妈不怕。”我使劲攥着老妈的手安慰着，可我心里，好怕、好怕呀……

“股骨粉碎性骨折”。一进急诊室医生就做出了判断，40分钟后拍摄的片子准确地把老妈右腿大胯的骨折部分呈现了出来。断裂的骨头茬儿支棱着，那么明显地扎在大腿的肉上。



我们守着咬着牙一声不吭的老妈等着医生的治疗方案。

“老人就怕这个部位摔伤。这个部位很容易感染并且引起肺炎，以及心脏骤停。”急诊医生说。

“老人摔伤这个地方，顶多熬上15天到的20天。”二姐让嫂子拿着片子找到的一位医生朋友说。

“这么大岁数，别手术了，手术？恐怕连手术床都下不了。”另一位医生朋友好心地劝我们。

“不行！不行！”老妈的外孙女抱着姥姥哭，打着电话央求着电话那头被她哭声吓蒙的丈夫快托人。

几经周折，医生终于答应给老妈安排病房，观察调理一下年近了九旬——现在89岁的老妈，说只能看看经过调理能不能达到手术要求。

老妈真争气呀！在一个星期，7天——7个黑夜、7个白日、24小时里忍受着钻心的疼痛，配合着医生，配合着我们并不专业的“翻身、擦洗”……

看着肿胀得孩子般腰粗的腿，我们的手一次次在颤抖，我们心，一次次地在疼痛呀！

老妈闭着眼，咬着嘴唇，一声不吭。

“周一可以手术了。”医生带来了好消息。

周一的一大早，老妈的闺女、儿子、女婿、儿媳妇、孙女、外孙子、外孙女都来到了医院。盼着做手术，又怕着做手术。



“你们别着急，有几个能活我这个岁数的。”马上就要进手术室的老妈看着眼前紧张得不知如何是好的闺女、儿子、孙子、孙女们，反而说起了安慰我们的话。

## 手术

老妈从2016年8月5日住院，除了老妈的疼痛我们的揪心，更多的，也是更重要的是医生护士的忙碌。

监视器上的每一条曲线的波动、每一个数值的变化、每一次数据的跳跃，都让我们盯得眼睛发酸，心里发紧……而这一切也让医生护士更紧张更繁忙。

每天5点左右天还黑着，护士们就开始给老妈测空腹血糖、输液、测体温、发药、输液、拍片子、做检查，测血糖、发药、测体温……其间还和我们一起帮老妈翻身。主治医生还要一日两三次亲临病房，观察询问老妈的病痛、意识。直到夜里老妈吃下止疼药，大概10点左右给老妈在腹部打下最后一针止疼针，医护人员的工作才告结束。其实说是结束，也只不过不再像白天那么频繁走动了，他们的眼睛和神经还是忙碌的。

从老妈8月5日入院到8月12日，8天来，医生护士们忙碌的都是在为老妈的手术进行前期调理。

还好，89岁的老妈牙好胃好，总是随遇而安地生活，让身体比一般老人硬朗许多。经过8天的调理，血压、血糖、血氧、心率等，都达到了主治医生预期的结果：完全符合手术要求。



8月11日，晚上我们六点前，服侍老妈吃药喝水之后，按照医嘱不再让老妈吃喝任何东西。

明天就要给老妈动手术了，我们又期待，又害怕。

病床上的老妈，孱弱、憔悴、无助……我守在妈妈床边，握着老妈绵软的手。夜来了。漆黑而且漫长……

一点……两点……三点……窗外终于开始发白了。

妈妈醒了，而且很清醒："我这辈子知足了，有你们这么孝顺的儿女……"妈妈拉着我的手，我紧紧握着妈妈的手……"我死了你们也不要着急……有几个能活这么大岁数的……"

"妈妈，今天医生给您治腿，做了手术您就不疼了，医生说，手术做完，您还能站起来走呢……"我拿着纸巾给老妈擦去眼角的泪。

"您外孙女儿托人给您找了最好的医生呢……"我"嬉皮笑脸"地亲着老妈松软、消瘦而苍白的脸。

"大姐，来盆热水，给我老妈干净干净。"侍候老妈近三年的大姐其实早就备好热水了。

"老太太洗洗脸，擦擦手……"我和大姐一起按照一日三次的习惯给老妈从头到脚擦洗。

6点多钟，老妈的孩子们，姐妹哥嫂女婿孙男孙女等十几口人就陆陆续续来到了医院，来到了病房。

7点30分，医护人员准时来到病房。我们把老妈从病房抬到去往手术室的移动病床上，一步一步随着医护人员从6层乘电梯上了10层，走向——手术室。



"家属止步。"手术室两扇门关闭。

8点10分，哥和姐被医生叫进手术室：签字。

9点……

10点……

10点30分……

手术室外的走廊长椅上，几乎让老妈的孩子们占满了。

我们都在说话，说着可有可无，没滋没味的话题，看着都是无所谓的样子，其实心里呢……

只有背过脸，墙角、卫生间……都会撞见、听见，满脸的泪水和低低的啜泣……

"妈妈没事！妈妈没事！""妈妈有贵人保着呢……"我一次安慰着自己，鼓励着自己，给自己信心：妈妈不会走！！

一个小时过去了。

又一个小时过去了。刚才还为缓和气氛说笑的声音少了。

又一个小时过去了。手术室外的大厅没有了声音，好像空无一人。

又一个小时过去了。姐姐站起来了，哥哥也站起来了，妹妹夫也从椅子上站了起来。手术室外的大厅里响起一个接一个的脚步声。

中午12点02分，手术室的门终于打开了，老妈的手术正如我们期待的那样——手术顺利完成！医护人员把老妈推出手术室，我们齐刷刷拥过去，被推出手术室的老妈在移动的病床上很安详。仍处在麻醉之中、但却睁着眼搜寻着我们的老妈，检阅一般看着她的孩子们，我们含着满眼的泪水笑了。

一颗颗悬在嗓子眼的心，终于落了下来。我们一路随着护士把虚弱的妈妈从10层的手术室送到9层重症监护室。“ICU”的两扇门随着护士们的脚步关上了，两扇门关得没有一丝缝隙。



## 闯过鬼门关

**2016年8月13日**

医生说：术后三天内，仍处在危险期，仍是生命的关键时刻。

**2016年8月15日　星期二　阴历七月十四**

老妈在“lCU”（重症监护室）度过了三天四夜的危险期，平安地回到了原来的普通病房。我们含着泪拥抱着“失而复得”的妈妈……

为了庆祝老妈手术成功，也为了缓解多日来家人压抑沉重的紧张气氛，四姐特意在医院附近的饭店为自己举行了生日宴会。一桌丰盛的酒席，说是过生日，其实四姐一家的意思我们兄弟姐妹们心里都明白。

老妈手术成功，但不是万事大吉，而是万里长征走完了第一步，15 天的危险期仍像一块巨石压在我们心头。

找一位专业的护理人员，势在必行。一是术后的需要，也是减少我们不恰当的护理造成老妈更多的疼痛。很快，一位从事护理工作多年的小张就操着河南口音来到了病房。

老妈回到病房的第一天夜里，我守着老妈，一夜没合眼，手一直攥着老妈的手，可就是这样心里也是怕怕的，眼睛老是禁不住含着眼泪。



妈妈糊涂了，大白天手指着门口："你大爷来了……"说得我们毛骨悚然。尤其是这一天。要知道我们的大爷已去世近十年了……

**2016 年 8 月 16 日**

今天是农历七月十五，是"中元节"民间所说的"鬼节"。而窗外楼下就是——太平间。

望着眼前仰卧病床，白发蓬乱，双腮凹陷、脸色苍白、从头到脚布满监测线、吸氧管、排尿管的母亲，我在夜深人静的病房、守着术后处在危险期的母亲，一颗心几乎即刻就要破碎！

一向不太迷信的我，此时此刻唯有向苍天神灵祈祷拯救我一颗心不要破碎，拯救老妈……拯救我们的老妈妈……

我拿着手机，哆嗦着手在"七月十五"的深夜，写下了、并在我的朋友圈发出了“请为我们的老妈点赞！祈福！”

“老师们、朋友们、文友们，请您为我们89岁的养育我们七个儿女的老妈点赞，为因摔伤手术、在疼痛中仍坚强的老妈点赞！和我们一起为病危中的老妈祈福吧！”

一句句话、一个个词汇，没有雕琢、没有修饰，甚至有别字、错字，可文友的回应，让我感动得心潮澎湃、满眼泪水……

老妈，您不会走的！您不会离开我们！死神你来不了！你不会来到我们老妈的近前！你看到了吗？我的朋友们、我的老师们、我的同学、我的亲人们，从朋友到亲戚，从北京的东城西城，从四川、湖南、山西、山东、东北、江苏，从四面八方、从千里之外，都在向我这里汇集、向着我们老妈的身边汇集，汇集他们的一颗颗真诚的心，祈祷上苍神灵将我们的老妈紧紧保佑！死神呀，死神，你难道不感动、不动容吗？不停止你迈向老妈的脚步吗？



**8月17日　星期三　农历七月十六**

“七月十六”的曙光来临，窗外一片光明！我们的老妈清醒了！梳头、洗脸、喝水、吃饭、吃药，不但明白，双眼还有了近些天少有的光亮！

老妈呀老妈，您从摔伤、调理、手术、恢复，疼痛、恍惚、疼痛、麻醉、疼痛……12天，已经闯过一关又一关！

老妈呀老妈，您的坚强，我们有目共睹！您的仁义宽厚，我们感动在心。您，感动了我的朋友圈里的亲人们！朋友圈里的亲人们，感动了死神！

8 月 18 日　星期四

“老妈昨天夜里很好！监测各项数据正常！老妈睡得非常安稳！

今早醒来情绪很好！请我的亲人们放宽心！

祝贺我们的老妈又闯一关！谢谢亲人们的祈福！是您们的祈福护佑让我们的老妈平安地度过了‘鬼节’这道关！！谢谢我的亲人们！！”

我守在才从危重病房转出来的老妈，几乎一夜未合眼，在手机上不断发着消息，把老妈的情况随时发出。

一早醒来，看着虽然憔悴但面带笑容的老妈，我拿着手机拍下显示老妈身体各项指标的数据，向我“朋友圈”里的亲人们汇报，让随时牵挂老妈的亲人们安心。



## 出院回家

2016 年 8 月 22 日中午，我们的老妈出院回家！

谢谢我四面八方的朋友，在那个艰难的日子里是您们给老妈的祈福，让我内心有了安慰、有了力量，有了和老妈与死神抗争到底的信心！让老妈又闯过了人生一道鬼门关！！

“我要回家。”第二天老妈就在病床上躺不住了。手术后第四天老妈就和我们一起回家了。

8 月 24 日

今天是老妈出院第二天，老妈精神很好！早饭吃了馄饨，上午还捧着吃了一个大桃。午饭吃了一碗炸酱面，生活差不多回到摔伤前。

我给老妈买了张可以折叠的小桌，吃饭时往床上一支就和老妈一起吃，吃完收拾完，或歪或坐或躺着陪着老妈说笑聊天，感觉好像回到了童年依偎在妈妈怀里……

9月12日

今天老妈手术整一个月。坚强的老妈，已经能自己扶着我们的手或窗台坐起来，躺下了，我们给老妈擦洗也可以主动配合翻身了。一早梳洗完毕，我们把小饭桌床上一放，吃的药、喝的水、沏好的茶、刷好的茶杯，老妈就自斟自饮了。“谢谢你们！忙去吧，我自己可以了。”于是我俩就开始做饭收拾屋子了。

怕习惯看电视的老妈寂寞，嫂子还特意买了一台电视挂在卧室的西墙上，这一来“新闻”又可以陪着老妈了。白天看望老妈、陪伴老妈的人多，过得很快，一到晚上，老妈就情绪低落甚至烦躁不安，特别是一天24小时不离身的“尿不湿”让老妈很烦很恼。“我不穿！我能下地去厕所！”可心再强，嘴再硬，那条腿，也是自己没法挪下地的。一个月，在床上活动，这已是主治医师，预测的最好结果了。为了减少对老妈的疼痛，我们只能委屈老妈、只能好言相劝、安抚。



9月13日

“悬壶济世德艺双馨”的一面锦旗，一面表达我们全家人感激之情的鲜红的锦旗，我和嫂子一起送到了大兴区人民医院骨科办公室。

回到家，我告诉老妈：“我们给医生送锦旗，说您恢复得很好，医生说，让您继续努力！”我的话还没说利索，老妈就在床上坐不住了：“扶我下地！扶我下地！”说着就用劲把身子往床边蹭。弄得我们又是搀扶，又是推轮椅。老妈坐上轮椅，穿上二姐买的新衣服，嘿，精神得没了病态。轮椅一推到客厅，老妈就是正常人一个了！

我们的老妈终于摆脱了50天来形影不离的“床”了！

**老妈，我们为您点赞！**

2016年8月5日老妈摔倒住院，8月12日上午手术。

2016年8月21日下午，老妈很精神！已经可以坐起来了！晚上还拿起筷子吃了五个庆丰包子铺的牛肉马蹄饺子，自己端起碗喝了一碗小米粥。吃药也很乖。



2016年8月22日，今天老妈精神挺好，腿已不像前几天那么疼了。今天主治医生说，下个星期就可能出院了。

2016年8月23日一早，我一进病房，就看老妈斜靠在病床上吃早饭，精神很好！大有离开医院回家的劲头，果然8点钟。主治医生和骨科主任走进病房，同时说出了让我们非常期待的结论：妈妈可以出院回家啦！

我们多高兴、多兴奋呀！嘴里一个劲儿对着两位好医生，说着千恩万谢的话，一边抄起手机在“老妈的孩子们”的微信群里，哆哆嗦嗦发出“老妈今天出院回家！”“主治医生说话啦！”本来可以一条过去的消息竟等不及了，先发了一条而后又一条。

我们的妈妈回家！我们的老妈妈今天可以回家了！

“妈妈，我们今天回家，我们回家……”我双手搂着坐在病床上的老妈妈、我们89岁的老妈妈、从鬼门关里闯出的老妈妈，从8月5日早上8点妈妈摔倒到此时8月22日早上8点，整整18天，532个小时，就一直压在心底里的泪水，终于流了出来……

我们的妈妈回家了，妈妈一进门就来了精神，说什么也不躺在床上了，一个劲儿地要坐起来。果然我们一伸手，妈妈就借着劲儿坐起来了！完全没有了在医院的劲儿，竟不倚不靠了。不但如此，还在床上把两条腿往床边挪，当真就把两条腿搭在了床边上："拿拐棍儿来！拿拐棍儿来！"起急吧啦地要下地。这可吓坏了我们！

"妈，您这可不行，不行呀！大夫说得养些日子，恢复恢复呢。"

唉，我们的老妈呀，雷厉风行一辈子，怎能"窝"在床上呢。

我们的老妈，好了！我们的老妈回家了！我们的89岁的老妈妈又和我们在一起了。

妈妈呀，想想您，8月5日一早意外摔倒、被抬上急救车，我就紧紧拉着您的手安慰道："妈妈，不怕，妈妈不怕！"虽然嘴里安慰着含着泪的您，其实我心里是多么害怕呀……

您被送到急救站，医生只一眼，就断定：骨折。果然拍过片子40分钟后，片子的影像，就是我们外行人也看出了您大腿腿骨的异样。

"股骨骨折，并伴有移动碎片。"

妈妈，您是多么疼呀……

我们都背过脸去流泪呀……

姐姐、妹妹、嫂子、侄女以及闻讯赶来的外甥女……还是从95公里外赶回来的哥哥，55岁的哥哥，谁心里不疼痛呀。

在山东龙口赶不回来的二姐让嫂子拿着片子找熟悉的医生看看片子，本想是找个好办法帮老妈医治，不承想却给老妈判了“死刑”：

“这么大岁数，又摔伤了这个位置，能熬过15天，走出医院的几率不高……”

“不！我们不相信，我们不相信……”

“用最好的药，用最好的方法！”

这岂止是老妈儿子的声音，更是老妈女儿、儿媳、外孙女儿、孙女儿……的心声呀！



住院手术！哪怕有一线希望，我们也要把我们的老妈妈、养育我们的老妈、89岁的老妈妈，从死神手里抢回来！抢回来……

8月5日10点25分，老妈暂时入住骨科病房。11点30分，转入605室17床。

主治医生张大夫，察看老妈病情，护士为在老妈胸前三个穴位粘上连接监测心率、血氧、呼吸的三条线路的穴位贴，接着就在老妈的左臂上捆上测量血压的绑缚带，右手腕扎上了输液的针管。最后鼻孔连上了输氧管。

老妈脸色苍白，皱着眉头、闭着双眼，咬着嘴唇，忍着钻心的疼……

“要给老奶奶两个小时翻一次身。”护士姑娘温婉地提醒着。

“褥疮”是可以夺去性命的！

“妈妈，您忍着啊……”

“老太太，忍忍啊……”我和侍候老妈三年的大姐，“狠”着心搬动老妈的肩、腰和那条肿得柱子一样粗的“伤腿”……

疼。能不疼吗？老妈咬着牙，忍着。两个小时一次，两个小时一次……

一夜，六个小时就是三次，八个小时就是四次，一天就是十二次。

“股骨骨折，伴有移动碎片……”

从8月5日早7:30到8月12日早7:30老妈被推进手术室，整整八天，192个小时，老妈都在被难以忍受的疼痛折磨着。



“妈，您忍忍啊，医生过两天就给您治，不疼了，咱就回家。”

老妈，您会站起来的。

“老妈，不怕，您不是半身不遂。”

“老妈……”

“老妈……”

我们拉着老妈的手，一次次哄着老妈、安慰着老妈，也哄着自己、安慰着自己。

白天，窗外有太阳有蓝天白云，屋内有姐妹哥嫂护士医生，夜里，只有我和侍候老妈的大姐。

夜，漆黑的长夜，伴着老妈的痛苦的呻吟。“你们睡吧……我没事……”

我们的老妈呀……被钻心疼痛折磨的老妈，安慰着我们。

“麻烦你们了……”

“谢谢。这多折腾人呀。”

近20天的日子，我们没见老妈掉一滴眼泪，这样的唠叨老妈却不知要说多少遍。

60天，一天24个小时，我没有离开妈妈，陪着妈妈一点点健康起来。作为妈妈的女儿，这既是本分，也是难得的尽孝的机会和幸福。可我的老妈对自己生养的女儿，以及重金雇用的保姆，却一次次说着“您受累了”“谢谢您”。

## 母亲的生日



**2016年9月16日　农历八月十六**

昨天是八月十五，中秋节，是全中国人民的节日，而今天，八月十六，却是我们全家人的节日——妈妈的生日！今天是老妈89周岁的生日。

老妈，今天的生日来之不易。

从8月5日，到今天，我们都是扳着指头、一天天祈祷过来的。

就算出院回到家，调理、恢复，也是个艰难的过程。俗话说，伤筋动骨一百天，何况动了手术在大腿骨上加了一根“外来物”，而且是年逾九旬的老妈呢？

不能起来大小便，就这一样，就把老妈“折磨”得够呛。穿纸尿裤对于老妈来说太痛苦了，比大腿骨摔折，还痛苦！

“我还不如死了呢！”我和保姆大姐给老妈穿一次，老妈就发一次火。尿湿了换，我们要端着热水用毛巾擦洗，之后再轻轻敷上松花粉，最后再把纸尿裤穿上时，老妈又发了脾气:“这么麻烦人，还不如死了的好！”

我忍耐着老妈一次次的“无理”——夜里多次扯下撕坏我们好不容易穿上的纸尿裤。医生一再嘱咐，伤口不能感染，身体一定不能出现“褥疮”。

我急哭了，气恼了，但仍是像对待撒泼打滚的孩子般央求着给老妈擦洗、沏茶、吃饭。

“你受累了。”“谢谢你。”老妈发过脾气不久就后悔了。

一个星期后，老妈从床上坐了起来，又过了两天，老妈坐到了轮椅上。坐上轮椅的老妈来到了久违的客厅。又过了三天，老妈就在我们的搀扶下，坐在沙发上可以像以前一样看中央电视台《新闻联播》了。又过了三天，老妈就可以一日三餐可以和我们一起围在一张桌子上吃饭了。

2016年9月22日，我应邀参加一个文学活动，不得不离开老妈五天。陪伴老妈3年的解大姐对老妈的精心照顾，让我们全家感动而且安心。

等我从南方回来，再看到老妈，老妈的身体、精神都大大好于从前了！凹下去的脸颊，不但填补些肉而且红润润的了。

“阿姨现在可好了。吃、喝都自己行了。”解大姐喜笑颜开地说。

农历八月十六，是母亲的生日。

一早，我和解大姐帮老妈打水洗漱，吃药、喝茶、吃早饭，而后，给老妈穿上了喜兴的红毛衣，我和嫂子也穿上了只有参加婚礼才上身的旗袍，还到美发店梳了一个新发型。

8点不足，老妈家里就开始热闹了，姐姐姐夫、妹妹妹夫、孙子孙女儿、外甥外甥女儿，没多大会儿，里屋外屋就满满当当的了。

“去饭店！”一声招呼，四五辆车，就向眉州东坡酒楼进发了。一个大厅四张桌子，又是围了个满满当当！四世同堂，老妈的儿子闺女、媳妇姑爷、孙子孙女、外孙子外孙女及外孙女婿，还有喊老妈“太太”的重孙女儿，全部到场。不仅如此，还有叔伯大爷屋的哥哥嫂嫂、姐姐姐夫，也来给老妈道喜祝贺生日。

现如今，2016年11月5日，我的老妈在摔伤后的第四个月，已经逢人就说“我自己能走了！上厕所、上客厅、回屋睡觉，都是我自己！”虽然老妈说得有些夸张，但的确，不用我们跑前跑后跟随、搀胳膊抬腿上床了。而且早已不穿让老妈“恨之入骨”的尿不湿了。



老妈能走，可谁敢让走呢？年近九十的耄耋之人，又在手术恢复期，“走”是借助小妹给老妈置办的四个腿的助力器。

60天，老妈基本上恢复了，推着助力器到处走，吃饭、睡觉，去卫生间刷牙洗脸，都不用帮忙了。

## 陪妈妈过年

那年我受邀参加第一届浩然文学奖作品初选。举办方河北省三河市文联主席刘树滋安排我们住在一家宾馆。白天审阅作品，晚上回来休息。作品来自全国各地，小说、散文、报告文学等大部头的作品就有五六百部。我们 12 人组成的初选评委，住在这里的时间达到了 15 天。

这是我离家时间最久的一次，也是我与母亲分别最久的一次。我想母亲，母亲想我，但母亲想我，更甚。期间我主动拨打电话只有一两次，而母亲几乎是一两天就要来一次电话，问我什么时候回家。

母亲年近九旬，记不住电话号码，也不会拨打电话，电话是守在身边的保姆大姐替母亲拨通的。我是母亲的第五个女儿，家与母亲家不远，一有空闲就往母亲家跑，不说天天长到那儿，也没隔上个过三天。三天不见母亲，心里就闹腾，只有见了母亲说上几句话，心里才踏实。母亲更是如此。每次我一进门都仿佛多少天没见到似的眼睛看着你，伸手攥着你，从你一露面就一个劲儿地张罗着保姆大姐沏茶，边说边把自己认为的“好吃的”往你眼前推，往你手里塞。剥了皮的香蕉还没吃完，削好的一个大苹果又举了过来。我这边还没住嘴，母亲一扬头看见了时钟，又赶忙催促着炒菜做饭，那样子生怕慢待了回娘家的闺女。就算这样，我临出门回家时，母亲依然是含着眼泪扒着门框看着你走进电梯，之后站在窗户前欠着脚，脸贴在窗玻璃上，一直目送你走出楼门、一步步走向小区大门，直到看不到为止。

这次我的“远行”苦了母亲。不是三天五天的离别，而是整整 15 天。要知道，在前不久，我曾一天 24 小时，60 天没有离开过老妈。

给我打电话的母亲，虽然打了许多次，但都只说一句话

"我想你……你什么时候回来"，而这一句话我也能想象得出，老妈一定是鼻子发酸、眼睛含泪，忍了又忍，憋了又憋的。因为每次老妈来电话都是在我吃过晚饭之后刚走进宾馆，晚上七点左右。母亲心里明白再想闺女也不能影响闺女的工作和吃饭。而母亲自已夜里的觉肯定是睡不好，白天也是坐卧不宁的。

那次要不是到了腊月二十二，眼看要到年了，评选工作应该还要进行几天。我回来当天，放下行李就奔向了娘家。母亲一见着我，就用两只手攥住了我！"你怎么走了这么多天……"话没说完母亲的泪就盈满了眼眶。

每年过年我们一家三口都要回河北沧州的婆家，头大年三十走，过了年的正月初六回来。每正月初二，姐妹们回娘家给母亲拜年我都没赶上过。今年我打算陪母亲过年，虽然心里也舍不得老家七十多岁的公婆。我与爱人一说，他也很支持。



过年，从我结婚开始，到此时，已经28年，我一直回老家陪着公婆，这次我要破例了——陪老妈过年。

母亲一听说，我今年不回婆家陪着她过年，竟欢喜得什么似的，一个劲儿拉着我的手笑。就这样，我从腊月二十六开始，保姆大姐一回家过年，我就黑白天24小时陪着妈妈、守着妈妈了。

那一年，是2017年的春节。

吃过晚饭，家里就消停了，姐姐回家了，妹妹也离开了，哥哥嫂子也下楼回去了，客厅里只留下了妈妈和我。以往看见闺女出家门就含泪水的妈妈，此时竟笑着说："你们甭惦记我，有她陪我，你们就踏踏实实忙你们的吧。”

大年三十的下半晌，哥嫂上了楼。嫂子端着肉馅，说包饺子。饺子包了两种馅，猪肉和羊肉，老妈喜欢吃羊肉的，我也是。

大年三十的饺子包好了，我们没有像小时候那样“守岁”，午夜 12 点放炮仗煮饺子。

大约八点钟，哥嫂、侄女、侄子就围着圆桌陪着老妈吃上了饺子。之后就坐在沙发上欣赏中央电视台的春节联欢晚会了。十点半左右，老妈打了一个哈欠，我们进屋睡觉。明天是大年初一，可是老妈最高兴的日子，她的儿子儿媳、侄子侄媳妇们，都要来给她拜年！年年如此，年年的初一，都是老妈笑容最灿烂、笑得最开心的日子，也是家里最美好、最温馨、一张张笑脸最多，一阵阵笑声最响的日子。



## 大拜年

大年初一，一早天还没亮透，我和老妈就起床了。刷牙洗脸收拾屋子吃早饭，一切麻利快！瓜子花生开心果，葡萄香蕉大樱桃，沏上茶水备好茶碗，就等亲人上门拜年了！

我和老妈正想着，就听见了门外的脚步声，我紧走几步来到门口，拉开门，一眼就看见每年都“打头”第一个给老妈拜年的叔伯哥嫂。

才迎进门，还没顾得喘口气，这夫妻俩就对着我老妈、他老婶儿就腿一弯，腰一踏，头一低，趴在屋地上“咚咚”拜上了年！好家伙，那份真诚，丝毫不像现代人的做派，那腿脚腰板的利落劲儿，也丝毫不像过六十奔七十，而今已是68岁之人。

我很感动，老妈自然更感动，看着一天天、一年年长大、成家，如今也是花白头发的侄子带着同样也是一脑袋白头发的媳妇给自己跪下磕头拜年，年近90岁的老妈怎么能不感动得泪花闪闪呢?

我的眼圈也红了。这哥嫂是大爷屋里的，是我们这辈人的大哥，年年听老妈喜滋滋地说起他们磕头拜年之事，可从没看见过。因为我们出了门子的姑奶奶，大年初二才回娘家拜年。这次要不是改变了过年方式，恐怕永远也不会目睹。

父亲老哥仨，三家有五个儿子。我有亲哥一个，叔伯哥四个，拜年磕头，只有这大哥大嫂，而且年年坚持，已经几十年了。“老人受苦受累，疼我们、爱我们，该受我们一拜！”大嫂子快言快语。



我给大哥大嫂奉上热茶，还没顾得说上两句话，屋门就又被敲响了。一开门，一下子看见了好几张笑脸！大爷家里的二哥二嫂、二大爷家里的大哥大嫂、二哥二嫂，屋子一下就满了。

“老婶儿新年好！”“老婶儿新年好！”一声挨着一声，让老妈应接不暇，笑容堆了一层又一层。

递瓜子、剥香蕉、端热茶，老妈高兴得都不知怎么招待这特意给她拜年的孩子们了！

可只有一个来小时的工夫，老妈和她的孩子们的亲热劲儿还没减呢，她的孩子们就站起身要走了。

“吃了饭再走！”老妈拉着这个侄子，扯着那个侄媳，噘着嘴红着眼圈，可哪次也没留住过孩子们在家吃顿饭。“他们太忙了……”

也许是哥哥嫂子们真忙，也许是哥哥嫂子们怕打扰老妈，累着老妈吧。我这么想。

**大年初二回娘家**

大年初二，是出了门子的姑奶奶回娘家拜年的日子。这一天简直是太热闹了！

我们姐妹六个，六个家，六个家就是六对夫妻和孩子。大姐家两个女儿，且有两个在国内上大学、在美国留学的孙子；二姐家一女一儿，也都已成家，女儿还给她生了一双可爱的外孙，今年已经上了中学；三姐一儿一女，有了孙女也有了外孙女；四姐养了两个儿子，长子生了女儿，次子已经上班。老妈的五女儿就是我，闺女也在律师事务所当着律师。小妹的儿子业已上了大学。



也就是七点钟过后不久，老妈的房门就关不上了。闺女带着姑爷、外孙子带着媳妇孩子、外孙女携着外孙女婿孩子，一个接一个，一波接一波，一家接一家，全来报到！

“老妈过年好”“姥姥过年好”“老太太过年好”，一声接一声、一声压一声、一声摞一声，直叫得 90 岁的老妈“哎、哎、哎”成了连片子嘴。

爆满！看着这三居室满屋的人，几间屋子里洋溢的笑脸，以及络绎不绝的声音，真乃是“爆满”这个词最好的注释。吃、喝、聊、跑、闹，这个家呀，就像煮开了的锅，爆出的玉米花，热气腾腾！

吃过丰盛的午饭，就开始打牌了。女婿们陪着老丈母娘打麻将，姐妹们和外甥女打扑克牌。里屋一桌，客厅一桌，一圈圈打下来，一场场耍过去，不知不觉就天色渐黑、月上柳梢头了。牌桌继续着，晚饭轮流下吃，饭桌垫补点后，扭身借着练。

此时90岁的老妈呢，以往早安歇在床上了，而今天，却跟三个女婿打麻将也是“七对”“捉五魁”“清一色”打得不亦乐乎。



**热闹之后**

大年初三，家里的客人来得少了，屋里消停了。消停得我和老妈都不适应了。一百多平米的三居室，只有我和老妈娘俩，显得空荡荡的。

吃过早饭，我和老妈坐在沙发上，看电视。老妈一会儿侧脸看看桌上的电话，一会儿斜着身子望望门口。身子对着电视，心思却是有一搭无一搭的，电视屏幕热热闹闹的喜庆画面以及嘹亮欢快的歌声，仿佛不存在似的。

今天，姐姐不会来，妹妹也不好说，嫂子要和哥回娘家。这大正月的谁没有几个亲戚朋友，串门子拜年是少不了的。

家里冷清了。一天的时间感觉很漫长。老妈吃饭、睡觉、看电视、聊天，都没有了以往的兴趣。终于窗外的天暗了下来，老妈扶着拐杖从沙发上站起身，走到窗前一伸手，拉上窗帘，转身进屋睡觉去了。

初四，楼下的哥哥上楼转了一圈，离开了。嫂嫂坐了一会儿，说，家里还要收拾收拾，也回去了。姐姐妹妹成家立业各自都有不少亲戚朋友探望走访，自是要忙几天。

大年初五，“破五”吃饺子。嫂子上楼和我一起和面剁馅，一个小时不到，热气腾腾的饺子就上桌了。老妈虽然不像昨日那么别扭，但也不是很开心，因为吃过饺子哥嫂侄女侄子就下楼回去了。姐过来了，妹也来了，陪老妈一两个小时也回家了。一百多平米的屋里又剩下了老妈和我。

包饺子时老妈的情绪还不错，可吃过这“破五”饺子看哥嫂一出门，老妈的脸就不好看了。哥嫂过年备年货、串门拜年有些累了，看我陪着老妈，也就下楼歇着去了。



哥嫂一走，屋里就又只有我和老妈了。

家，又清冷了。老妈噘着嘴、嘟噜着脸，一脸的不高兴。我知道一到此时，我的日子就不好过了。说话做事都要小心，稍不留神就会引起“轩然大波”，多日的辛苦付诸东流“唉……”老妈深深地叹了一口气。老妈的叹息声这已不是第一次了。

“您怎么啦？”我听到老妈的叹气心里就有些烦。叹气就是老妈又不满意了。

“没事。”老妈面无表情。

好不容易熬到天黑，准备睡觉。“妈，咱们洗洗澡吧？”我打起精神招呼着沙发上坐着的老妈。

“不洗。”老妈拒绝得很干脆。不洗就不洗，反正刚洗过两天。我宽慰着自己。

“给您洗洗脚吧？”我仍耐心地轻言细语。

老妈没说话，皱着眉头嘟囔着：“天天洗，有啥脏的。”一脸的不高兴。

“唉……”老妈又开始叹气了。一声，我没问“您怎么了”。“唉……”又一声，我又没问。虽然没问，心里还是不舒服的。

老妈是有脾气的！可老妈的脾气冲谁发是“挑人”的。

我是首当其冲的一个。尤其是这几年，年过五十的我们几乎天天都来陪老妈，还要忍受“不孝”的痛苦。

“妈，我去蒸上米饭。”我说。“去吧。”老妈答应着。



我走进厨房，老妈的眼睛跟进厨房。我从厨房出来，老妈的眼睛收回来，重新落在电视屏幕上。

“侯淑玉！”“侯淑玉！”不知什么时候老妈不再叫我的乳名，而是一时一会儿不见我就大喊大叫我的名字，那喊声又大又急，好像我会消失不见了似的。

“哎、哎！”我起初也吓坏了，以为老妈又发生了什么状况，一边紧答应一边从卫生间或厨房紧着跑出来伸着脖子瞪着眼地奔过来。

唉，客厅里的老妈啥情况都没发生，只是瞪着双眼脸红脖子粗地找我。我一出现，老妈就孩子般不好意思地笑了：“我以为你走了呢。”

为了安抚老妈，我只好每次进厨房做饭、到卫生间方便，就算偶尔去洗个手，刷个茶杯我都主动“汇报”“请示”。

“真不如去养老院呢。”老妈仿佛故意激怒我似的加重了语气。因为过去曾经因为这句话把做儿女的我们激怒过。

但，这次，我控制住了。没有发火，也没吭气。自己的老妈，爱说啥说啥吧，较啥劲呀。

明天就是初六了，保姆大姐就从山西老家回来了。这保姆大姐让老妈凑合着过得去，三年来，我们都挺省心，三天五日不过来也行，十天半月出门旅游也能安心。

可，初六一早，嫂子上楼一说，下午保姆大姐就回来了，我就可以回家了，我还没松口气，老妈的脸色就不对了。不但没一丝笑容，就是嘴都懒得张开了。

吃过中午饭，老妈在客厅沙发上看电视，我进卧室收拾衣服准备回家。我正专心收拾，不知什么时候老妈竟拄着拐杖扶着门框站在我身后了。等我发现，回过头刚要说话，老妈竟出溜一屁股坐在地上，我赶忙扔下手里的衣服去扶，不想老妈却双臂一圈，把我的一条腿抱住了。

“我不让你走……”老妈一脸的泪呀。

“啊——”一声，我也控制不住了，大声哭起来。

哭什么？哭什么？老妈哭什么？我哭什么呀？

老妈哭，保姆来了，我走了。我哭，我哭，我的初衷：让老妈快乐过年的美好初衷，为啥结果却是“背道而驰”呀……

我们的哭声，引来了楼下的哥嫂，引来了姐妹，也就半个小时的工夫，一百多平米的屋子就被或站或坐的老妈的亲人热热闹闹地占满了。

我不孝，老妈一脸的泪，而且坐在地上，抱着我的腿。就算被嫂子搀扶起来坐在了椅子上，也还是要堵住门口……

今晚，我不住。不想住，我要回家，我累了。

“天，都这么晚了，外面多黑呀……”老妈眼里有了泪水。

可我，还是一狠心，扭身出了家门。但，我知道，我身后的那双盈满泪水的眼睛，已经小溪般流淌了……

**到时候就回家吧**

姐妹几个约好回娘家，说是陪老妈，老妈年纪大了，九十多岁了怎么能光靠保姆呢。

一进门，老妈一看是闺女，一边叫着宝贝，一边招呼着保姆大姐快烧水、刷茶壶。闺女们一个个也不含糊，把香蕉、苹果、大鸭梨各样水果堆了一茶几。



“支桌子打牌！”姐妹们几乎异口同声。

老妈一听眼睛就闪出了光彩。老妈家里家外干了一辈子，八十岁之后喜欢上了麻将，不仅成了唯一的爱好，而且玩得得心应手、得意满满。

上午，姐妹们和老妈轮流打麻将，一锅牌下来就差不多中午了。保姆大姐已经把饭菜做好，麻将牌一撤，一盘盘的菜就上桌了。吃过午饭，碗筷碟子厨房一端，麻将牌就又上桌了。

沙发上坐着的老妈起身刚要往牌桌上靠，就被闺女们你一句她一句地“您歇会儿吧”“您睡觉去吧”地劝进里屋床上躺着去了。

姐妹们很快就进入了战斗状态，其实说是看老妈、陪老妈，那都是心照不宣的借口，打牌，其实是她们姐妹几个想热闹地战斗战斗了。“哗啦哗啦”的麻将打了一圈又一圈，不知不觉就天黑了。

“到时就回家。”午睡醒了之后一直沙发上看“歪脖胡”的老妈开始发话了。

“再打一圈。”姐妹们边打边应付着老妈。

“到时就回家，不能不顾家。”老妈继续着。

“哗啦哗啦。”麻将牌继续着，战斗继续着。

“过日子哪有到时不回家的。”老妈的脸色有些不好看了。

姐妹们的战斗终于架不住老妈的唠叨，结束了。

隔了一日，姐妹约好又回娘家来了，一敲门，老妈一看是闺女们，脸上就放出了光彩：“快刷茶壶沏茶。我的宝贝回来了。”



放下给老妈买的花生、瓜子、栗子、枣，沏上的茶水顾不得粘嘴唇，就吆喝着“支桌子打麻将”了。

打麻将是老妈这辈子唯一的娱乐项目，也是最得意的一件事。麻将布铺好、“哗啦”麻将牌上桌子，姐妹们还没说好谁上呢，老妈就在坐西朝东的老地方摆好了一溜“长城”了。

麻将打得有些艰难，老妈再得意麻将也是岁数不饶人，脑筋反应慢了。姐妹中一个张着嘴打了呵欠，另一个很快接上了。四圈麻将下来，时间将近两个小时。

“开饭了。”保姆大姐饭菜做好了。麻将牌终于在保姆大姐的招呼声停止了。

午饭后，麻将又“哗啦”上桌了。沙发上坐着的老妈站起身，不等老妈往前靠，闺女们就你一言她一语地“您歇歇吧”“你累了”地劝开了。老妈看着麻将桌虽然不甘心，也只好带着满心的不乐意回里屋床上躺着去了。

姐妹们很快就进入了战斗状态，其实说是看老妈、陪老妈，那都说心照不宣的借口，打牌，其实也是姐妹们的爱好。哗啦哗啦的麻将打了一圈又一圈，不知不觉就天黑了。

“到时就回家。”午睡醒了之后一直沙发上看“歪脖胡”的老妈又开始烦人地唠叨了。“再打一圈。”姐妹们边打边应付着老妈。

“到时就回家。不能不顾家。”老妈继续着。

哗啦哗啦的麻将牌继续着，姐妹们的战斗继续着。



“过日子哪有到时不回家的。”老妈说话的口气里满是“孩子们不听话”的无奈和怨气。

姐妹们的战斗终于架不住老妈一遍又一遍地唠叨，结束了。

两天之后，姐妹们又约好来到了老妈家，老妈一看很欢喜，一边吆喝着保姆沏茶一边指着支好桌子、铺好麻将布、摆好麻将牌的桌子让闺女们看。嘴上说让闺女们喝口水歇歇，自己却一转身在麻将桌坐西朝东的“老地方”坐好了。

姐妹几个你推我让终于围上了麻将桌，这次“四圈”麻将打得很快不到一个小时就打完了。

“老妈您累了吧”“您歇歇吧”闺女们都特心疼老妈。有的扶起老妈，有的递水、有的剥香蕉。其实说是打了“四圈”，也就是两圈，姐妹们打得“默契”两圈牌让老妈“和”了六把，而且全是“捉五魁”“清一色”。她们认为快九十岁的老妈根本记不住打几圈了，只要“和牌”高兴就齐了。

其实，老妈心里明白着呢，就算脑筋糊涂，也是有清醒的时候。但老妈不说，看了一眼桌上的麻将，还是顺着闺女们的意思“乖乖”地起身道：“你们打吧，我在沙发上看‘歪脖胡’。”

可是之后，不久，姐妹几个耳朵根子清静了，唠唠叨叨让她们“到时就回家”的老妈永远都不开口了，她们姐妹几个不要说十天、半个月，三个月、五个月，就是至此时293天里，姐妹几个也没再打过麻将。

## 回家抱抱妈妈



4月23日，是世界读书日。

这一天我到新华书店买到了八本书，其中一本，是我急需要的。

我的母亲，今年89岁了。有一位这样的母亲，我们多么幸福呀！怎样让母亲天天快乐，却不是太容易的。

在物质上我们兄弟姐妹可以拍着胸脯说，母亲享受的生活是一流的。可一流的物质生活，却没能让我们和母亲得到一流的享受。

怎么让母亲快乐，让母亲舒心，让89岁的母亲，一年一年地陪伴着我们，进门喊一声“妈”有一个回应，是我们每一个人心中、梦里寻求的答案。

《她们知道我来过》作者张大诺，一位投身志愿服务二十多年、关怀高危老人一百余人的写作者，用亲身经历把我内心积存已久的困惑一一解开。

每一个人的一生，都是一本厚厚的书。

八十岁、九十岁的人生更是厚重的不得了的一本书！可这本该沉甸甸的历史、沉甸甸的故事、沉甸甸的生活，却在此时简化成了一句话、几十个字、甚或一个无语的眼神……

爸爸妈妈呀，爷爷奶奶呀，您们想什么呢？

快乐，何其容易啊！

张大诺在《她们知道我来过》给了我们一把钥匙，一把打开老人们心结的钥匙。



一、说话。让老人说话。从话里找出让老人引以自豪的事，哪怕是三言两语，肯定他，称赞他，让老人觉得他这一生过得很值！经常不断地用这三言两语作为每次让老人打开话匣子的开关。让老人处于兴奋快乐状态，让老人的脑子旋转起来，让老人的生命因此延长延长……

二、做事。每个子女最少为老人，做一件让老人感动并印象深刻的事。如洗脚、洗头、铰指甲、揉揉肩……让老人情绪不好时念叨“不想活”“活够了”的时候，想起儿女为她做的事，感觉到儿女对她的留恋和孝顺，不再有被抛弃的感觉。

三、拜师。找出老人最擅长的事，求教。让老人觉得自己还有用，还有事可做，还有任务没完成……不是等吃等喝，拖累儿女的包袱。请教母亲做衣服的手艺，和父亲探讨为人处世的方法。

四、倾听。老人一生，生儿育女、养母葬父走过八九十年的岁月，最后的生命也许就剩下了五分钟、几百字、一生唯一清晰的记忆了……而这记忆是老人一生的精华，这精华更是任何东西都无法抹去的，无法抹去的除了老人一生的精华还有同时流逝的时光。

作为儿女，一个享受老人一生精华一生时光的儿女，难道你不愿意拿出你的“五分钟”倾听一下，为你倾付精华、倾付时光的父亲母亲的几百字的唠叨吗？

“五分钟”对于你，只不过一杯茶的工夫，可对于一个即将燃尽生命之烛的父母，也许……

五、娇宠。像母亲父亲娇宠自己的“婴儿”那样，娇宠你八九十岁的父亲母亲！



父亲老了，母亲老了，腰挺不直了，腿脚迈不快了，说过的话，还没两分钟，就开始又说开了……身体，让父母们失去了自信、变成走不稳、吃不好的孩子……

可父亲母亲们心里都明白：自尊，却是不能丢的！

“我说得对！”“就得听我的！”“我说怎么办就怎么办！”固执、倔强坚守着仅有的“自尊”……

“你说的不对！”“你做的不行！”“事情不是这样的！”我们真的要真相、真理吗？

真相是什么？真理是什么？这对于我们真的重要吗？真相其实没那么重要，维护老人的自尊、自信的心、平静、快乐地生活，才是更重要的！

握握父亲的手，亲亲母亲，抱抱那孱弱的身子，就像我们对待自己还在年幼的孩子。

我照着去做了，到了母亲家，一声轻唤“妈妈”，一个轻轻的拥抱，一个轻轻的拥抱啊，换回了89岁妈妈，一个发出声响的“咯咯”的笑声，一张开满菊花的灿烂笑脸。

## 母亲节说“孝”

我不知，我是不是“孝女”。

对于父亲，我已无言，只有泪水，因为父亲早已在23年前远去了……

在我们感知“子欲养而亲不在”的时候，母亲健在，让我们的心还有些许寄托。



母亲牙齿好，胃口好，桃子、苹果、梨，就是甘蔗也“咔哧咔哧”吃得很香甜。

母亲喜欢聊天，街坊邻居关系处得都很好。妈妈干净利落了一辈子，就是随我们去旅游，宾馆里的床铺上、茶几上也像家里那样收拾利索。

哥嫂做生意很忙，母亲带大了两个孙女，之前还给两个女儿照看过孩子。

为了不让母亲太劳累，哥嫂雇了位保姆。可母亲总觉得拿钱给别人，有些不舍，期间总是用“不如意”为由辞退了许多位。直到年近75岁那年，因擦地板滑倒，扭伤了腿，才认老服输，心有不甘地用了保姆。但仍坚持自己洗澡、洗内衣。

我守在娘家，开了家小商铺，母亲每天都会来我这里。我备好小方桌，沏好茶，摆上一两样水果。母亲骑着小三轮车从早市采买归来，都会在我这儿喝杯热茶歇歇脚儿。下午三点钟左右，午睡后的母亲带“保镖”——一位保姆大姐再次光临。

那时候，我和母亲都很快乐，都感到很幸福，虽然那时我们的小商铺早已被附近的超市搅扰得没了从前的红火，但能守着八十多岁的老妈，喝着茶聊着天，吃着桃子嗑着瓜子，也幸福得不得了。何况期间还经常招聚来姐妹哥嫂侄男甥女来凑热闹呢。

母亲有保姆侍奉，我们省了很多心，但给母亲洗澡是少不了的。母亲自己洗澡太危险，可老妈却不让别人伺候。我张罗给老妈洗，老妈倒是欣然接受。洗过几次后，有时赶上自己店铺忙或自己情绪不好，心里就有些怨言了。心说，家里有现成的人干吗不用？可想归想，几年下来后，我内心竟有些感动，因为母亲的“任性”其实是给我一次次贴近母亲尽孝的机会呀。

通过洗澡，我的手触摸到了母亲的头，发现母亲的白发越发稀疏，右手臂有些不灵活，左腿时常肿胀，右脚还有一块硬脚垫……

给母亲铰指甲，不是件容易的事。指甲厚而且硬。手指甲还好些，脚指甲就难多了。因为母亲的大脚指上的指甲，往下抠着长，扎进了肉里很深。母亲平时脚走路一定很疼，急切地盼望着我把扎进肉的指甲挖出来。我内心当然也是这么想。每次都是小心又急切。后来女儿买来了一套工具，总算容易了些。

为母亲做些事，我是心甘情愿的，不要说脏累，就是母亲扭伤腿、生病住院、因心情不好发些脾气受些委屈，我也能做到卫生间擦擦眼泪，继续用好言好语尽最大努力把母亲的怒气愁云驱散。

如今，母亲年逾九十，陪伴母亲却让我感到越发艰难。给母亲买衣、给母亲做饭、陪母亲逛街游玩都很难让母亲像两三年前那样开心快乐了。

自打村庄拆迁老宅子消失，唉声叹气成了母亲每天的主旋律。特别是近一年来，又加上了任性，易怒。

我们几个姐妹都住在不过十里的坊邻附近，每天都要两个三个的过去陪老妈。老妈家，我隔天一趟是少的。



母亲喜欢打麻将，也是唯一的娱乐项目。每天一场，是母亲最开心的时候。我们尽可能抽时间去。“一条龙”“七对”“清一色”母亲打得自如而且自信。可最近也不是很投入了。

母亲近一年来，记忆力下降很快，昨天的事，不仅忘了，就是中午吃过的饭，有时也会午睡起来忘掉，而且还急切地张罗着做饭。一句话，刚说过，要不了两三分钟后就会再说一遍，半天下来，三五遍也不新鲜。

母亲有时明白了，唉声叹气也就开始了“活什么劲儿”“拖累人”“还不如死了”要不就是“去养老院”，等等。无论我们怎么劝，“有好多不如您呢”“有人只能吃喝，不能站不能走”，还举出身边的老人做比较，母亲当时好像明白了，情绪也好些了，可要不了半小时、四十分钟，唉声叹气的烦闷情绪就又来了。唉，最后连我们自己也没了心气儿，乱了心境。

可，等扭脸回来到家，也是满眼含泪，内心又委屈，又悲哀：我怎么就没能力把老妈侍奉好呢？

孝，我该怎样做，怎样才能让母亲开心快乐地安享晚年呢？

“孝顺”，说的主要都是顺，而顺就是“忍”。忍字，“心”上插把刀。

能不能有“心”上不插“刀”也尽孝的好法子呢？

有，是肯定的，但我还没找到，但我相信，只要努力，我们会找到的。

**溺爱妈妈**

去年这个时候，我们的妈妈刚在医院做完手术。 

8 月 5 日一早，听到妈妈摔倒、被救急车送进抢救室、被医生确诊为大腿骨骨折、又被医生说明妈妈生命的不确定性，我们的泪水就止不住了……妈妈的右腿肿得孩子腰似的。输液、打针、吃药、检查，一天、一夜，一夜一天……89 岁的妈妈都是在剧痛中煎熬……

可，我们的妈妈没有淌过眼泪，嘴里不断地对着医生、护士，还有她的儿女们说着“给你们添麻烦了”“谢谢”……

主治医生终于在第七天同意给妈妈做手术了。妈妈被推进手术室时，妈妈用眼睛打量着她的儿女们说：“你们都是孝子，我活这么大岁数值了。就是死了也不要太着急……”

手术很成功！我们如愿以偿，我们的妈妈 60 天后就可以离开床，坐着轮椅出行了！

一年来，妈妈的身体恢复得很快，现在可以说比以前更好了。半斤左右的苹果、桃子，拿起来就吃。炸酱面要吃一碗，米饭炒菜也要吃一碗，妈妈的饭量与我们相当，甚至有过之，因为老妈午睡后常常还要补充些面包糕点。

妈妈的面色红润、体重也逐渐恢复，我们的心，也逐渐从揪心的疼痛中走向欣慰和愉悦：这个世界有多少人，可以有一位近 90 岁的老妈相守啊！

可是，有一天，陪着老妈吃过午饭的我，却被午睡醒来的老妈忘记了："五姐，你是什么时候来的？"

"您吃饭了吗？"

"我给你弄饭去。"



一双眼看着我，一双手拉着我，一副初见而惊喜的样子。

"妈妈，我是您闺女。您的五闺女。"还好经过一番解释，老妈终于明白过来："你是我五闺女呀。"

又一日，小妹夫妻来家，初进门时，老妈礼貌甚是周到，好像新姑爷进门的贵客，招待得让四十几岁的妹夫有些不好意思。

吃饭、喝茶之后，老妈突然就迷糊了，小妹夫出门时竟说："那是谁呀？在家里又吃又喝的。"

"您的老姑爷。"我说。

"谁？"老妈皱着眉。

"您的老姑爷！"我加大了嗓门。

"你说你，结婚这么大的事，我竟不知道！"老妈用手指着小妹一脸怒气！仿佛一切都是真的似的。

老妈严肃的表情说得47岁的小妹眼里含泪……说得我们心里隐隐作痛……

前几天，老家的婆婆来了。婆婆要我带着看望老亲家。老妈与婆婆十几年未见面，可一进门就亲热地拉上了话：“你养了个好儿子，心眼好，能干，会过日子”等等。两位妈妈亲亲热热拉着手，你一句我一句聊了好半天。午饭时，我的老妈还不住地给我的婆婆搛菜让饭。我心里一阵窃喜：“老妈今天好明白。”

饭毕，说打圈麻将，可一圈没打下来，我就发现老妈的眼神就有些不对了。

“你离我远点！”果然老妈说话的口气，有了变化。

我生怕一边的婆婆生气，赶紧说：“妈，您认识我婆婆吗？”



“不认识。”老妈摇着头。

“您知道她是谁吗？”我扶着脸色有些难堪的婆婆。

“不认识。”老妈盯着婆婆摇着头。

“妈，这是我婆婆，小雪的奶奶。特意从老家来看您来了。”

老妈看看我，看看我婆婆，又看看我手指的糕点匣子，突然明白了：“你、你这孩子怎么不给我介绍呢……”说着难为情地拉起了婆婆的手。

昨天，老妈的侄子夫妻来看望。叔伯哥今年已经75岁，老妈嫁给父亲时，他才6岁。那时两家是一个院子，一排房，叔伯哥非常喜欢这个“新婶子”，脚前脚后地跟着，就像老妈的影子。要不是黑夜睡觉，被自己的母亲找回去，恐怕还要一起睡觉呢。

老妈见着叔伯哥很高兴，虽然住得不远，就在一条街上，往日也常见到，但老妈仍是拉着大侄子的手，亲热得不行。沏茶、倒水、吃水果，一通地张罗着。

中午时分，叔伯哥要回家，我们的老妈死死地拉着手就是不放，非要留下吃饭。叔伯哥怕我们的老妈着急，只好重新坐下，按着我们老妈的意思踏踏实实地把午饭吃完了。

饭毕，喝茶。老妈站起身，到里屋把床收拾了一下，想着让“客人”睡觉。

叔伯哥夫妻起身说回家，我想是该让叔伯哥回家睡午觉了，就没强留，因为他们的家就在对面的小区。我送叔伯哥到电梯间，还没等转身就听老妈喊我。



“送什么送！还不快回来！”老妈一脸的不满。

我先是一愣，而后就明白了：老妈又糊涂了……

“妈，那是我佩生哥呀！”

“你佩生哥？”老妈一愣。

“是呀，就是我佩生哥。这不是带着月饼、苹果、大桃看您来了吗？”

老妈看着眼前大红的苹果，粉红的大桃以及一大盒北京稻香村的月饼，哭了。

“我怎么这么糊涂呀……怎么不认识他啦……”说着说着还自己抽起了自己的脸。

“妈，妈，不要紧，您没慢待他们。”我们明白老妈的意思，我们的老妈是怕她糊涂时，慢待了自己的亲人。

“我们沏茶、倒水、炒菜备饭，都是按照您的意思做的呢。”我们极力安抚着满眼泪花的老妈。

我们的老妈，糊涂了。

尽孝，开始艰难了，因为“孝”不再是满足老妈的吃、穿、游玩，而是，“孝顺”之中的“顺”。

今年农历八月十五过后，八月十六，我们的老妈就整整 90 岁了，让老妈身体健康，也许我们做儿女的能够做到，但如何让老妈“快乐”，却是摆在我们每个人面前很艰难的事……

老妈和父亲养育了自己七个儿女，为公婆、父母、叔父五位老人养老送终，为儿女嫁娶办了七场婚事，为儿女操心受累盖房五六次，爱家、守家、置家，疼爱儿女、疼爱孙辈，几十年奔波劳碌，几十年酸甜苦辣，几十年倾其所有！



我们面对着逐渐“糊涂”，逐渐“失忆”，甚至面对会将我们忘却的老妈妈，除了心疼加深，更应做好承受我们的妈妈的“不恭”，因为我们的老妈，已经逐渐变成了我们“任性”甚至“撒泼”的“孩子”。我们需要的是，将自己变成当年的妈妈，像妈妈疼爱我们儿时那样疼爱我们妈妈，宠爱，甚至溺爱——我们已经变成“孩子”的老妈……哪怕是老妈的任性、哪怕是老妈的无理，甚至是老妈的打骂。

## 妈妈再次委屈了我

还没走出楼梯口，我的泪水就滚了下来……

妈妈再一次伤了我的心。

本来今天打算陪老妈一宿，明儿一早，再推着老妈逛一逛公园转一转早市，买上老妈爱吃的肉菜，中午好好给老妈做一顿。85 岁的老妈吃喝拉撒睡不能全推给花钱雇来的保姆，再好的保姆也当不了亲生的儿女。看老妈陪老妈三天我必去一趟。可谁承想，我的好心，却让老妈再一次伤了。

兴高采烈走进门的我，才与老妈聊上几句，老妈就满腹委屈地说，那天吃我做的爆羊肉过敏了，夜里浑身刺痒……我一听就急了！这哪跟哪啊！分明刺痒过敏是我做爆羊肉的前一天发生的事，是吃一种止咳嗽药不适应引起的，当时我还拿出息斯敏给您吃了呢。怎么隔了两天，就是我把您弄过敏了呢？而且是任我怎么解释您老人家就是这么认为！您吃羊肉过敏，五六年前就被医院给治好了。



唉，我的老妈，做您的孝女真难呀！要知道您这可不是第一次让我这么委屈了。

您和父亲在没有爷爷奶奶姥姥姥爷扶持下，把我们兄弟姐妹七个拉扯大，遭受的苦难，付出的辛苦，我们始终记在心里。始终想着法子回报。几十年来，我一直崇拜您和父亲。尤其是 15 年前父亲去世后，我视您为心中的“珍宝”，敬仰着、崇拜着、感恩着，也时时刻刻担心害怕着。您有高血压、心脏病，不知什么时候一急一气，就要了命，就像挂在天空的一朵云，不经意间的一阵风，就会刮得无影无踪……

不让您着急、不让您生气，特别是不要因为自己的不小心说话办事成为导火索。在您身边尽自己的最大能量，让您舒心快乐。可您知道吗？您已经好多次委屈了我这个一直想做孝女的心了。买肉馅拿茴香，包得的饺子您不吃，扭脸吃剩玉米，刚刚出锅的黄焖鸡，热乎乎地端进门，您说不想吃。为您洗澡，为您按摩，您高兴就点头，不高兴就孩子似的闹脾气。让想好好侍候您的女儿左右不是。

孩子，老小孩儿！我忽然明白了：85岁的老妈，正是上苍给我们的一次机会，一次给当了“老小孩儿”的母亲当一次“母亲”的机会！一次反哺自己母亲，体味母亲哺育自己的历程。

当我看到《当我老了》的时刻，我不要说委屈，就是惭愧也早已让我泪流满面了。

当我老了，不再是原来的我。请原谅我，对我有一点耐心。



当我把菜汤洒到自己的衣服上时，当我忘系鞋带时，请想一想当初我是如何手把手地教你。

当我一遍一遍重复你早已听你的话语时，请你耐心地听我说，不要打断我。你小时候，我不得不重复那个讲过千遍百遍的故事，直到你进入梦乡。

当我需要你帮我洗澡时，请不要责备我，还记得你小时候，我千方百计哄你洗澡的情形吗？

当我对新科技和新事物不知所措时，请不要嘲笑我。想一想我当初怎样耐心地回答你的每一个“为什么”。

当我由于双腿疲劳而无法行走时，请伸出你年轻有力的手搀扶我。就像你小时候学习走路时，我扶你那样。

当我忘记谈话主题，请给我一些时间，让我回想。其实对我来说，谈论什么并不重要，只要你能在一旁听我说，我就很满足了。

当你看着渐渐老去的我，请不要悲伤，理解我，支持我，就像你刚开始学习如何生活时，我对你那样。当初我引导你走入人生路，如今请陪伴我走完最后的路。给我你的爱和耐心，我会报以感激的微笑，这微笑中凝结着我对你无限的爱。

## 和老妈吵架

那年正月初六的早上，窗外的天还黑着，我醒了，对面床上的母亲也醒了。虽然我没有说话，母亲也没动静，但都知道彼此没睡着。



要是搁着前些天，我肯定是有些撒娇似的叫一声妈妈，而今天，我没吭声。母亲呢，撂在以往，也会亲昵说，好闺女，我就喜欢你陪着我。而此时，母亲竟装睡，没发一丝声音，就算呼吸也压得低低的。

今年春节我打破28年回老家陪婆婆过年的习惯，满心欢喜地陪90岁的老妈过年，没想到，从腊月二十六保姆离开起，我一天24小时做饭、洗衣、洗澡、收拾屋子，陪着睡觉，陪着聊天，陪来陪去，竟陪成了“罪人”。

从前两天开始，母亲就一遍一遍地嘟囔着“活什么劲儿”“还不如死了呢”，要不就是“去养老院，省得拖累人”。

开始我忍着忍着，昨天我实在忍不住了，就嘟噜着脸给了老妈一句：“我明天就回家，反正您六七个儿女呢！”

说实在的，我并不想气老妈，陪老妈过年不就是让老妈高兴吗？可老妈面对哄着、捧着、伺候着、想着法子让她老人家高兴的我，怎么就没有好脸子呢？

我的气话才出口，没想到老妈，脸一耷拉，伸手就给了自己两个嘴巴子！“啪啪”的，那不是老妈打自己，而是抽我的脸，抽我的心呢……

我是不孝女！我是不孝女！

老妈呀，我哪次看您不是专买您爱吃的？您哪次保姆找不到不是我陪着您，您哪次生病住院不是我守着您？远处不说，就是您半年前摔伤，住院手术、恢复调养，妈，我六十天，黑夜、白天和保姆一起守着您、伺候您，脏也好，累也罢，您发脾气也罢，我都没离开过，直到您能坐在客厅看电视，能围在餐桌吃饭……



妈，您不能这样对待我呀！！

我是不孝女！我是不孝女……

今天保姆歇假结束，就来上班。我今天就可以回自己家了。

我从眼角瞥了一眼墙上的挂钟，才五点半。我继续眯着。母亲也是。以往我们母女此时聊得正欢呢。

窗外终于有了一青光，我起身穿鞋下床，母亲好像也动了动。

刷牙洗脸梳头，收拾利索，我来到客厅端起茶几上老妈专用的茶盘，到厨房。用专用的餐巾沾上“面起子”把茶壶、茶杯上的茶渍擦洗干净。之后，放上老妈喝了一辈子的茉莉花茶。

水壶的水开了，我给老妈沏上了茶。很快，屋里就飘起袅袅的茶香。

老妈起床了。先是朝客厅里的我悄悄地瞥了一眼，之后才进了卫生间刷牙洗脸。老妈出了卫生间时，我正在厨房。老妈没有直接走进客厅，而是对着我的后背愣怔了一下。

老妈扶着助力器来到客厅，打开了电视，坐在沙发上，喝茶看新闻。

我煮好了面，盛在两只碗里。每只碗里有一个鸡蛋两片西红柿，浅黄色的面汤上飘着芝麻油的香气。

第一碗，我轻轻放到母亲面前，我低着眉，没说“妈您吃吧”。端着茶杯的老妈，没说“闻着就香”，只是抬了一下眼皮悄悄地看了看我。



我端着第二碗，放到茶几上，离老妈那碗有一尺半的距离。坐在沙发上，我还故意闪着身子。

我默默地吃着，眼睛有一搭无一搭地看着电视里的新闻。母亲愣了好一会儿才端起碗。我偷眼看着母亲，母亲眼角下垂，眼光微弱，脸颊松弛，完全没有了昨日“凶神恶煞”般的模样，与昨天判若两人，显得无助而可怜。

大约九点钟，我打算收拾东西回家。刚进里屋，还没站定呢，就听见急促的脚步声。

“你不能走！”推着助力器的母亲不知怎的竟一下子来到了我的身后。

我没吭气。心说，走是肯定的。反正一会儿保姆就从老家回来了。正月初六，早就说好的。

“扑通！”老妈竟推开助力器抱着我的腿坐在了地上！

我哭了！我大声哭了起来！我的委屈一泻千里。

老妈也哭了：“我不让你走。”

楼下的嫂子也许是听见了。也许是赶上了。谁知道呢，因为她每次上楼都是这时候。

看着站着大哭的我、坐在地上抱着我腿不撒手的老妈，嫂子不知发生了什么事。

发生了什么事？发生了什么事？！

老妈有闺女儿子七个，过年从腊月二十六开始到正月初六，十几天里，闺女儿子都忙着过年串门子拜年，走亲戚看朋友，老妈一天天盼着这个来、盼着那个来，不是盼不来，就是盼来了，坐个半个小时二十分钟，沏上的茶没喝两杯，就抬屁股走人。老妈想你们，想她一手养大的闺女儿子呀！！



一次次期盼，一次次等待，一次次失落，一次次伤心，满肚子的失落委屈伤心，怎么办？怎么办？只能发泄给了守在身边的闺女。

火发完了，闺女受了委屈，老妈后悔了，后悔了！后悔了怎么办？赔不是？说“小话”？一辈子刚强、一辈子豪横，跟自己养大的闺女？怎么能够呀！！

可确实委屈了好闺女，老妈，没傻、没老糊涂！

唉，那就“老年痴呆”倚老卖老耍一回“傻”吧。拽着衣服、抱着腿，像当年孩子们扯着她不让离开那样耍一回“赖”，遮遮自己的惭愧。

不这样，这个闺女要是再“躲”着不来，往后的日子就更难熬了。

“老妈又闹脾气了！”嫂子给哥哥姐姐妹妹打着电话。

也就二十几分钟，老妈的屋子就堆满了人。都来了，我该走了，可老妈依旧不让走，推着一把椅子坐在门口，说，我走，她就“一头撞死”，谁劝都不行！直到我开口说“妈，我先回去，明天还来陪您”，这才缓和了下来，随着小妹的搀扶坐回沙发上。

老妈又闹脾气了！老妈又闹脾气了！家里人，老妈的儿女们都在抱怨，都在抱怨！可我们都是养儿女，甚至有孙辈的人，要是处在 90 岁老妈的情境之中，你又该如何呢？

今年过年，屋里空了。那个坐在沙发上等着、盼着的笑脸没有了。那个总是打电话扯着你、干扰你、牵挂你的人再也不会打电话了，那个和我吵和我闹、扯着衣服、抱着腿不让我走的老妈，再也看不见了……



## 今天住下吧

一个电话几个姐妹就约好了，半个小时后，近道走着的、远道开车的就在老妈家聚齐了。总的来说离着娘家都不算远，最远也就十来里地。

闺女们一个一个走进门，老妈就满脸灿烂，看着这个叫着“宝贝”，看着那个叫“宝贝”，其实闺女们心里都明白老妈的真正的“宝贝”是她的儿子！老妈怎么可能把闺女们当成“心尖”宝贝呢？

但闺女们都很孝顺，三天两天地往娘家跑，毕竟老妈是快九十岁的人了。香蕉、苹果、大枣、甘蔗，老妈喜欢吃的水果从没缺过。买吃的、陪着打麻将、陪着吃饭，热热闹闹就是一天。

可是天一擦黑儿，闺女们一站起身，刚要说回家，老妈就眼圈发红，“你们今天住下吧”。闺女们一下沉默了。一个个往门外走，虽然心里让老妈的眼泪弄得心里发酸，还是硬着心肠走了。

隔了一天，一个电话，闺女们又相约来到了老妈家，今天姐妹们决定带着老妈去公园逛一逛。老妈一听很高兴，欢喜地换衣服、穿鞋、拿拐棍，紧着叫保姆大姐推轮椅。一坐上闺女开的轿车老妈的眼睛就不够用的了。等闺女们推着老妈漫步在翠柳依依、鲜花朵朵、清风飒飒的美丽公园，老妈的笑脸就灿烂得如花了。“这社会多好、这社会多好。”一次又一次地说着赞着。



逛过公园，涮过羊肉，回家再打上一圈麻将，天就擦黑儿了。闺女们该回家了。闺女们没说话悄悄站起身，还没等靠近门，老妈就从沙发上红着眼圈站起了身，“你们住下吧”。闺女们一个一个低下头闭着嘴，脚下紧着往外走。

“您有儿子，有儿媳、儿子雇了保姆。您有保姆陪着呢。”作为闺女们已经可以了。

闺女们虽然看着老妈的样子心里发酸，可还是硬着心肠，一个一个走了。

闺女们没约，却也像约好了似的又在上午十点前后一个一个带着老妈爱吃的香蕉、苹果、橘子、梨走进了老妈的家。老妈养我们不容易，何况老妈快九十岁了呢。多陪、多孝敬，闺女们心里明白着呢。

陪老妈吃饭、陪老妈打牌，饭桌上老妈很高兴，举着筷子不住地给这闺女搛一筷子菜，给那个闺女搛一块肉。弄得闺女们不住地用手罩着碗躲。麻将桌上老妈腰板挺直、双颊红润、两眼放光，说出的话“当当”作响，那神态说是“六十岁”也未过。要是打出一把“捉五魁的龙”，那兴奋、那欢喜，谁看着都倍感欢欣。

一圈麻将打下来，窗外的天就发暗了。推开麻将站起身，闺女们该回家了。老妈的神态也一下子“暗”了下来。

“你们住下吧。”老妈的口气了让闺女们心里发着酸。



“您有儿子，有儿媳、儿子雇了保姆。您有保姆守着，干吗老纠缠着闺女呢。”闺女们嘴上没说，可老妈心里明白着呢。

“你们家里都有事，回去吧……”老妈扶着门框，用泪眼看着闺女们一个一个走出家门。

“也许明天我就没有了呢……”老妈喃喃地说。

老妈的声音不大，可闺女们谁都听见了。心里发酸，甚至疼，可闺女们还是一个一个地“硬”着心肠走出了家门。把老妈留给了保姆。把长夜、空寂留给了快九十岁的老妈。

## 小妹的生日

老妈，3 月 27 日是小妹的生日，中午，小妹请您吃涮羊肉，我们几个受邀作陪。

那一天您很高兴，给您夹进盘子里的羊肉、蔬菜、水果您都不推辞，就连倒进杯子里的啤酒您也喝得见了底。吃过饭，我拿出手机在美食城的厅堂里给您拍照，您也很乐意。您坐着轮椅，照料你的大姐弯着身，您和她，两张脸都是堆满了笑意。

回到家，我们让您进屋躺下歇息，我们姐妹姑嫂加上外甥女四个人在客厅拿出扑克牌玩在了一起。时间悄悄过去，我们玩得开心，您和保姆大姐聊得惬意，一切一切都如一幅画，安详甜蜜。

**那晚我不愿留下**

那次老妈去医院，是叫了120救护车的。 

起初老妈不乐意，嘟着个脸，说："不就是咳嗽几声吗？"

那是咳嗽几声吗？脸涨得通红，气都喘着费劲了。这话我们嘴上没说心里想。坚持在手机上按下"120"，将老妈的状况及家里的详细地址一并告知了急救站的接线员。也许是夜深的原因吧，医院的救急车十几分钟就进了家门。尽管老妈还执拗着，最终还是听了医生的话被抬着上了救护车。一上车医生就给老妈测血压输氧气。进了急救站医生护士更是心电图、检测仪、输氧、输液、诊断、开方、注射一阵忙活。

"我没病！我没病！"90多岁的老妈执拗而倔强。"甭折腾我，我要回家！我要回家！"说着就要挥手拔掉手臂上、胸口处的导线、导管。

"妈，我们输完液就回家。"

“妈，妈，我们马上回家。”

“妈，咱们听医生的话啊。”

此时的老妈，一点母亲的样子都没有，完全成了我们要哄着听话的孩子。我们轮流上阵，这个拉着妈的手说着，那个哄着妈聊着；我说，一会儿液就输完了；她说，马上就能回家了。还好，大小四瓶液总算在我们好说歹说地哄劝下输到了老妈的身体里。

“回家。”输液的针头护士还没拔利索，老妈的话就终于得解放似的脱口而出了。

医生说：“病情还不稳定，需要住两天院。”没等医生的话音落地老妈的脾气就又上来了。把病床上的身子一扭，两腿一扯就要往床下出溜。



“妈！”我们一声惊呼，几乎同时伸出了手。之所以如此紧张，是因为老妈前年就是从睡觉的床边一出溜，落在地上就把大腿摔骨折了。住院、手术、恢复一折腾就是大半年。

为了安抚老妈，我们又接着像哄闹脾气的孩子似的一个劲儿地央求着：“妈，妈咱听医生的话。”“妈、妈，咱不住院、不住院啊。”

老妈心脏不好，十几年来没少因为冠心病发作被救护车送到医院，进“lCU”抢救，住医院调理。输液、打针、吸氧、吃药、拍片子、照透视、黑白天的监测，手指、鼻子、胸口，甚至脚腕上，到处是一道又一道的管子、电线，就像“五花大绑的犯人”，再加上抢救室的病床又软，躺在上面的老妈想翻个身都费劲。“我就是死了，也不受这份罪了！”每次出院时老妈都要恨恨地说。

老妈不愿住院，一提住院，就一百个不乐意，简直说是“恨死”医院了。看着老妈恼怒的样子，我们只好和医生协商拿药回家到社区医院输液。

我们把老妈小心地扶上轮椅，坐上轮椅的老妈仿佛得胜将军一般脸上露出不易察觉的浅笑。

头上的天已经开始发白，飘在东边的灰云彩也涂抹上了一缕缕淡红。已经是早晨四点半了，天就要亮了。虽然我们平日里都喜欢看旭日东升，拍张照片发个朋友圈，可此时疲惫的我们谁还有这个心情呢。

我们驱车回家，到了家门口，我搀扶老妈下车，手才扶住老妈的腰，就感觉湿乎乎的。老妈又尿裤子了，这次不仅把自己裤子尿湿了，就是副驾座的垫子都透透的。我心里泛出的烦闷又加了一层。



“您说在医院我们一次次问您尿不尿，您就是不尿，这可倒好，全没糟践。您这给别人添多少麻烦呀……”

“你不跟我回家？”轮椅上的老妈被保姆大姐往家门推，老妈使劲回着头望着我，眼里满是期待不舍。但，我却仿佛没看见似的，抬腿上了车，回自己家了。

我累了。

我到家倒头便睡，一觉睡到中午。吃过午饭，我又回到了老妈家，老妈下午还要继续输液。

三月的天，风多，说来就来。我们虽然已经嗅到春天了，可呼呼而来的风还是裹挟着丝丝寒意，满地的尘沙也好像终于得这机会似的借着风到处飘散。

保姆大姐说，咱们推着轮椅直接去输液吧，反正也不远。我说不行，外面太脏了。坚持用手机“打滴滴”叫来了出租快车。

社区医院离家不远，过两个红绿灯路口就到了，要是没风沙的好天，老妈没有病，推着轮椅走走倒也没什么，因为平日里保姆大姐常用轮椅推着老妈溜达，哪次也比这个距离远。

滴滴快车的司机不是本地人，每次三五分钟就来到家门的车，今天竟让他拐来拐去用了快十分钟，这让我有些起急。轮椅上的老妈也有些不耐烦了，嘴里嘟囔着：“推着去都快到了。”老妈那说话的声音自以为不大，我听不见。其实我不仅把那句话一字不漏地收进耳朵里，就是老妈说那话时的语气以及皱着眉头、撇着嘴的那副不满意的神态都通过眼角的余光扫进了心里。



社区医院输液又是大小三瓶，将近四个小时，液终于输完了，此时的天已经大黑了。

这次老妈的情绪虽然在我耐心的抚慰下，没有像昨天在急诊室里那样暴躁，但也是着急起急地一遍一遍地唠叨着：怎么还不完呀，天都黑了，什么时候回家呀……

老妈说一遍，我就哄一次，说东说西，讲过去说现在，有的说也说，没的也道，我就像面对当年自己幼小的女儿感冒发烧那次一样，想方设法让老妈别烦别闹听着话，把时间消耗掉，好把医生嘱咐的、给老妈治病的或黄或白的液体顺顺利利地输进去。

打车回家，厨房里飘出了米饭的香味，嫂子已经用电饭锅把米饭蒸熟了。保姆大姐服侍老妈坐在沙发上喝水，我进厨房快速炒了鸡蛋西红柿、肉丝芹菜。我饿了，老妈也饿了。十几分钟我们就把饭吃完了。此时墙上的时钟已经接近晚上九点。

我抬手拿起沙发上的外衣。准备回家。

“你还走？”沙发上的老妈抬着眼睛看着我。

我继续伸手拎起沙发上的挎包。

“你不住下？”老妈眼里充满了渴望，也写满了困惑。

我以前是经常住老妈家的，住过三天、住过五天、住过十天，从腊月二十几住到正月初几，也是有的。老妈前年摔伤手术，我从医院陪住，到家侍候，也是住了近两个月。

十几年前，哥嫂为了照顾老妈开始家里雇人。也许是老妈太精明能干了，也许是觉得儿子拿三两千块钱给别人有些心疼吧，总是以“不合心”为由辞掉人家。干一个月就换的有，干俩月不行的有，就是干上半年了，仍辞掉的也有。十几年来到家伺候老妈的人，在老妈这双慧眼中，不要说十分满意，就是八分也够呛。因为我们的老妈太精明、太能干了。



老妈 1927 年出生，18 岁结婚，20 岁赶上解放北京城，古稀之年的公婆因病因战火同时离世。老妈自己不仅和父亲养育我们七个儿女，还给娘家婆家双方五位老人养老送终。而这一切都是在新中国成立前的 1948 年到 1970 年，这段国家困难、家里艰难的岁月里。

穿衣、吃饭、盖房，我们上学、成家，创业，老妈都要亲力亲为。就算过了古稀之年的 76 岁，还能倾其力帮着做生意的儿女们看孩子做饭。

我们心疼老妈，老妈这辈子太不容易了。

前年老妈从床上出溜下来大腿骨折，被救护车送到医院，医生一听老妈 89 岁了，就直摇头不说话了。那意思就是没办法，只能回家等着了熬日子了……

可老妈亲手带大的外孙女儿哭喊着“不行！不行！”硬是托人找关系把医院院长喊来了。天佑老妈，经过医生护士的精心调理，老妈不仅能够手术治疗而且非常顺利地出院回家了。

我和保姆大姐一起日夜守护老妈，吃、喝、洗、换都不算什么，就是老妈大便干燥，我都不嫌用手扣过。可老妈深夜里一次又一次地怒目相向地吼着“我不穿！我不穿！”的同时，恶狠狠地撕扯我们好不容易给她穿上的纸尿裤，却只能让我流下倍感无奈和委屈的泪水。



垫子湿了，扯下来换。褥子湿了，扯下来换。大被子也湿了，扯下来换。换的同时，床边是一盆温水，毛巾热敷，擦干净，敷上松花粉。一次，又一次，一夜两次三次。医生说，千万不能让刀口发炎，千万不要让老人长褥疮。

妈妈不容易。妈妈这辈子太不容易。我一遍又一遍抹着眼泪，一遍又一遍地安慰着受伤的自己。

妈妈已经可以坐起来了，妈妈可以下地坐轮椅了，妈妈可以到沙发上看电视了，老妈又可以坐上轮椅去街上遛弯了。

六十天，六十个白天，六十个夜晚，终于告一段落，我可以回家了。

老妈，老了，手术之后，更是。

老妈九十岁那年春节，从结婚一直回婆家过年的我，决定今年陪老妈过年。这在以往是不可能的。在老妈的意识里，闺女嫁出去了，过年就得回婆家或者回自己家，绝不能在娘家过。所以就算有那么一两次没回老家婆婆那儿过年，也是在午夜十一点半左右，从老妈家出门，迎着噼啪炸响的鞭炮，一路抱着脑袋、堵着耳朵奔跑着回到自己家的。

守着老妈过年，我想得好，哥嫂愿意吗？老妈乐意吗？

进了腊月，吃过腊八粥，过小年儿时回了娘家，我把陪老妈过年的想法一说，快性的嫂子就“欢迎还来不及”的答应了。饭桌上嫂子一说，没想到老妈也破了“老礼儿”，异常高兴地拉着我的手连说“好闺女、好闺女”。老妈当天夜里就没让我回家。



从腊月二十六起，到正月初六，我守着老妈一起吃了除夕的饺子，喝了大年初一的新茶，一起把前来拜大年的叔伯家的哥哥嫂嫂们迎进门。我和老妈一起度过了十三天。

可是今晚想到此的我，心里却不是甜蜜温暖，而是伤心。因为那一年的正月初六，我是委屈地痛哭着离开的……

老妈和我“打了一架”。说是打了一架，其实没有动手，岂止没有动手，就是一言一语也没有。我活了几十年了，不要说与自己的亲妈，就是发小、同学、同事都没有争吵过。那天老妈让我太难了……

今晚，我不住。不想住，我要回家，我累了。

“天，都这么晚了，外面多黑呀……”老妈眼里有了泪水。

可我，还是一狠心，扭身出了家门。但，我知道，我身后的那双盈满泪水的眼睛，已经小溪般流淌了……

## 喂鸡

喂鸡是母亲的另一个重要事业。一只母鸡，个头不大，也就三四斤，可母亲却把一只只鸡们当宝贝伺候着。鸡们有撒欢奔跑的院子，还有上中下三层的鸡窝。最上层铺着柔软的稻草，是鸡们卧着下蛋用的，中间层是鸡们的卧室，是供夜晚安睡的。卧室与底层隔着一根根木条，木条与木条都有间隙，那间隙是鸡们“方便”用的，夜里鸡们一“方便”那鸡屎就顺着木条的间隙漏在了下面的沙土上了。



母亲说，鸡也是讲究生活的。你对它好，它就对你好。不仅多下蛋，还听话亲热人。

我开始不信，后来我学着母亲给它们喂食打扫鸡栏，果然就有几只母鸡见着我就“咯——咯——”围着我，母亲说，那是给你唱歌呢。后来，竟有一只漂亮的芦花鸡见着我就卧在地上让我抚摸它，我不说让它起来，它就一直温顺地卧着任我抚摸。

一只只鸡成了母亲的宝贝，一个个源源不断的鸡蛋更是成了农家小小的“银行”。醋瓶空了，拿一个换去；作业本没了，拿一个换去。小小的鸡蛋，让家里的日子，少了很多烦恼，多了许多“甜滋味”，因为有时候，一个鸡蛋换上本子橡皮后，还可以剩下一两分，母亲说，可以买上一两块花花绿绿甜滋滋的水果糖。

苦吗？累吗？那些白天队里起早连晚地挣工分、养猪喂鸡手脚没闲着的劳作、夜里挑灯熬夜的缝衣服、补袜子、纳鞋底绱鞋帮，累不累？困不困？苦不苦？母亲从没说起过，仿佛没有经历过似的。可那情那景，却深深地印在我脑海里，十年、二十年，直到现如今，五十多年过去了，我也是华发上头、年过半百之人，而母亲累得直不起来的腰、抱着鞋底子歪倒在枕头上的情景，不但没有消失，没有模糊，反而越发清晰、越发明亮，越发让我心疼了……

## 我和妈妈的早晨

“妈，我去给您沏茶。”大约六点半之后，我就起身要下床了。



老妈一早，洗漱之后第一件事就是，喝茶。就算在20世纪六七十年代家里的日子还不富裕的时候，老妈的茶也是要喝的。尽管那茶叶是3毛钱一两的、高级茶叶筛下的“高末”，那种茶叶店里最低级、自然花钱最少的又称“茶叶土”的茶叶，老妈也会津津有味地喝上几茶碗。

老妈喝茶有个习惯，也可以说讲究。刷茶壶茶碗，第一，手要干净，手上不能“一香一气”的。第二，要用手沾上小苏打，也就是俗称的“面起子”，把茶壶茶碗里里外外刷干净，一点茶渍没有不说，还要不粘不花发出亮闪闪的光。茶叶是不能用手直接“抓”的，茶叶罐打开后先往茶叶罐的盖儿上“颠”，颠一下少，再颠，颠多了，可以往茶壶里慢颠，颠够了再颠回茶叶罐。

头碗茶，老妈是必须喝的。别人不许碰。老妈什么都可以舍，一件“出门穿的衣服”都可以借给街坊张大娘穿，这头碗茶，就算是亲闺女，也不行。你要是没吭气给倒走了，老妈嘴上不说，脸上也会嘟噜着脸挂样儿。

老妈喝茶的讲究，我们从上到下老少三辈没有不明白、不尊重的。

“妈，我给您沏茶去。”我带着一种类似撒娇的口气故意提高了声音。而这同时内心也涌动着甜滋滋的味道。

“好闺女。”老妈笑眯眯地对着我，眼里、脸上也洋溢着甜蜜。

我从客厅茶几上端着专用茶盘到厨房，一边刷茶壶碗一边就把电开水壶插上了。



“老妈，茶沏好了。”我的声音似音符从心里跳跃出来。

此时卧室里的老妈早已经穿好衣服，把被子叠得方方正正的。听见我的招呼，转过身子迈着步子就往外走。

“妈，拐棍儿！”看着直着腰迈着腿甩着两只手的老妈，我吓了一跳！

老妈摔伤手术后还不够半年，再摔可不得了！

“嗯？”老妈也吓了一跳，心说，我怎么没拿拐棍呢？往常可是离开就不敢动的。甭说走就是站也不敢呀！难道说，我的腿好了？

“老妈，你可别这样，再摔坏了可咋办呀！”我一边埋怨一边赶紧去扶。

“没事。没事。”我一脸的焦急，老妈却一脸的不在乎，好像还挂着得意。

“您没事了，一有事，我受得了吗……”我真有些生气了。

“好好好，听闺女的。”老妈看我脸儿变了赶紧安慰。

我扶老妈走进卫生间，老妈洗漱的时候我开始打扫房间。等老妈把被子叠方正、梳光了头发，洗净了脸，坐在沙发上喝茶时，我就在厨房开始给老妈煮挂面卧鸡蛋了。

此时，客厅里老妈喝着茶看着《北京新闻》，厨房里我煮着面、卧着鸡蛋、守着锅。茶香轻轻飘、面香徐徐散，而窗外的天，不仅蓝得清澈，而且已是红日东升阳光灿烂了。

一盘酱菜，一盘黄瓜萝卜生拌菜端到茶几上，两碗热气腾腾的清汤面卧鸡蛋也上了桌，老妈一碗，我一碗。看着新闻，吃着面，聊着天，我吃得快，老妈吃得香，只二十几分钟，一盘青菜，两碗面就盘光碗净了。



## 就盼着宝贝们回家

我和老妈吃过早饭，就开始坐在沙发上有一搭无一搭地看着电视。

大约十点钟，屋门就被敲响了。“我的宝贝来了。”老妈站起身推着助力器来到门前，没等看见人，就边说边打开了门。

不知何时起，老妈把所有进门的孩子，无论是闺女儿子，还是孙女外孙女都称为“宝贝”。称呼的同时也总是初次见面似的满眼深情地看着你，一双柔软温热的手紧紧拉着你，之后把她喜欢的吃食一样样往你手里塞，一遍遍催着她的宝贝们

“吃呀、吃”。那急切的样子常常让她的宝贝们承受不住。

宝贝们回家，是老妈最高兴的事，摆桌子打麻将，那是更高兴的事。闺女、儿媳、外孙女，麻将桌前一围，就是一两个小时，说话聊天，嘻嘻哈哈，说是打麻将，其实就是借着麻将我们陪着老妈，老妈陪着我们的一段段美好的时光。

老妈一辈子操劳，八十岁之后，才开始打麻将，老妈脑瓜好使，常常打出一手手好牌“捉五魁”“一条龙”“清一色”，让我们自愧不如。前几年，我们各自忙生意，只是偶尔陪老妈玩一玩。村子拆迁后，我和三姐、哥的生意都不再干。所以陪老妈打麻将就有时间了。

一圈麻将打下来，就差不多中午了。炒上一桌菜，闺女、儿子儿媳，孙女们一围热热闹闹地一吃，这也是老妈最乐意看到的。假如，闺女们提出各种理由如“减肥”等，没在娘家吃饭回家了，老妈心里就不痛快，脸阴得就像下雨的天似的：“回娘家哪能空肚子的。”



宝贝们回家，打麻将，吃饭，老妈就这样，每天盼着过这样的日子。

可这几日，临近年根，各家各户都在买东西串门子拜年。姐姐忙，妹妹忙，哥哥嫂子也忙。家里清静了。早上，我和老妈聊天、收拾屋子、吃早饭，之后，就守着电视看新闻，明知道姐妹哥嫂没空还是不由得拿起电话约着他们。看着满头白发的老妈面对着电视屏幕无精打采有一搭无一搭的神态，真是让人心疼又心酸。

“打电话干吗？谁家没事？”老妈嘴上说，可心里多么盼望着宝贝们出现呀！老妈眼睛看着电视，耳朵却在屋门上，屋外稍有动静就把脸扭过来。“当当”门被敲响了，还没等我反应过来，老妈就急忙起身要迈步开门去了。我急忙拦下“您坐下我来。”老妈再摔着可不是闹着玩的。

是快递员送货。老妈看着我拉开门，没迎进她渴望见到的宝贝，眼里闪着的光亮瞬间就暗淡了下来。

一整天，又一整天，除了楼下嫂子一早一晚转一圈，就是或姐或妹打个照面，再也没人陪老妈打麻将、吃饭了。

老妈很寂寞。

## 养羊

大年三十的下半晌，哥嫂上了楼。嫂子端着肉馅，说包饺子。饺子包了两种馅，猪肉和羊肉，老妈喜欢吃羊肉的，我也是。



在我很小的时候，家里过年买不起肉包饺子，会算计日子的母亲就在开春儿，让父亲到河北固安县赶集买一只小羊羔儿。从春天有绿草开始就把小羊儿一早儿出门拴在村东的树下，让它吃一天的青草，到了太阳落山的傍晚再牵回家。就这样小羊儿就在我们的一放一牵中一天天长大，到了秋后入冬就变成了一百来斤的大羊了。进了腊月二十五，父亲就和门外村西的回民朋友说好，头腊月三十就把养了快一年的羊宰了。羊肝羊肚送给帮忙的朋友，其他的羊骨、羊头、羊肉就留下我们过年了。

那年月买猪肉不仅要钱还要“票”，家里钱紧，甚至够不上章儿的“亏”，即使有票儿，也未必有钱买。可老妈让困苦岁月里的我们有了肉吃，有了过年吃肉馅饺子的喜悦，有了今日幸福和温馨的回忆。

吃羊肉、包羊肉饺子，是件令全家快乐的事，可母亲却每年都要心疼几天。那一只只羊是有灵性的，每到腊月年底就好像嗅到了什么，以往见到母亲就快乐地“咩咩”的它们，到那时就用一双双水汪汪的大眼睛看着母亲，看着看着就淌下泪来。

有一年，母亲实在不忍心看着亲手养大的羊倒在血泊里了，就让父亲牵到集市上，打算换钱买肉。

过了年，母亲再也不让父亲开春儿赶集买羊羔了。



## 说饺子

我和嫂子在厨房包着饺子，客厅里的老妈也坐不住了，一会儿客厅站着，一会儿厨房门口看看，无着无落，心里长草似的。为了安抚老妈，嫂子索性端着肉馅拿着盖帘儿来到客厅放在桌子上和老妈一起包饺子。坐在桌边拿着饺子皮儿、挑着饺子馅捏上饺子的老妈这下踏实了，一边包饺子一边说，说的都是我们过去包饺子的事。

老妈说，过去家里穷，可穷也要截长补短地吃顿饺子，就算是没肉，也要剥一把落生（花生）仁儿，炒炒擀碎拌在大白菜馅里，也要让家里老小吃上。为啥？是心气儿！过日子，过的是心气儿。整天价贴饼子、熬粥、腌萝卜不换样，多好的日子也得过塌秧。没了精神头儿，这日子没法往前奔。

剥落生仁儿，全家一起剥；做剂儿、擀皮儿、包饺子，你追我赶；烧火开锅煮饺子，热气腾腾；红花大茶盘子捞上饺子，一大家子一围，吃的是热热闹闹。一顿饺子，从动手到吃到嘴里，家里的每个人，从整日劳碌的爸妈，到不知愁滋味的小妹，都因此心里热乎乎的。

在我的记忆里，母亲给我们包饺子，大多是阴天下雨，刮风下雪的日子。这个日子大田地里没法子干活，生产队就放假“歇雨工儿”，一歇雨工儿，我们就特别高兴，一来可以吃饺子了，二来就可以和妈妈在一起了。要知道，在平常的日子里，虽然妈妈就在身边，可面对面坐在一起就太难了。一早儿起来，妈妈就陀螺似的转，抱柴火刷锅做饭，撒鸡、喂猪、归置院子，还没顾得坐在桌上喝碗粥，那挂在马棚老柳树上的大齿轮子就在村子的上空敲响了。没等那刺耳的声音消停，妈妈已抄起一个贴饼子背起筐就出门上队里干活去了。



“一边走一边吃，道上揪一节葱叶一咬，到不了地头儿，一顿饭就吃完了。”老妈说上这段，啥时说，啥时脸上都放着光彩。

这一情景，过了几十年后，我仍从老街坊张婶儿嘴里听到，而且还有更多的版本：就你妈，我老婶儿，我就没看见坐在饭桌子上吃过饭。饽饽一手拿着，笤帚一手扫着，咬着饽饽猪圈边看猪，鸡圈外喂鸡，都是常有的事。

吃饺子，那雨雪天和妈妈一起包饺子吃饺子的场景，就算过去了许多年，依然历历在目。

那天我们没有等着母亲回家。

就要到清明节了，3月30日我们兄妹几人约好给父亲扫墓。之后，依照往年的习惯都回了娘家。嫂子前一日就把吃炸酱面的肉菜准备好了。

老妈看着我们一个个进门，就欢喜得什么似的，一边一声声叫着“宝贝”，一边沏茶、倒水、洗水果、嗑瓜子地一通地张罗。其实保姆大姐早就从嫂子那儿得着我们要回家的信儿，水果、瓜子、茶水早就准备好了，就是厨房里也是杯碗盘碟，面条菜码也收拾得妥妥的了。

也就二十几分钟，我们就把七个盘八个碗的桌子围满了。老妈呢，沙发上扭脸看着，尽管我们那个说“您快上桌”，这个让“妈您快过来”，老妈就是固执地坐着不动，说看着你们吃，比什么都高兴。直到我们下桌硬是架着搀着，老妈才算在“主位”撂下了身子。



炸酱面，是我们的最爱，老妈“小把儿抻面”更是！就算过去穷，白面不常有，老妈也会千方百计地让每个孩子在生日那天吃上一顿。过生日的吃，不过生日的，当然也能借光解馋。

今天的面条是买的，豆角、黄瓜、芹菜、豆芽、胡萝卜、青蒜等，虽然也不是老爸地里种的，但我们围在一起“呼噜呼噜”吃炸酱面的场面、气氛，一点没减少。

主位上的老妈，守着老闺女递过去的一碗面，只挑了两下就举着两根筷子不动了。一会儿正着眼看着她，一会儿侧着脸看着你；一会儿说“拨菜”，一会儿说“扤酱”；一会儿瞪大眼睛看着他张着大嘴，一会儿又冲着保姆大姐说“再给她挑一碗”……

主位上的老妈真是太忙活，一双眼睛恨不能把面前的我们，一举一动、一言一笑用眼全收进去，存在心里。老妈的一双眼虽然不那么明亮了，但却把一生的爱，写得满满的。

面对着一桌子儿女、业已拥有孙男孙女的孩子们，作为一个母亲，特别是已步入人生最后时光的母亲，除了爱，还有更多的不舍呀……

“我走的时候，你们谁都不要哭。”饭后老妈淡淡地说，“你们都是好孩子，有几个能活我这么大岁数。我知足了。”

“妈，您干吗老说这个！”

“大清明节的，您别老瞎说。”

“您老能活一百岁呢。”

我们有的攥着老妈的手，有的搂着老妈的肩，有的还撒娇似的扑到老妈怀里。

“阿姨，您该输液去了。”保姆大姐很扫兴，说着已经把轮椅推到老妈跟前了。

“我不去。”刚才还被我们哄得满脸灿烂的老妈立马显出恼怒来。

“我不能走！”被搀上轮椅的老妈固执地伸手拽住了门框，“我的孩子都来了，我不能走！不能走啊……”老妈有些声嘶力竭了。眼里不仅有泪花而且充满了恐惧。

但当时，我却没有发现似的：“妈，您别这么拧！输完液就回来，我们在家等着您。”一边说一边把老妈紧紧拽着门框的手，掰开了。

那次输液我没有前去，是保姆和姐陪着。下午六点钟，天已经擦黑，老妈输液还没有回来，我们心里都有了回家的念头了。一声说，咱们回家吧。我们就三三两两地离开老妈的家，我们的娘家。

家，一下没有人了，我们谁也没在家等着老妈，等着老妈回家。老妈输液回家，家里是空的。

“你妈回来一看，屋子空了，没有你们任何人的影子，就哭了，任我怎么劝也停不下来。你妈的泪那么多，用了好多纸……”这话是保姆大姐第二天凌晨，扑倒在老妈的空床上哭喊着说的。



## 我们的衣服

妈妈上队里干一天活儿，家里一天三顿饭，不耽误不说，喂猪、喂鸡、缝连补绽的活儿，也干得利利索索。

“笑破不笑补”，这是妈妈的口头禅。那意思是说，日子再艰难，家里孩子大人也不能穿着露着棉花透着肉的衣服。就算一件衣服补丁摞补丁，家里的女人也要将衣服用一双手巧妙地缝补出体面来，不能让人笑话。一件衣服补丁再多，让人看出的除了日子艰难，还要看出这家人过日子的“心气儿”，也就是不服输，日子还在讲究，有奔头！

20世纪六七十年代，不要说我们家有七个孩子，就算三两个孩子的家庭也不敢说衣服上没有补丁，对于农村更是有过之而无不及。

上面穿的褂子袖口、肩膀、胳膊肘要补，下面穿的裤子裤脚、膝盖、屁股蛋要补；就是脚底下穿的袜子也是脚前包头儿、脚后跟补底，就算是裤衩背心，打上补丁也不新鲜。要是有件补丁少的，甚至是没有补丁的，就算是穿了好几年、再旧，也宝贝似的，不是过年，也得是出门走亲戚、要体面时穿穿，平常日子是绝对舍不得的。

大人还好办，身子骨定了型，一件衣服能穿七八年。可家里的哥哥姐姐们就惨了，舍不得穿，看着、摸着、试着，镜子前左照右照，舍不得来舍不得去。最终的结果是，一件衣服穿不上两三次就前襟儿扣不上扣儿了，袖子也不盖不住手腕儿了；裤子呢，短了的裤腿吊着不说，裤裆也绷得紧紧的，不敢蹦不敢跳，就是蹲下弯腰都得慢动作，否则就“刺啦”开裆闹出大笑话！这样的笑话，在学校，在村庄里，也是层出不穷！



可妈妈从不让这种笑话出现。

每当一天的活计都干利索，刷锅洗碗、挡鸡窝、插街门归置完毕，妈妈洗净手脚，不等上炕就把针线笸箩搁在了枕头边上了。抬腿上炕不管身子多么酸痛，多么想把头放在枕头上，身子一撂舒舒服服躺在被窝里，也得要咬着牙撑着身子把一天之中最后一项任务完成。

拿起闺女的袜子，眼睛在脚尖、脚跟快速一扫，发现脚后跟磨得发白起了毛儿，赶紧把袜子往袜子板上一套，找上一块颜色差不多的旧袜子，用剪子铰下与脚后跟大小差不多的一块，捏起针线，三两分钟就密密实实地缝补好了。撂下袜子又斜着身子扯过儿子的裤子，没有找，屁股后面的一条三角口子就像一张嘴巴张开着对着妈妈笑了："这小子准是又爬树去了。"细密地连上了裤子上的口子，又拎起褂子上下查找了一番，直到躺在炕上的闺女儿子的裤子、褂子、袜子都过了手眼，这才长舒一口气，好像打了胜仗一般，伸伸胳膊砸砸腰揉揉发酸的眼睛，抻灭灯，脑袋撂在枕头上开始睡觉了。而此时，往往已经是下半夜了。或者已经听见公鸡打鸣了。

我们小时候很少穿新衣服，经常一整年也不一定能穿上一件。日子太穷了，队里挣工分也就能将就着够交口粮钱，养猪养鸡也就打酱油醋，交学费买本子。可就是这样艰难，妈妈还是给予着我们希望，让成长中的我们有着想头、盼头，对未来的日子有着憧憬。



每到过年，妈妈都要把一年到头从牙缝里挤出的钱，盘算着给我们轮着做一两件新衣服。今年是大姐，过年是三姐。妈妈给谁做新衣服，不是按"顺序"，而是按"需要"。大丫头长高了，褂子太小了，得换。三妮子裤子太瘦了，得换一条。

过年谁穿新衣服谁高兴，可没添新衣服的妹妹也不噘嘴耷拉脸，虽然穿不上崭新的衣服，可到了还是能把姐那件早就"眼馋"的、带着闪闪发光铜扣子的那件衣服穿上呢！要知道那件衣服可是姐妹们心里可望而不可即的。

那件衣服最初是一位姓段的住在家里的下乡干部阿姨送给大姐的。也许是看着我们日子艰难同情我们吧。

它是件蓝条绒对襟上衣，胸前有一排闪光的铜纽扣。大姐一穿上，嘿！立马光彩照人！精神得让我们一双双眼睛跟着发亮！大姐舍不得穿，收着，收着收着，短了，不得已给了二姐，二姐胳膊一伸，扣子一系，美！收起来！赶明儿春游时，同学们面前一亮相，嘿，准是满堂彩！

二姐就过年、春游穿过两次，第三次，秋后姥姥家串亲戚再穿，就绷在身上了。妈说给你三妹妹吧。虽然二姐舍不得，可也没办法。三姐接过来，只眼睛看了看手摸了摸，就赶快叠起来收进了箱子里，那样子好像谁要跟她抢似的。

拿到三姐手里的衣服，已经是“旧”衣服了。不仅青蓝色的颜色已经褪了不少，就是那面上一道道凸出的条绒也磨平了许多，尤其是袄袖、领口、前襟儿，有的地方都磨破了。要不是那排依旧闪闪发亮的纽扣诱着人，真是没啥稀罕的。

三姐手巧，十几岁就跟着妈妈学会了做衣服，不但会用缝纫机，还会裁剪，不但给我们做衣服还帮助街坊邻居，过年时缝纫机的台面上常常码放着好几家的衣服料子等着三姐给做。



三姐拿到那件“旧”衣服，用针线修理好，将纽扣拆下来，之后将一包染料放进锅里，一煮，等热气腾腾地捞出来一晾干，那件旧衣服，就变成了一件古铜色的新衣服了！等一会儿三姐飞针走线把那排闪闪发亮的纽扣钉上，嘿，这件衣服竟比原先更好看了呢！

一件衣服，大姐、二姐、三姐、四姐，到我这儿时，虽然已经过去了七八年，可让三姐一年一煮的，依然让我爱不释手“宝贝”似的舍不得穿！

“妈，您还记得那件带铜扣子的条绒衣服吗？”

“那哪能忘呀……唉……”老妈长长地叹了口气，“那日子终于熬过去了。”

## 母亲的老礼儿

90岁的母亲有许多老礼儿，从小到大一直在我们的耳畔，陪伴着我们的童年、少年，就是我们年逾半百的时候，也一直跟随着，陪伴着，就是想甩掉，也不可能。因为这些老礼儿随着漫漫岁月的浸泡，早已融进我们的骨血里。

“克己复礼”是书本里圣人孔子的行为，可母亲的言行却也似圣人一般从小影响着我们。

20世纪五六十年代，是国家最困难的岁月。国家穷，人民穷，吃饭穿衣是天大事。

母亲有我们兄妹七个儿女，母亲和父亲带领着七个儿女度日，苦，是不言而喻的。可母亲，仍可以把捧在手里的一碗面条汤送进饥肠辘辘街坊老人手里；仍可以在风雪之夜把老丫头唯一的“棉猴”送给投亲不得而落难的母子。



母亲说，“宽人紧已”，谁都有“揭不开锅”的时候，互相搭把手，就能过去。咱不能看着街坊大娘挨饿，更不能看着母亲怀里的孩子忍饥。

“小时偷针，长大偷金”，再好的物件是别人的，手，不能伸，就是心里也不能有起意。

母亲有一双“通关手”，总是说打人很疼，落在谁的后背上就是“五指山红”。意思是说，可以一掌下去，五个手指印儿就在脊背上。

那得多疼啊……

小伙伴一起到队里的菜地打猪菜，看着顶花带刺的黄瓜，红艳艳的西红柿，就是看着他们吃得再美，我都不敢伸手，就是这样，夜里做梦，还能被母亲的“通关手”吓得惊醒呢。

可母亲，一次也没有用过她的“通关手”，我们都成了听话的好儿女。

母亲养大了我们，读书上学，工作劳动，在村里虽然不是最优秀的，但也算不上不争气。读书时，好好学习，劳动时，使出浑身力气；经商做买卖，诚实，守法讲道义。

现如今，我们守着九十岁的老母亲，就是两个字：踏实。

## 生日

2018 年 11 月 23 日。

妈，今天夜里又突然醒了，再没有睡意，开灯一看，又是凌晨三点多钟。我躺在床上忍着忍着，好不容易挨到四点再也控制不住眼里的泪水……



我本来想起来面对您——写字台上的“您”诉说满腹的思念的，可女儿也起床了。

为了不影响女儿，我只好转身回到床上，可是，妈妈，我怎么能像女儿希望的那样安然入睡呀……

女儿知道我这半个月很累，她身体不舒服，要喝中药调理，她爸腰间盘疼痛要敷中药恢复，我昨天突然耳朵有些不适。女儿希望我好好睡觉休息。

妈，今天是 11 月 23 日，是我生命第 55 个生日。

妈，1963 年的 11 月 23 日，是农历十月初八，是二十四节里的“小雪”。

此时的今天，窗外阴沉沉的，气温只有零下1摄氏度。出门的人都穿上了厚棉衣。

妈，您说生我那天，是砍白菜的日子。妈，那天是阴天吗？天冷不冷？您穿得暖和吗？

妈，您说巧不巧，我生女儿时也是“小雪”那天，只不过那天是11月22日，我们娘俩都是“小雪”那天来到这个世界的。您带着我，我带着她，我们真是上天赐予我们三代人的缘分！

我生女儿那天，一早就飘着雪花，雪花不大，飘飘悠悠，满天、满地，满眼。

那天上午，我在大兴县人民医院的病房，有丈夫、婆婆陪着，有医生、护士守着，虽然生女儿时，很疼、很疼，但在温暖安全的医院病房，有亲人陪着，有医生护士守着，我没有喊疼，忍着痛等待着我的孩子，等待着聆听那连着骨肉的新生命来到世上的第一声啼哭。



中午，12点多，疼一阵赶着一阵，我咬着牙，忍着……忍着，我知道我的孩子就要出世了！

产床边守着我的年轻护士，看着我疼得满头大汗，不知怎样安慰我：“快了，快了。”一边说一边把一只柔软温暖的手轻轻地放在我正疼痛中的肚子上。肚子里的孩子似乎也得到了安慰，安静了下来，我的疼痛也瞬时减轻了。

12:30，我的女儿出世了！一个7斤8两、非常健康的女儿，发出了第一声啼哭，向世界大声宣布：我来也！

我的疼痛没有了，因为我看到了我用生命孕育了十个月的女儿——红润的小脸，修长的小手，以及一双亮闪闪的眼睛！

医生看着女儿很舒心，护士抱着女儿很怜爱，婆婆和丈夫更是很高兴。

母女平安。

妈，您生我那天，没有去医院。一早天还没亮透，就把昨晚上爸磨好的菜刀放到背筐里，出门随着街上的社员，来到了村东的白菜地。每个人两沟白菜，从南端到北头，然后折返，如此往复。谁砍的白菜多，谁就工分拿得多。

您站在属于自己的两沟白菜前，从背筐里拿起菜刀，弯下腰，左手扶菜，右手挥刀，手握刀，刀贴手，对准白菜紧挨着菜的根就是一刀。那刀不偏不斜，不宽不窄，切根不多，切菜不亏，那刀口恰到好处。砍下白菜，右手刀不落地，扶着白菜的左手张开五指，小搂子似的一两下就把白菜上多余的大菜叶撸吧利索了。就这样，一棵从七月长到十月、在庄稼人的辛勤劳作下饮天地之精华、浴日月之博爱的大白菜，就算成熟，静等上市了。

“咔嚓……咔嚓……”您挥着刀、撸着菜，砍一棵，又砍一棵，就这样砍一棵往前挪一步。妈，此时在您心里、眼里，只有白菜；您的脚，您的身子只有随着一起一落的刀往前再往前……

一阵疼痛袭来，是尚在腹中的我实在忍受不了您一起一伏的挤压折腾，用头撞了您一下。

疼痛，让您想起了我，您只稍愣了片刻用捋菜叶的手轻轻拍了拍肚子，算是安慰不听话的我。

妈，您要挣工分，要多挣，砍白菜是您拿手的活儿，不会落在别人后面，砍白菜是入冬前最后挣工分的机会！您的计划是，砍完白菜再让我出世！

妈，我也想助您一臂之力，可您一压一压，压得我实在难受呀！我疼我疼，我就不由得手抓脚踹了！邻居大婶看不过去，这才扶您回家，我出生了，没等三天您就刷锅洗碗做饭了。

坐月子，七个儿女，七个月子，您哪个能在炕上坐满呢?

我出生那天，十月初八，天阴着，有时还飘着些雪花，风有些冷，您只穿了件薄夹衣。还在白菜地里砍白菜。



## 给母亲洗澡

给老妈洗澡，于我是一种享受，老妈更是。“妈，给您洗澡吧?”

“洗。”曾被保姆大姐说不愿洗澡的老妈，今儿答应得非常爽快。

其实不是老妈不愿洗澡，是老妈不愿麻烦人。前几年老妈有时一早一晚要自己洗两次。老妈爱出汗，说不洗洗身上该有味儿了。干净利落一辈子的老妈就算过了85岁也坚持自己洗澡，是我们当闺女儿子的怕老妈洗澡摔倒，才极力劝说阻止了。闺女给洗澡老妈开始都不习惯，让八竿子打不着的“外人”给洗澡?老妈怎么可能呢。

给老妈洗澡，开始是我当闺女乐意的，一个星期里我总会找一天住下，晚上睡前帮老妈洗澡。可后来，老妈不让别人动，成了非我不可的“专利”，自己就有些怨言了，心说，您说您，闲着保姆不用，干吗老扯着闺女呀！

可今天我是非常欢喜的，陪老妈过年，我是打心里乐意的。能守着老妈，能守着90岁的老妈，特别是能守着半年前摔伤曾被断定“没希望”的、后经医生的努力做过手术、而今健康快乐的老妈，能有几人呢？

老妈呢？也破了老辈子传下的老规矩——嫁出的闺女不能在娘家过年的老礼儿，不仅答应闺女回家过年，而且还那么喜眉笑眼地看着要陪自己过年的闺女拉着手不住地笑。

老妈一边爽快地答应着洗澡，一边开始脱鞋扒袜子。我拿过老妈的拖鞋，一放到地上，老妈就伸脚穿上，手一按沙发就站直了身子。我忙把四条腿的助力器递过去。



“您慢点。”心说，您可别摔着。

老妈很“乖”，像个小孩子，让扬胳膊就扬，让抬腿就抬腿，就是搓前胸后背，用劲大了搓红了，也不说疼，倒是常“咯咯”地笑。我看着老妈身上的肉，不像老年人，不仅白，而且弹性还很好。后背平展展的像块“小案板”。“小案板”之说，是之前老妈常说我们的话。

脚呢，光溜溜的，不仅没有脚垫，还白嫩嫩的。老妈的两条腿不一样长，右腿有些短。老妈说，那是当年在生产队猪场喂猪时，把腿“抻”了，一直没瞧，弯着腿走路，落下的毛病。

生产队的猪圈很高，有一两米高，每次清理打扫母亲都要跳进去，老妈的腿就是那时往猪圈里跳时弄伤的。母亲没说，更没有看医生，只是回到家吃了两片止疼药。

我给老妈搓着前胸后背，老妈伸着手一会儿摸摸我的腿，一会儿摸摸我的胳膊，脸上带着笑，嘴里一遍遍说着“好闺女好闺女”。

洗好澡，我给老妈披上浴衣，老妈就拎着一条毛巾自己回卧室了。换上衣服，擦干头发，铺好被子，就坐在被窝里歪着脑袋等着我进屋，一起睡觉了。我收拾好卫生间，一走进卧室，就看见了老妈的喜眉笑眼了。

## 陪着母亲

老妈起夜，总是悄悄地无声无息。不开灯，不打手电，借着窗外的灯光，轻轻坐起，轻轻穿鞋，轻轻地扶着墙壁、门框，一点点往卫生间挪，那样子好像是怕把我吵醒。其实，我早就醒了，老妈的一举一动早被我“监控”了。



我支棱着耳朵听着老妈的动静，想着老妈的每一步动作，提裤子、冲马桶、洗手、拿毛巾擦手，扭身出门，“啪”关卫生间的灯，顺手拉上卫生间的门。之后，再扶着门框、扶着墙壁轻轻地一步步走回来。

老妈走到我的床前看着“熟睡”的我。我故意将一只脚伸在了被子外，老妈小心地抻被子给我盖上。我的肩膀头露着，老妈向前挪着脚步，把折过去的被角拉平盖在我的肩膀上，还用手指掖了掖。之后，眯着眼看我的脸，看着看着，还抬起手，轻轻地在我的脸上摸了摸“好好睡吧”。这才背过身回到自己的床边，脱鞋、上床、躺下接着睡。老妈的睡眠很好，不大一会儿就轻轻地睡着了。

就这样老妈起夜三四次，都是轻轻地起床，轻轻地躺下，我有时知道，有时就不知道了。

我和老妈都不睡懒觉，每天大约五点就醒了，尽管窗外还黑沉沉的。一醒就会聊天儿，一聊就能聊上一个多钟头四十分钟的。聊啥呢，自然是老妈年轻时最得意的创立家业的那些令老妈骄傲、令我们心酸而且心疼的过去，一件接一件的往事。

母亲 1927 年农历八月十六出生在京南丰台区的一个小村庄——陈留。村子不大，三四十户人家，二三百人，距永定河东岸有七八里地。村里村外有好多黄沙，荒沙土冈到处都是。据说都是永定河决堤发水冲过来的。我小时去姥姥家，不仅要在杂草丛生黄沙弥漫中穿行，就算进了村，还常看见一个个奇怪的大白圈画在高高矮矮的院墙上。母亲说，那是吓唬狼的。



母亲娘家，就母亲一个人，我们没有舅也没有姨，我出生时姥爷姥姥都不在了，只看见过三姥爷，母亲的三叔。

母亲说，她们家里过去养过骆驼，而且是六头。我姥爷是“外场人”，既会赶着骆驼到西山门头沟“驮煤”算计自己的日子，也会帮助村里的街坊四邻打理嫁闺女、娶媳妇、发送老人的红白喜事。而且还会给人家宰个牛呀杀个羊的。家里的日子还可以。母亲是个“娇养女”，只可惜姥爷没让她上学。

母亲 18 岁时，经姥爷的朋友介绍嫁给了邻村西红门的父亲。父亲老哥儿仨，排行最小。据街坊讲，母亲嫁过来时很好看，中等个，大眼睛，头发黑亮，脸蛋粉白，是村里少见的俊媳妇。这话是一位七十多岁的街坊大姑对我说的。

母亲在娘家娇养，可到了婆家不娇气。母亲说，那时你奶奶“厉害”得出名，干活利索，说话利索，在街坊四邻的交往上很仗义。光认“干妈”做干儿子的就有六七个。

母亲刚结婚时家务活儿不会干，但心灵手巧，婆婆一说一教，就会干了，而且让“厉害”的婆婆挑不出毛病。不仅如此，还让婆婆很惊喜。

母亲嫁给父亲时，是1945年农历七月二十八（父亲生日）。抗日战争虽然结束，但，解放战争又燃起了硝烟。

母亲的第一个儿子，在母亲初为人母的喜悦还沉浸在心时，就被“百日咳”夺取了生命。而第二个孩子，我大姐出生时，却是爷爷奶奶同时下葬的第三天“圆坟”之日。



那是1948年农历七月二十六，国民党的部队为了负隅顽抗到处抓兵抢粮，逼走父亲哥儿俩，家里只留下年迈的奶奶、身怀六甲的母亲，以及久病在床的爷爷。炮弹呼啸，子弹穿梭，窗户纸震破，房顶土震落。一家三口又急又怕又担心。奶奶摔倒了，没起来就咽了气，爷爷一着急，也没了呼吸。

一天，一家人没了两口，一个院停着两口棺材，战乱让一个庄稼户一下子失去了两位顶门立户的当家人。公婆下葬，悲伤把母亲初为人母的喜悦淹没了……

但这些没有把不满20岁的母亲压倒。1949年10月1日，新中国成立，母亲的生活有了希望，在亲友的帮助下，古道热肠的母亲在很短的时间里给死了媳妇、跑了老婆的两位大伯子成了家。

1951年，我的二姐出生，三姐、四姐、哥哥、我，紧跟其后。儿女双全给父亲母亲带来了满足，也带来了难以述说艰难。

吃饭穿衣，上学读书，像一座座山，压在了父亲母亲的身上、心上。

身体瘦弱的母亲之所以要到猪场肩挑七八十斤的担子、跳进一两米深的猪圈，不就是为了挣上每天 8 分的最高“工分”吗？——男劳力 10 分女劳力 8 分是生产队最高标准。

每天 8 分，母亲一年 365 天，不肯歇一天，哪怕发烧感冒、把腿摔伤，也舍不得丢下一个“8 分”！

母亲的 365 个“8 分”，等于多少钱？就算加上父亲的 365 个“10 分”，还不够交生产队分给我们一家人的口粮钱。

“白条”，一年一张，一年一张，一年一年的白条，一直到 16 岁初中一毕业就放下书包、挥起锄头走进生产队挣工分的大姐、二姐的加入，才算结束。

为了让日子好过一些，母亲养过猪、喂过鸡。猪可以上缴国家换来钱，也可以换来饲料粮。鸡可以下蛋，拿到供销社商店打酱油、打醋，换书本、换铅笔橡皮。别看养猪喂鸡是个“副业”，那可是农家人的“银行”，能解决过日子的大问题！

养猪，别人家一年卖给国家一两头，而我们家，在母亲“一大一小”同圈饲养“不空圈”的策略指导下，一年下来能上缴国家五六头！这五六头猪，不仅缓解了家里的吃饭穿衣问题，也帮助了街坊四邻捉襟见肘的日子。

猪，要吃，一天三顿，缺一不可！喂晚了，叫唤是轻的，拆墙、拱圈、刨坑，七八十斤的猪有的是力气。

一头猪一顿，连稀带干，要十几斤，三顿就是三四十斤。一大一小，两头猪，一天下来，少说也得七八十斤猪菜。打猪菜打猪草，成了一家人每天的任务。地里干活儿的出门背筐，回来捎菜；学校上学的，除了上课，利用一早一晚的空闲打猪菜。响天薄日的时候还要多加一背猪草，晾在灼热的阳光下，待到冰封时节，粉碎，猪才有饭吃。为这，汗珠子摔八瓣的滋味，全家人都体验过。

而把一大垛干草，在粉碎机上粉碎，“干呛”的滋味，只有母亲体验过。那是怎样的历练与痛苦啊，灰头土脸不说，就是每一次浑身酸痛、高烧咳嗽的折磨，都是让我这个年少的孩子惊心动魄的。母亲，一个七个孩子的母亲，为了过好日子，坚持着，忍受着，不屈不挠地用柔弱但顽强的身躯，支撑着一个又一个的日子。

# 第二辑　父亲

## 我们的父亲

父亲家弟兄三个。父亲排三，上有大哥、二哥。爷爷是忠厚老实的庄稼人，奶奶可是有名的“侯三奶奶”，在村里一提，不说人人知道，也可以说不知道的人太少了。奶奶精明能干而且性格开朗善于助人，村里村外结交了许多朋友。



父亲的性子有爷爷的憨厚，也有奶奶的善良勤奋。我家有一张，也是唯一张父亲年轻时的照片，戴着礼帽，穿着长袍，瘦高个，国字脸、长眼，双手垂在两侧，很帅气。

父亲读过私塾，喜欢看书，不爱说话。一双大脚、一双大手，除了睡觉闲着，从早到晚地都在庄稼地里忙。父亲爱干活，尤其喜欢种菜。

1921 年农历七月二十八，是父亲的生日。23 岁的父亲娶 17 岁的母亲，那一天，是 1945 年农历七月二十八。也就是说父亲在自己 23 岁生日那天，娶媳妇成家，双喜临门。

父亲家有很少的地，为了过日子靠租种了村里一家开油坊的王姓人家的菜地。地的主人不是很吝啬，一年上缴的蔬菜很随意，有时还反过来给种地的父亲家一些香油、麻酱。地主与租户的关系就像朋友。就是新中国成立后的几十年里，也是你来我往的，像两家亲戚。最后到20世纪90年代油坊老掌柜去世，父亲还亲自送了一程。

1949年10月1日，中华人民共和国成立了。靠种地过日子的父亲，终于有了自己的土地。

1951年，二姐出生。1954年，三姐出生。1957年，四姐出生。接着就是哥哥、我和妹妹。十几年间我们就成了一个有九口人的大家了。

父亲在他43岁那年有了我，我是父亲和母亲的第六个孩子，第五个女儿。

那是1963年的初冬，是全国人民刚刚度过最艰难的日子。母亲说，我落生那天，正在生产队的菜地砍大白菜，一阵紧一阵的腹痛，逼得母亲不得不放下大白菜，被邻居大婶送回家，一到家，我就降生了。父亲母亲说我有福气，尽管那时的日子仍是艰苦，但比起三年前饿得头重脚轻的日子，要强很多了。



父亲老哥仨儿，上没有姐，下没有妹。兄弟中父亲最小。大爷屋里有两个儿子、两个女儿，二大爷屋里仨女儿，俩儿子。而父亲母亲从1948年大姐出生，隔三年一个丫头，一连气就四个，终于在四姐出生后的1960年哥哥的出世，父亲母亲才长出了一口气，有了儿子！还是在第三年，母亲再次怀孕，可以想象父亲母亲多么希望再得一子呀！我的出现，虽然让父亲母亲有些失望，但给予我的爱，却没因此减弱。

人丁兴旺，是好事，可也是难事。你想，人人一张嘴，人人要吃饭，不仅如此，穿的，用的，住的哪样能少啊！我们家如此，他们家如此，你们家也如此。20世纪60年代初期的三年艰苦日子，更是让我们百废待兴的国家雪上加霜。我们一大家子九口人，干活挣钱的少，张嘴吃闲饭的多，为了养活我们，父亲母亲要受多少苦，要受多少累，要遭多少罪呀！他们本是苍翠伟岸的大树，本是如花似锦的年华，为了孕育清香美丽的花儿，就倾其所有、挥汗如雨、呕心沥血，为了让结下的果子，丰满甘甜就没日没夜地苦撑！就挨病挨痛地拼命！

父亲身高近一米八，身板很直，就是在庄稼地摸爬滚打一辈子，也不塌肩驼背。

父亲上过学，文化不是很高，但对他生活影响却不小。父亲喜欢看书，关于阴阳的《黄历》，有关节气时令的《农历》，还有治病的医学书籍。父亲会扎痧治病，不仅治好了街坊邻居的腰腿疼，还听说用此方法救过人命。



父亲43岁，人生正值壮年时有了我，没有因为我是女儿嫌弃，而且尽最大力量抚育了我，把最深沉、最厚重的爱，毫无保留地给了我，给了他所有的儿女！

### 那个雪夜

记得那年冬天我七岁。下了一天的雪还没停，窗外的风就又吹起了哨。炕上，我被母亲抱在怀里，总爱喘的我又病了。不但喘不上气，还一声接一声地咳嗽。咳嗽声稍有好转，又发烧了。

“去医院看看吧。”父亲看着母亲怀里的我着急了。母亲看着怀里脸色通红的我，又看看窗外的夜。“不能等了，得赶快去医院。”父亲说。

医院，那时村里哪有医院？去医院只能出村，到十里地以外的南苑医院，怎么去？公交车，那得是白天，此时深更半夜大雪朝天只能靠两只脚走着去。

父亲腰疼已经多日直不起来了，可此时父亲突然把腰挺起来，来，把丫头包裹好。说着背起我就跨出门，迎着呼啸的北风，大步流星地就朝十几里外的南苑医院奔去。

天很黑，风很大，雪很猛，路很长。挟着雪片的狂风呼啸着抽打着夜空。拍打着背着女儿急行的父亲。而父亲好像啥也没感觉到似的双脚在雪地上“噗嗒噗嗒”地使劲往前赶。

我的眼前除了落下的雪花，还有父亲的头上一股股冒出的热气儿。伏在父亲后背上的我非但没在这雪夜感到寒冷，周身上下好像被什么温暖着……



## 狂沙漫卷的背影

窗外的小雨滴滴答答地敲打着地上的石板。时光荏苒，日月如梭。想起那 15 年前的一天，也是这小雨纷飞的日子。

“我归，速去车站见！”一封加急电报突至而来。我的他，从云南前线终于回来了！我们这一对相恋、苦等了一年半的恋人，马上就要见面了！可我并没有喜上眉梢，心头本就压下的石头更沉了。

由于他不仅是个穷当兵的，而且还是个外地的，全家人对我们的婚事都不太看好。正当我心中郁闷无依时，父亲说：“穷不扎根，富不长苗，人好比什么都强！”父亲的话让我毅然同这个“穷兵”，在他走下战场的三个月后，结为了夫妻。

姐夫帮我们在十几里外的一家工厂，找了一间小库房。小库房由于多年没有人烟，屋顶透亮，墙壁透风，屋地上到处是耗子倒腾的土，屎尿的骚臭味让人无法喘气儿。

经过我们两天多的拾掇，屋顶糊上了白纸，房上抹了灰，清理了地面，一间还算干净的“家”出现在了我们的面前。我去县办企业大兴电机厂上班，他靠在部队学到的汽车修理技术开了一家小修理部。他户口不在北京。而吃粮、烧煤全凭户口发证供应，但生活再难也没挡住属于我们俩的幸福。

天有不测风云。三月的一天。由于天寒手冷，他修车时，汽车摇把儿不慎滑落，他将腰扭伤。哥哥得知后，立即将他送到医院治疗，我要哥哥千万不要让爸妈知道。



可次日吃完早饭，去倒刷碗水。一开门，一阵狂风夹带着黄沙卷扑来之时、我转身的一刹那，在黄沙弥漫中，工厂栅栏门口现出爸妈的身影。

爸一手攥着帽子，一手扶着栅栏门，把脸贴在铁栏杆上。踮着脚，往院里张望，“是这儿吗？”妈一手扶着三轮车上的一只桶，一手按着被风吹乱的白发。

我顾不上放下盆儿，三步两步跨到大门口喊着：“爸！妈！”我的泪水夺眶而出！

我接过三轮车，爸爸走进大门，朝堆满杂物的院子左右瞧了瞧，默默地看了一眼女儿。相跟着的妈妈，眼圈红了。

爸爸弯下腰走进我们的小屋，妈妈走近躺在床上的女婿，拉着他的手：“疼吧？……”珠子似的泪扑簌簌地往下落。抖着手捏了捏盖在他身上的被子，扭过头用袄袖擦着眼睛。

躺在床上的他——经过炮火硝烟的汉子，此时望着爸妈，凌乱的白发，满脸的汗水，浑身的黄沙，也禁不住满眼含泪。

爸抬起头看了看，高低不平的屋顶，凹凸不平的墙壁，低矮破旧的窗户，皱了皱眉头，“唉……”叹了口气。

我用手去提三轮车上的那只铁桶，竟没提下来！“好沉呀！”“一桶黄沙？”我抬手一划拉。“鸡蛋！”满满一桶黄澄澄的鸡蛋。爸爸妈妈怕鸡蛋在路上磕碎，竟然将沙子垫在当中。一桶足足有六七十斤重！我未曾擦干的泪水，再次溢了出来。

这一路从娘家西红门，到这里沙石路足足有十五六里！曲里拐弯、叽里咣当，顶着打着呼哨的西北风，来到这少有人来往的小村儿。年过七旬的爸爸妈妈，是怎样一路颠簸、一路打听、一路在黄沙漫卷中跋涉、拖着六七十斤的铁桶，带着对一双儿女的牵挂，遭了多少罪才寻找到这儿呀！

一桶鸡蛋！面对一桶静静地卧在黄沙里的鸡蛋，我泪流满面。而那刚从云南前线回来的汉子，我的丈夫，也禁不住哽咽！你想一个只身他乡、离家五百多里地的异乡人，看见面前满脸黄沙、白发凌乱的二老，拖着一桶鸡蛋，顶着狂风，拖着年迈的身子，奔走十几里，来看他这个女婿，他能不动容吗？就这情景，让他在父亲去世时，疼得几乎哭昏！就是现在，看到我的文字，他也会眼圈发红。

爸妈只喝了杯茶就起身了。爸推着三轮车默默地往前走，妈抹着泪跟在后面。“接回家！接孩子们回家！”爸妈没说可我却听见了。

狂风卷着落叶、卷着黄沙，昏了天、昏了地，把往日硕大的太阳都刮昏了头。

爸妈拖着身子登上了车。小小的三轮车拖着一双衰老的身影在升腾的风沙中忽上忽下、忽左忽右，像一只在浊浪滔天的大海上搏击的小船，摇着……摆着……晃着，迎着狂沙一直向前。

一年后，我们回到了爸妈的身边，有了安身的房子，还有了过日子的小商铺。我们的日子好了起来。

## 父亲的“核桃纹”

父亲是农民，父亲的父亲也是农民。

农民，平凡得就像是大地上的种子，一棵小草，一生都离不开土地，普普通通到处都可以看见。



父亲，他一生默默地闷头干活儿，不爱言语。爱好很少，也没什么理想，好像这辈子什么都不大喜欢。男人喜欢的抽烟、喝酒、打牌，他不喜欢，就是常人爱吃的鱼和肉，也不喜欢。

可是一到地里，父亲就变了样，精气神儿马上就来了，好像这辈子唯一的爱好就是干活儿。爱土地，爱种子，爱白菜、黄瓜、茄子、豆角、倭瓜、西红柿、辣椒、芹菜、香菜、茴香等，一切播种在土地里、给点儿水就生根、发芽的种子。

“人勤地不懒”，这是父亲常挂在嘴边的口头禅。父亲把自留地、院子里，侍弄得一年四季都绿叶繁茂、花开不败，好像每天都有不同的菜不同的花，等着你摘等着你采。

而这些菜中，父亲尤其偏爱一种“核桃纹”白菜，那是一种青帮绿叶、帮薄叶脆、层层相抱、内心金黄饱满、酷似核桃、只有这块土地才有的一种白菜。

父亲爱“核桃纹”白菜，爱得很深、很沉，爱得很固执，爱得有时让我们嫉妒、抱怨，可又无可奈何。

父亲的菜园儿，说它是个花园儿，一点也不过分。至今为止，我还真没看见比我父亲，更爱土地，更懂种子的人。

每年正月还没出，父亲就开始准备了。在某一个晚饭后，父亲端出一个小盆儿，装着黑褐色的粒粒，戴上花镜，坐在炕沿儿，用大拇指食指一粒一粒地扒拉挑选。破皮地挑出去，裂口的挑出去，虫眼儿的挑出去，长得不周正的也挑出去。最后小盆儿里只留下了一粒粒圆润、饱满泛着光泽的才被父亲称为的种子。用温热的清水冲洗，用湿毛巾盖上，最后放到暖和的炕角煨着。



好种儿出好苗儿，好苗儿结好果。

父亲几乎天天长在地里，不是在生产队的菜地，就是在家里的自留地。即使在十冬腊月也是如此。父亲他自己爱也就算了，最让人受不了的是，还逼着我们陪着他顶着老伏天的日头，去为他的“核桃纹”平地、撒种、锄草、浇水、施肥……我们承受着艰苦的劳动，天天在地里忙的是“核桃纹”，天天在家往肚里填的是“核桃纹”，这还不算，还要哆嗦着身子在寒风凛冽的年根儿底下、到近四十里的北京城里的天桥菜站去卖“核桃纹”。

记得那是我 9 岁时，一个临近大年三十的雪天。院内的大公鸡刚叫两遍，睡梦中的我被父亲轻轻地唤醒，让我一起进城卖白菜。

进城，走马路、瞅汽车、看高楼、下馆子，那该是多好的事呀！可一来到屋门口，天，是黑的；地，是白的；迎面闯进来的风，是刺骨的。我犹豫了。

爸进城去天桥菜站卖菜，是每年的年根都要去的。那个时候我们全家九口人的口粮就指靠父母在队里挣工分，一年下来，别说领过年钱，就是口粮钱也不够！为了过年给我们包顿带肉的饺子，让全家老小欢欢喜喜过个年，爸妈老早就开始算计着，妈多养猪，爸多种菜，多种那不爱上毛病的、棵小心足、不烧心不倒伏、能存到年根儿的“核桃纹”大白菜。

七月，头顶上的日头喷洒着的滚滚热浪，人们好像待在炼钢炉里。大地冒烟儿，树叶打蔫儿，连狗的舌头也被抻到地边儿了。



“知了，知了。”数伏还没几天，蝉就开始站在树上叫了。“头伏萝卜，二伏菜”。爸开始忙了。菜园子里的豆架撤了，黄瓜架拉了，西红柿茄子辣椒秧拔了，我们紧着给“核桃纹”腾地儿；撒粪、翻地，平畦、打埂，搂沟、撒籽、掩土、浇水。只两天的工夫，热闹的园子就变安静了，变成了一个干干净净整整齐齐的黄色大棋盘，变成了一个孕育着“核桃纹”的家园。

从这一天起，父亲就变成了母亲，就变成了盼着孩子出生的母亲，每天起早连夜地在守着园子、守着种子、守着他那叫“核桃纹”的孩子。

早上出门的第一件事，是看。天儿刚蒙蒙亮父亲就蹲到地边儿，觑着眼睛盯着那畦边、畦里由远到近地看；晚末晌进家门前最后一项工作，是听。星光下父亲眯着眼支着耳敛着气，脚轻轻地在畦埂上飘着，那样子好像真能听到种子抬头伸臂蹬腿以及说话的声音。

至于躺在炕上的父亲，睡觉时能不能踏实，我想，也难。因为我们半夜里时常会被“别踩……看着，看着脚底下……”吓醒。

种子，终于在父亲的期盼下，在第三天把盖在身上的土拱开了。一条条小小的缝儿里露出了顶着黑帽盔儿的两片鹅黄色的小芽儿，爸爸的眼睛，亮了。爸爸的笑容，多了。爸爸的手头的活儿，也就此拉开了。

苗密，间苗；地板，松土；苗蔫，浇水，叶黄，施肥；有虫除虫，有草锄草。父亲守着自己亲手在地里播下的一粒粒小黑蚂蚁似的种子，神奇地钻出地面，举着小芽儿、变成小叶儿，转眼间，长得手掌似的，而后扇面一般，又一片一片由鹅黄变成葱绿，由浅绿到浓深，由薄如羽翼，到碧绿如盖：大叶捧着小叶儿，小叶儿护着幼芽儿，一片挨一片，一片抱一片，片片相依，棵棵相牵了。



小小的种子，多大的能量，十几天的工夫就把黄色的大棋盘洇染成了绿油油的绒毯了。不仅如此，就连悬着的太阳、飞舞的蜻蜓也是绿色的了。甚至连父亲微驼的身影、凹下的眼睛、皱褶的脸颊，也都是绿盈盈的了。

那一棵又一棵的“核桃纹”哟，是长在地里田里吗？哦，你看父亲那抑制不住的喜兴劲儿，那绿油油的“核桃纹”，分明是长在父亲的柔软的心里的呀！

那一沟又一沟的“核桃纹”哟，是沐着日月饮着雨露长大的吗？哦，你看父亲那眼睛里流淌的眼神，那健健康康的“核桃纹”，分明是长在父亲慈爱的目光里。

那一片又一片的“核桃纹”，是集天地之精华成熟的吗？哦，你看那“核桃纹”风中起舞的叶子，分明是和着父亲轻盈的脚步的呀！看他们那一高一矮、一舞一动、一唱一和的场面，这哪里是白菜和人，简直是天地间父与子的集体之舞！

秋风来了，天气凉了，树叶开始落了。立冬了，在父亲的期望中“核桃纹”成熟了。

父亲带领我们小心翼翼地把一棵棵“核桃纹”用昨晚就磨好的菜刀砍倒，监督着我们不要伤它们的帮子，要轻轻地摘去它们身上的黄叶，把它们码放整齐，让它们清清爽爽地、舒舒服服地最后一次享受阳光蓝天大地的爱抚。



寒风袭来，一地的“核桃纹”不见了。它们哪儿去了？哦，父亲早把它们藏进了暖暖的菜窖里了。深爱它们的父亲怎舍得让它们冻着呢？父亲怎会不管它们，不理它们呢.

“核桃纹”入窖，本该省心的父亲，还是不踏实，三天两天总会来一次的“倒菜”。拎着提篮，举着蜡烛，踏着梯子，低头哈腰一步一步走下菜窖与他的“核桃纹”们见面。一双裂着口子的大手拿过这棵看看，捧过那棵瞅瞅，掀去烂叶剔去烂帮儿，从东边拿往西边放，烛光下的父亲神情专注，动作轻缓，面带慈祥……

唉，就是我们小时，父亲好像都没对我们这样亲热过！

年来了，年，一步一步走近了。父亲精心栽种、倾心护养、全心挑选的“核桃纹”骨干们就要出场了！就要登上城里人的菜站，登上城里人的餐桌，接受他们的目光，他们的言谈，他们的味觉，他们真诚的检阅评判品尝了。

“哟！您这不是“核桃纹”嘛？长得不赖呀！”一到天桥菜站验菜的工作人员就夸上了。看到城里人的笑脸，听到城里人的夸奖，六十多岁的老爸竟笑得孩子似的搓着手，笑得眼睛小了不说，连脸上的皱纹都红扑扑的了。

父亲用“核桃纹”换回了许多钱：“走，吃饭去。”爸爸把车停在一家饭店门口，领着我就进了门。

“来碗馄饨。一个烧饼。”不一会儿我就吃得嘴冒油肚发胀了。我实在是又冷又饿了。



爸呢？爸吃了吗？爸也吃的这热乎乎香喷喷的馄饨烧饼吗？我抬起眼，爸正一手拿着什么咬着，一手端着碗滋溜滋溜地喝得起劲呢。我悄悄站起身，偷偷地往爸手里一看，唉，原来那大口咬着的是家里是用布包着的贴饼子，那滋溜滋溜喝着的是一碗白开水！

现在想起来，当年父亲年根底下冒雪送进城的一车核桃纹白菜，也不过几百斤。就算有一千斤（当然小驴车拉不了）卖上最好的价钱——五分，也不过五十块钱而已。何况这是全家老小过年添衣、买肉、探亲送往的全部指望呀！又何况一车菜也从来没有装过这么多过，也不会总卖五分，还有四分五呢！能拿出两三棵白菜换来的一块多钱，买上一碗馄饨一个烧饼，已是父亲对女儿挨冷受冻押车看菜的最大奖赏了。

父亲的爱是吝啬的。几十年来他没有伸出过双臂拥抱过他七个儿女的任何一个。不爱开启的双唇更是几十年来没吐过一个“爱”字。

尽管如此，我们还是感到了、看到了、体会到了父亲的爱，父亲那几十年来不用拥抱、不用言表的爱。

我们从那烈日下、从那黑黝黝的脊背上滚滚而来的汗珠，从那寒冬里父亲那双大张着的口子的手指上，从那年三十晚上热腾腾香喷喷的饺子里，我们深深地切切地实实地被父亲的爱包裹着、浸润着、抚摸着……

父亲的爱，父亲对儿女的爱，父亲对我们的爱，就像他对大地、对种子、对“核桃纹”的爱一样，像一粒小小的种子深深地扎在泥土下、悄悄地长在日月间、慢慢地成熟在寒冬里。



父亲的爱，父亲对儿女的爱，父亲对我们的爱，就像那一棵棵的叶嫩心实片片相依的“核桃纹”，只有一层一层剥开，一口一口咀嚼，一丝一丝品味才能从清清淡淡酸酸涩涩中咂摸出一股股甜甜的滋味。

不是吗？想想那艰难的日子，父亲用黑黝黝的脊梁，粗大大的手掌，扑棱棱的脚步，靠一棵一棵的“核桃纹”让全家十来口子人果腹度日，靠一棵一棵的“核桃纹”让七个儿女健健康康，让七个儿女识文断字。

## 咬春

出了正月，“年”就算过完了。可迎来了“二月二”，我们就算又迎来了一个节日——“咬春”。

这算啥节？“二月二，接宝贝”。就是把出了门子、嫁到婆家、北京人称作姑奶奶的女儿们接回娘家，让娘家妈好好疼疼。

这一天，村里的大街小巷从一大清早到上午十一点，总会不间断地传来脆生生的：“接宝贝去？”“是呀，得赶早，中午吃春饼呢。”一问一答、一答一问，明知故问的对话。那声音抑扬顿挫不说，还揉进了那么多的喜气、那么多的欢快，特别是在妈妈们嘴里，更是透着那么一股子娘家妈特有的慈爱、自豪、骄傲！

我有四个姐姐，一个妹妹，姐妹六个，只有一个大我三岁的哥哥。记得小时候，“二月二”这一天，是继大年初二，姑奶奶回娘家拜年之后，又一次全家大聚会！



娘家人接回姑奶奶，当然就得做好吃的，对出家门、在婆家辛苦着的女儿们进行犒劳。什么是好吃的呢？吃了一正月的油腻食物，当然是清淡爽口的春饼，“咬春”最好。

二月二，是立春、雨水之后的日子，虽然天气还有些寒冷，人们还裹着冬衣，但春天确确实实来了。

我记得在这一天，父亲已经把浓绿、清香、带着紫根的一把把小韭菜带回家里来了！

村东我家有一块三分的自留地，入冬前，父亲总是会在韭菜畦的北侧用棒子秸夹起一道篱笆。

夹篱笆一般都是在萝卜进坑，白菜入窖，西北风还没真正刮起来的某一天，“丫头，走跟我上地”。父亲扛着铁锹，我背着背筐，就脚前脚后来到自留地。背筐一放就按着父亲的旨意抱起一抱抱棒子秸递给父亲，父亲再一把把放进事先挖好的一溜半尺深的篱笆沟里，然后拿起铁锨埋下土，之后拿起两根长竹竿或木棍，放在棒子秸的两侧。我就站在一侧用手扶着，父亲用两三根儿稻草拧成“要子”（绳子）从外侧穿过棒子秸递过来，我从父亲的大手里接过来，从上面穿过横在棒子秸的竹竿再送回父亲的大手里，父亲拿回后在两只手上一拧，往竹竿儿上一别。就这样，一递、一接、一拧，父亲递给我，我再递给父亲，一根根稻草要子，就在我和父亲之间、大手小手之间、父亲和女儿之间，带着父亲的体温、带着对女儿的疼爱，一次次来往，一次次穿梭……就这样，一道为“二月二，接宝贝”吃上鲜嫩新绿、为韭菜生长遮风挡寒的风障就落成了。



父亲是侍候了一辈子庄稼的农民，是一辈子也没走出土地的庄稼汉，忠厚，木讷，不善言谈，就像一天到晚捧在怀里的土地，默默地劳作，默默地行走，默默地过着日子……父亲不会大声说话，更不会跟人争吵，就是受了委屈，甚至那年遭人陷害“家里有枪”，也自己一个人默默地“扛”着。

可打记事的五六岁起，就跟在父亲屁股后面跑跑跳跳的女儿，最知道父亲，父亲不是木讷，不是不善言语，是他满腹满心的话，都是倾诉给了他揣在怀里的土地、拥进心里的庄稼！满腹满心的话都是在与他视作生命的土地、庄稼进行着推心置腹的沟通交流。否则，土地的“土性”、脾气，庄稼的冷暖、伤痛，父亲怎么会揣摩得那么清楚、怎么会护理那么“贴心”呢？

韭菜，是最早迎接春天的，是土地被春风唤醒后的第一抹

“新绿”！蛰伏在细细黄沙里的一颗“春心”，历经呼啸的西北风、历经鹅毛飞雪，在“立春”之后，就再也按捺不住了……可春风仍让不甘心离去的西北风压制着，风仍是刺骨，仍是寒冷着。

父亲，知道韭菜们“心性”的父亲，早就为它们立起了厚厚风障，不仅把狂躁的西北风挡着了，还把暖暖的阳光给它们留下了呢。少了寒风下的瑟缩，多了灿烂阳光拥抱，一颗颗“春心”怎么能不蓬勃舒展呢？

父亲把小篮子里的韭菜拎回家，深绿的嫩叶、棒槌样壮实的茎儿、带着紫色的根……看上一眼，都是满口清香。

绿豆芽，是妈妈前两天挑选绿豆，清洗装到瓦罐放到炕头、盖上大衣小被儿，一天一看、一天一换水，渐渐偎成玉似的豆芽。

焦黄酥脆的“大排叉”，是妈妈前天晚上炸好的。小绿脑门、大屁股、小细尾巴的“心里美”萝卜，“核桃纹”白菜，是父亲昨天从窖里背回家的。

姑奶奶回家了！

一盘粉红色的“心里美”萝卜丝、一盘焦黄酥脆的排叉、一盘白生生的豆芽菜、一盘翠绿清香的嫩韭菜沫、“核桃纹”甜滋滋的嫩芯，还有一盘子金黄色的摊鸡蛋，还有那有诱人口水的酱肘子。

哇塞，甭说回门的姑奶奶了，就是谁……谁……结巴磕子发言，谁不是一看就流哈喇子呢。

“来了！开吃了！”随着姐姐的吆喝，一摞溢着面香的“荷叶饼”就被端举上了饭桌。拿起一张荷叶饼揭开，扤上一勺“三合酱”（黄酱、芝麻酱、酱豆腐），一涂一抹，排叉捏碎一撒，搛一块摊鸡蛋，来一片酱肘子肉，之后放上萝卜丝、白菜丝，最后一卷，举到嘴边一咬，“咬春”，咬得满嘴清香，满心的春意盎然。

### 大暑里的父亲

大暑，每年都会如约而至，每年都会在 7 月 22 日左右来临。随之而来的还有 36 摄氏度乃至 40 摄氏度的酷热，还有“上蒸下煮”的三伏天，以及父亲滚滚而来的汗珠。

《月令七十二候集解》中说：“暑，热也，就热之中分为大小，月初为小，月中为大，今则热气犹大也。”



而每年入伏是 7 月 13 日，9 天后最热的中伏，正好与“大暑”叠加。这样的天气里，就是坐在树荫里或者吹着电扇，身上也会黏糊糊的。石头都会出汗呢。

可再热，农民也是顾不得什么了。节气不等人呢。耽误了庄稼可是大事呢。

“头伏萝卜二伏芥，三伏里头种白菜”，在农村，不要说侍弄庄稼的庄稼汉，就是吃农家饭长大的孩子，都知道这句流传甚广的谚语。

为了不耽误种萝卜栽白菜，父亲要十天半个月就做准备了。首先是筛选菜籽，其次就是收拾土地。这两样在父亲眼里是不分彼此的重要。

白天，父亲是一早四点多就上菜地了。看着已经接近尾声的一茬庄稼，父亲面对依然挂在秧上还未成熟的小黄瓜、小茄子、小豆角们，仍是流露出不舍的疼爱。为了给下一茬腾地儿，它们是不可能再成长了。可父亲仍是尽量让稚嫩的它们多待些时日。地街坊刘叔早就三下五除二，架一撤，秧一拔，地一翻就等撒萝卜籽栽白菜了。

而父亲，总是在小暑的头一天，才把撒萝卜籽的地垄里腾出来。清晨一大早把我们吆喝上地，把占地儿的茄子秧、黄瓜架指给我们，不用父亲多说，我们就拔秧的拔秧，拆架的拆架，翻地打垄，一早晨的工夫，就把种“心里美”萝卜的地方收拾好了。或中午或晚上，一沟沟的萝卜籽就在父亲一双大手里挥洒入土等着发芽了。

大暑，栽白菜，可是件大事，比种萝卜大不少的事，一是种的多，二是很重要呢。萝卜可多可少，因为那是自己吃。可那“核桃纹”白菜就不简简单单是吃了，是要进北京城到天桥菜站“露脸”的，要卖钱过日子呢。特别是20世纪70年代左右，那个年底开支领“白条”的日子，过年吃顿饺子，过年时才穿的新衣服的艰难日子。



父亲是个农民，一辈子与土地打交道，不善言辞，可满脑子都是“庄稼经”，一门心思就是种好庄稼，翻、耕、耘、平，扎根、发芽、拔节、长叶、开花、结果，施肥、浇水、防病，就像养育自己的儿女一样。可当真的面对我们时，却是没用一双大手拥抱过我们。

小暑，播下萝卜后，父亲就一扑心地想着“核桃纹”白菜了。白菜籽经过精挑细选后，放进小搪瓷盆里，用清水泡上盖上一块轻软且透气好的白棉布（“豆包布”），待到菜籽鼓胀得龇出小芽头，父亲就端捧着来到园子里，将它们轻轻地撒进父亲早就为它们准备好的一个松松软软且营养丰富的菜畦里。

大暑里的天是热的，大暑里的气是热的，大暑里的父亲呢，却是温情的。虽然父亲被太阳晒得黑红色的脊背时常滚动着一串串汗珠，虽然父亲腰间短裤的裤腰时常被汗浸得能拧出水来，虽然父亲的那双大手上的茧子又磨厚了，可父亲走进园子的脚步却是平缓轻快的，看着园子里的菜苗一天一个样的眼睛透出的光，却是轻柔喜悦的。

待到大暑过后，处暑将近，父亲更是愉悦得像得了宝贝似的，因为父亲那一畦育好的“核桃纹”菜苗，就要被移栽到那肥沃的土地上，尽情地舒枝展叶了。



## 咱家音符

我出生在农村，生长在有姐有哥有妹的农家，而且是上有四个姐姐、一个哥哥、下有小我 6 岁的妹妹的大家庭，真是太幸福了！

姐姐，哥哥，妹妹，在我的笔端不是一个词组、不是一对文字，而是一个个跳跃的音符，一段段鲜活的影像，一把把可以让严寒、黑暗褪去的炉火。

大姐，出生在那个新旧时代就要更替的 1948 年。正像母亲所说的“响大炮”那年。解放军兵临北平城，国民党负隅顽抗不断向城外打枪扔炮弹。

二姐则是出生在 1951 年，毛主席站在天安门城楼向全世界宣布“中华人民共和国成立了！”的第三年。

三姐出生在1954年的初冬。四姐出生在1957年的盛夏。哥哥出生在1960年春。我出生在1963年“砍大白菜”的时候。看出来没有，我们姐妹兄弟的年龄都是相隔3岁！老妈老爸“计划生育”计划的多好啊！每个妹妹落生的时候，都有姐姐疼爱了！

姐姐疼爱妹妹，宠爱弟弟，呵护弟弟妹妹的姐姐们都是要“亏欠”自己、委屈自己的。抱妹妹、背弟弟、做饭、烧火、打草、喂猪、挡鸡窝、扫院子等家务事，是要付出力气和汗水的，但这些力气和汗水却是姐姐们心甘情愿主动承担的。这些卖力气的活儿也许还不算什么，在那60年代缺吃少穿的日子里，面对一件衣服、一块饽饽的诱惑，克己的能耐和割舍才是最痛苦的。



“吃19斤”，每人每月19斤口粮，就在1960年。是继1958年人民公社“吃食堂”之后，全国人民因“吃”记忆最为深刻的岁月。那年三姐6岁，四姐3岁。国家为保护儿童的生命，像四姐这样年龄的孩子，可以到托儿所吃饱饭。而三姐只能像大人那样“吃19斤”。

一个月19斤粮食，现在的人也许觉得不少了，因为优越的生活“高糖、高脂”都在让人们“营养过剩”失去身条、失去健康，不得不“减肥”。而那时的人们不要说超重，就是标准体重有几个能达到的呢？“苗条”的骨感“美人”随处可见。可那不是容光焕发的“美人”而是吃不饱饭、吃不上饭“饿”的。

我是1963年出生的，“挨饿”已经好转，小妹1970年出生，日子已经好过许多了。对于六七十年代的“苦难”日子，母亲和姐姐们都很少提及，就是谈到也是在父亲母亲的带领下把“苦”日子过“甜”的一桩桩有益而有趣的事。

1964年，大姐16岁读完中学就扛起锄头进了生产队，因“三夏”打麦场上的三天“连轴转”，18岁就成了劳动能手担任了青年突击队队长。1967年二姐同样是16岁，走出学校大门步入生产队挣起了工分。两年后因聪明而能干被选送到了县建筑公司当上工人开上了汽车成为人人羡慕的、“吃皇粮”的国家职工。1970年、1973年，三姐、四姐，也像两个姐姐那样为了减轻父母的负担、为了不让年底的那张亏欠生产队粮款的“白条”再次出现，拒绝了老师的挽留，告别了学校，放下心爱的书包，回到村里挣起了工分。



大我三岁的哥哥，虽然从一落生就受到上至爸妈下至姐姐们的宠爱，但在“家”的熏染也有了一种不服输的劲头。16岁时走出学校大门时，身高还不足一米七，心疼“独生儿子”的妈妈把他送进轻闲的“老头组”，而哥哥只待了几日就甩手跑到大田抡起了大锄！

姐姐哥哥们除了在生产队出满勤、挣高分，还在爸妈的带领下把家里的日子过得有滋有味。

一早，无论冬夏，爸起得最早，第二则是妈妈。冬天，爸先生炉子，为的是孩子们一睁眼就看见红彤彤的火苗。妈妈起来则先进灶间，抱柴、洗手和面，蒸白薯贴饼子，为的是我们一钻出被窝，就闻到香甜的饭味。姐呢，听见爸妈起床当然不能赖在被窝里，梳头洗脸收拾屋子扫院子。等到我们起来，又是给我们叠被子，又是给我们梳头。

天儿发白就起床，是全家人的习惯。“老阳儿晒屁股”的事，家里就没有过。收拾屋子、打扫院子姐姐妹妹都是抢着干，隔壁邻居烟筒刚冒烟，我们家早就热热闹闹地打上羽毛球了！羽毛球是姐姐们的发明，拔下三根大公鸡的长尾巴毛，插在一寸来长的玉米骨头上，一个羽毛球就诞生了！羽毛球拍，在柴火堆里找两块长方的三合板，用刀剁成半圆的球拍型，各钉一截圆木棍，羽毛球拍就做成了！别看模样不怎么样，那时的我们为能你抽我打干上一场，一早一晚干啥都是手脚麻利快呢。

一早，屋里院里干净利索后，就开始放桌子摆碗筷。贴饼子、蒸白薯、棒子糁粥，几乎是每天都上场的。我们一吃就是十几年甚至更长，可我们很少吃够，就是现在想起来也是回味无穷。妈妈贴的饼子，软、暄，而且还有一层焦黄的脆饹馇。蒸的白薯绵软香甜，熬的棒子糁粥黏稠而滑润。特别是那碟小菜，不仅咸淡适中清脆爽口，而且五彩缤纷。黄瓜头、萝卜皮、白菜帮子、小青椒、小豆角、小茄子、小辣椒、胡萝卜，看哪个，哪个想伸筷子，伸筷子就想放到嘴里。其实这些小菜，只不过是生产队里拉秧不要的“残次品”。而这些“残次品”经过妈妈的洗刷打理加工就成了我们的入口佳肴、邻居羡慕的美食。



吃过早饭，我们就一蹦一跳上学去了，姐姐们就和爸妈背着筐扛着铁锨锄头上地挣工分去了。

中午下课铃一响，我们又小兔子一般连蹦带蹿地往家跑。

离家门还挺远的呢，就闻见了一股香味——“肉丁炸酱”！小脚丫子一下蹦得老高，三步两步就蹽着脚奔向了饭桌。

“炸酱面”那可是全家人的最爱！妈妈的“小把抻面”可是最拿手的！早上出工前，盐碱水和面饧着，晌午收工，洗手揉匀，放案板、铺薄面、揉面、切剂儿、擀面、切条儿、撒薄面、卷把儿、抻面、切去两头、一甩手，“小把抻面”就进了滚开的锅里了。挑进碗、放上面码、浇上肉丁炸酱，塞进嘴里，那个香呀——挨两嘴巴子，都不松口的。面条圆润细滑，面码脆甜，炸酱馨香。

面条好吃，全家爱吃，可却没条件天天吃。甭说天天吃，就是一个星期吃一次也难。白面少不说，就是五毛钱的肥肉，也不是常常能买的。要票不说，钱也是紧张的。



可是妈妈有办法。白面少，就把土豆擦成丝然后剁碎掺进白面里，揪成小疙瘩煮进锅里，盛进碗，浇上妈妈用葱花儿炸的葱花酱，我们照样吃得风生水起。

下午放学，爸妈和姐姐还在地里干活，我们写完作业，就背着筐到沟边、地里打猪菜。

那时养猪是每家每户最主要的事。猪可以养大交给国家卖钱给粮食，还能积肥。积肥可以家里的自留地用，还可以卖给生产队换工分。那时上地干活的大人没有回家空手的，上学的孩子，没有不背筐打菜的。

妈妈养猪有经验，一年能交给国家五六头一百斤以上的猪。为此还作为先进介绍过经验。一大一小两个猪圈，一大一小两头，甚至三头猪，大小猪争着吃食，争着长，卖大猪养小猪，一年365天，猪圈没有一天是空闲的。

猪养得多，就得吃得多，打猪菜、晾干草的力气，自然就要比别人家付出的多。而这些付出，因为心甘情愿反而生出了许多乐趣。

为了能让家里的猪吃得美，为了一筐猪菜，我们可跑出五六里地的外村。一筐菜五六十斤压得肩膀生疼，走得脚腿发软，可回到家，得到一句妈妈的夸奖，看到圈里的猪"吭哧吭哧"吃得香甜，心里就剩下"美"了。第二天，一高兴，也许一早就把一筐猪菜打回来了。

我们家人能干，从爸妈到孩子，街坊都这么说，因为明眼人都看得见，路边家门口的大草垛，是任何人家没法比的！

二姐养兔。现在家里养兔是当宠物，那时只有十五六岁的二姐养兔，可是为了帮助家里过日子。村里有个米大爷养兔，二姐听说后就找到家里学。一来二去就一窝一窝繁殖了许多只。二姐钉了个木箱子，安上两个轱辘，到处捡砖头，还为兔子们盖上"楼房"。一间一间有模有样。仨俩月就到收购站卖上一只，三块、五块地没少填补日子。



我的四个姐姐都聪明手巧，队里干活儿数得着，就是拿块布料裁剪、缝制衣服也不含糊。

每年春节前后，是姐姐做衣服最忙的时候。姐姐除了给家里的我们做，还帮街坊邻居。我清楚地记得，我家那台枣红色的"燕"牌缝纫机的台面上经常摆着一摞蓝黑粉绿的衣服料子。姐姐们成家过日子时，有了孩子后，儿子闺女的衣服大小、薄厚的全是靠自己一双巧手做的。

我们渐渐长大了，三间老屋太挤了。爸妈准备盖房。攒钱，这成了全家人的奋斗目标！

1979年的冬天，我们家终于盖上了五间白沙砖的大瓦房！钱，三千块，攒了整整十年！为了攒钱，姐姐们把一年到头吃苦受累、起早贪晚挣来的工分换来的钞票，一分不剩地交给母亲，还要从吃喝穿戴上忍让。一年做一件新衣服，一件衣服，穿几个人是常有的事。我清楚地记得那件条绒袄。那是住在家里的下乡干部、一位好心的阿姨送给我们的一件蓝色条绒袄，我们姐妹四个都穿过，最后条绒磨平、颜色几经煮染最后变成深烟色的条绒袄。因为上面有五颗闪闪发亮的铜扣子，就是最后传到我的手里，仍舍不得穿那件衣服。



“敏、兰、清、焕、喜、玉、凤”像不像一个很有韵味的诗句？像不像“1、2、3、4、5、6、7”一个个跳跃的音符？这就是我们姐妹兄弟七个人的名字。

## 父亲肩上的那把铁锨

出门扛把铁锨，这是父亲标准的形象。也该是几乎所有农民的形象。

铁锨用处多，既可以往地下挖，也可以贴着地皮铲，翻地、打埂、修沟渠，挖菜窖、装粮食、挖土，就是马路上骡子、马的粪便，也可以伸手一铲，撩进小车、背筐里。铁锨可说是个“多面手”的工具。

铁锨有齐头的平锨，桃形的勺锨，还有二尺来长的尖头筒锨。平锨适宜铲、勺锨适宜挖，长筒锨最适合深挖。挖萝卜坑、白菜窖，还可以在每年冬季修理河渠的“挖河”中大显身手！长筒锨一落地，右脚往下一踩，双手一攥，胳膊一抬往上一甩，就这么一锨土，能顶桃形勺锨两次。

在冬天，父亲喜欢用齐头的平锨。冬天，天寒地冻，队里的活儿少，自留地硬邦邦的。起惯早的父亲，依然是天亮就穿衣服出门。车少，人稀，大冷的天，谁不在暖乎乎的家里待着呀。可父亲不习惯，一早就出门了，出门干什么呀？

捡粪。马路上时常有马呀牛呀骡子们遗留在路上的一溜溜臭臭的粪球。有人嫌臭，可父亲却当成了“宝贝”！一早起来的父亲，肩头背着一个槐树条编的背筐，顺手抄起墙根立着的铁锨，一回手就撂进筐里。沿着街巷、田间路走上一早晨，就能拾上一筐，之后背到自留地的地头一倒，就挂着满足的笑意回家了。一个冬天，别人闲着家里猫冬，父亲忙着拾粪，一个冬季下来，父亲攒下了自留地开春时用下的肥料。

桃形的勺锨，是父亲常用的。从春天到秋后，就不离手了。从自家的菜园子，到生产队的田野，一把铁锨总是跟随着父亲，不是扛在肩上，就是握在手里。翻地、修渠、浇水，挖、铲、填、埋，总是有得忙，就是盛夏下雨的日子，地里一片泥泞，父亲也会在大雨一停，扛着铁锨出去。

父亲出门没有去自家的菜园子，而是来到了村中心一条穿街而过小河边。小河不宽，一两米而已，可他却把两边的住户分割成了两部分。为了把两部分的住户连起来，村里埋下一截洋灰管子，管子上用土压平就像“桥”似的连接起了两岸。小桥北侧有大队部、牲口棚，还有供人饮水的压水机，另一侧有推磨的磨坊，还有托儿所、猪场。

小桥不大，可在村里是不可或缺的。小桥很简易，除了洋灰管和土啥也没有。冬天还好，夏天，麻烦就来了。一下雨，泥滑不说，还时常被雨水冲刷得只剩下光秃秃的管子了，甭说抱着孩子、扛着粮食的人，就是空着手要过，都是心里打着战。

这事父亲记挂在心里，所以雨一停，父亲扛起铁锹就奔小桥来了。先找来些树枝铺上，再用铁锹铲些杂草压上，之后挖些泥土一层层压实踩平，走上几个来回，感觉稳当了，才带着一身一脚的泥水扭头回家。

父亲是农民，与庄稼打了一辈子交道，手里的平耙、铁锹、四齿、锄、镐不知在手里握了多少回，使坏了多少把。



父亲对土地有感情，对庄稼有感情，对手里的农具也有解不开的感情。每次从地里回来，都要把手里的它们擦拭得干干净净、亮亮堂堂，之后整齐地挂在一根悬在屋檐下的横杆下，既通风，也不受雨淋。

父亲平时很大方，谁来家，只要有，你尽可能吃、用，可就一样别借他的锄呀镐呀，就是实在要借，也得看人，是不是个爱惜家什的庄稼人。人家拿上手要出门了，爸还不放心地看着。假如你用完了，送回来的是“腌臜”的，挂着泥嘎巴，下次你就甭想着张嘴了。

## 到丰台去卖菜

那时，大概是20世纪80年代初期，改革开放刚开始。我上高中，16 岁，可以骑自行车驮着东西了。

那是个放假不用上学的日子。父亲说，你跟我去丰台卖芹菜吧。

卖菜，去丰台？这两样都让我感兴趣。卖菜从没有，丰台也只是听说没去过。

行。这个字说出口，美在心。

那天一早，父亲和我就去园子把一尺多高碧绿碧绿的芹菜割下来，一捆儿捆儿捆好，然后用白色的塑料布包上放进钢筋焊成的铁架筐里。这筐芹菜大约几十斤。这是父亲自行车要带的。而我车架子上，父亲只绑了大约十几斤的两捆芹菜。芹菜收拾好上了车，大约六点，父亲就和我骑上自行车出发了。

先是沿着中心街往西，路过家门到煤铺的十字路口往北，走大约六七百米经过二队后，再向西北沿着一队的村边过去，很快就到了那条东南方向的京良路。穿过京良路继续向西北，这条路是土路，有些坑洼土坎自行车骑起来有些费劲，不但要瞪大眼睛用力蹬，还要抓紧车把，就算这样，自行车还几次侧歪着险些摔倒。



慢点。慢点。不急。父亲在我车后，一个劲儿指挥着嘱咐着，

羊房、郭公庄、大葆台，我和父亲顾不得说话，只一心赶路，至于这路上有啥风景好像也没看见。

丰台，早就听说过，是个大镇，很热闹，卖各种东西，还有火车站，从姥姥家陈留村穿过去的火车就是从那里发来的。那火车“呜——”一拉笛吓得人直捂耳朵。火车很长，要一节

一节数上好一会儿呢。

果然如此，我们经过近一个小时的骑行，终于看到车水马龙的景象，不用父亲说，我就知道，丰台到了。街是柏油的，房是紧排着的，人是一个接一个的，骑车的，走着的，或急急忙忙或左顾右看。那时车辆不多，所以路不堵。为了安全起见，父亲和我下了自行车推着走。穿行在人流中，我有些兴奋，但也不敢大意，要是和父亲走散了，可不是好玩的。

“咱们就放在这吧。”父亲把斜挎着架子筐的自行车靠在路边的一棵槐树上，扶着我的车，把车支到了路边。

我们的芹菜还没从车上卸下来，就有几个人围过来。

“这芹菜真鲜亮。看着真嫩。多少钱一斤？”不等我们回答有人就伸手了。



父亲一看，紧着把芹菜从筐里撂在地上，塑料布还没打开，一只只手就拿起芹菜。

“五毛一斤”，父亲嘴上说着，挂在车把上的秤，也拿在了手里。

“二斤，一块。一斤半，七毛五。二斤多一点，就算二斤。”父亲称分量报价钱，我收钱找钱。只一会儿，差不多二十几分钟吧，我和父亲就把带来的芹菜卖光了。

之后，父亲带着我买了苹果、香蕉和梨，好像还有几斤肉。大约十点多钟，我和父亲就满载而归了。

那天，我和父亲很开心，不仅因为卖了芹菜，买了香蕉苹果和大鸭梨，那是因为，那天是国庆节，也是中秋节，街上喜气洋洋，家里也是热热闹闹快快乐乐，出嫁的姐姐们带着孩子大人都回娘家过团圆节来了。

## 童年里的八月节

童年的时光是美好的。特别是八月十五中秋节，我们多快乐呀！满院子的梨呀苹果呀葡萄呀枣呀，我们总算可以摘了！

八月十四的晚上，窗外的月亮还没圆，我和小妹哥哥就睡不着了。想着大天棚上悬着的总是馋人的一嘟噜一嘟噜紫红透亮的葡萄；想着压颤了枝的、总想咬一口的黄澄澄的大雪花梨；想着缀在老树枝上的、总想伸手摘一个的脆生生酸甜甜的苹果；还有那布满枝头、天天在风中招摇的大红枣，岂止是睡不着呀，简直是满嘴生津口水四溢呢。

即使困极了闭上了眼，过不了多会儿，不是哥哥突然间蹬开被子猛地站起来，手一挥：靠边我要上房打枣。要不就是妹妹瞪着大眼伸着手指嚷：我要那个大的；要不了多会儿，我这头儿又开始吧唧着嘴流着哈喇子，叨咕着：真甜……真好吃……坐在一旁给我们缝衣服的妈妈，总会赶紧放下手里的针线把我们一个一个拉回被窝儿，轻轻地拍打着满脸笑容用甜甜的声音哄着：小馋猫儿，早晨咱就摘，让你们吃个够。

每次过节家里都会忙。玻璃呀院子啦，窗户纸呀窗户框呀都要收拾归置，这是老规矩。妈妈说，家里干干净净利利索索的才像过节的样。

天才亮，爸妈就起来了。一大清早儿全家人起来就开始忙了。擦玻璃的擦玻璃，归置院子的归置院子，给窗户糊纸的糊纸，刷漆的刷漆，一个来小时的工夫家的里里外外就全变了，就连猪圈鸡圈也变得清清爽爽利利索索的了。

爸爸妈妈忙着，姐姐们也忙着，我们也忙着。记得那时我七岁，哥十岁，妹只有两岁，我们虽然干不了什么活儿，可那时的我们好像比爸爸妈妈姐姐们更忙！哥哥爬树上房蹿上蹦下，一会儿登上了梨树，举着一个黄澄澄的大梨嚷着：妈，您看，这梨真大！眨眼间又跨上了老苹果树，摘了一个红彤彤的苹果叫：真好看！没过多会儿，也不知啥时又窜上了高高的大枣树，使劲摇晃着，哗啦哗啦撒下一地脆甜脆甜的大红枣。我和妹妹也没时闲，头、眼、嘴、手和脚这通地忙。一会儿跑到天棚下仰着脸看爸爸摘葡萄，一会儿提着篮子帮妈妈装苹果，一会儿又满院子捡落在地上的一个一个的大红枣。我们手里忙着，脚下跑着，脸上笑着，满嘴吃着……



"嗨，俩小东西，别撑破肚皮！"正给窗户刷漆的四姐瞅着鼓着腮帮子嘴角不断往下流果汁的我和妹说。我俩冲着姐姐噘嘴挤眼扮着鬼脸："不给你吃。"唰！我们的头顶上劈头盖脸地下起了"雨"！不对！原来是淘气的哥哥站在树上用一大把枣袭击了我们。

"哈……哈……"看着我们捂着脑袋缩着脖儿弯着腰的惨样，他得意洋洋地搂着树干摇晃着脑袋大笑。瞅着满地"奔儿奔儿"乱蹦的亮晶晶红彤彤的马牙枣，爸爸笑了，妈妈笑了，姐姐们也笑了。

丰收果实才上桌，大姐二姐两家人就登门了。大外甥女，小外甥一眼就盯上了我们的劳动果实！撒开脚就奔桌子来了。"等会儿再吃！等会儿再吃！"大姐拦，二姐叫，他们全不当回事儿。“不要紧不要紧。拿着拿着。”妈妈赶紧把苹果呀梨呀枣呀往他们手里递兜里塞。

中午时分，我们渴望已久的一盘盘的美食出场了！妈妈打开柜橱，捧出两包洇着油花儿的纸包儿，“拿个盘子来。”我手快，盘子应声而至。妈妈解开那包儿上的纸绳儿，一层一层打着，还没看见里面的东西，就有一股股甜香甜香的滋味向我们扑来！一块块儿圆圆呼呼黄黄澄澄的月饼露了出来。那五仁、豆蓉、百果、蜜腩的月饼，那镶着红圈儿的自来红，那点着红花的自来白，引得我们直流哈喇子。炖鱼、炖肉、摊鸡蛋、炒芹菜、拍黄瓜……一双双小眼睛亮了，一条条小小的舌头尖儿也开始唇边转圈儿了。



## 赶着毛驴车的父亲

窗外下雪了，一见到雪，我就想起了父亲，想起了那个年根儿底、冒着大雪、赶着毛驴车往城里天桥菜站送白菜的父亲……

记得那是我九岁时，一个临近大年三十的雪天。院内的大公鸡刚叫两遍，睡梦中的我就被父亲轻轻地唤醒了。我揉着惺忪的眼睛，迷迷瞪瞪地瞅了瞅黑咕隆咚的窗外，愣愣地望着满脸笑容的父亲：“快起，跟我进城。”

“进城?！”一听进城，我的眼一下子就睁大了，“通”地从被窝里一骨碌坐起，扯过棉袄棉裤三下五除二就全套在了身上，往常半个小时也磨蹭不完的自己，今儿三五分钟就利索了。进城，走马路、瞅汽车、看高楼、下馆子，那该是多好的事呀！可一来到屋门口，天，是黑的；地，是白的；迎面刮进来的风，是刺骨的。我犹豫了。

爸进城去天桥菜站卖菜，是每年的年根都要去的。那个时候我们全家九口人的口粮就指靠父母在队里挣工分，上学过年的费用主要是来自母亲养猪父亲种地。爸平日种菜是为家里吃，而入冬储存的大白菜年底送到天桥菜站卖钱，就是为吃饺子买肉过年了。父亲赶着队里的小毛驴车来到菜园的白菜窖。掀开菜窖口，点着蜡，矮下身，腿往窖里一放，身子就顺着梯子下到了黑咕隆咚菜窖里了。不一会儿，一棵一棵青翠干爽的白菜就顺着窖口钻了出来。带着父亲体温的白菜，由父亲的大手传到我的手，再传到母亲手上，一棵棵码在毛驴车上，最后用塑料布、草帘子一层层盖好。半个多小时左右，一整窖两大排的白菜模样俊的就都上了车，相貌丑的就剩在了窖里。



父亲把我抱上车，一声吆喝，小毛驴一扬头，就嘚嘚地跑了起来。我们开拔了！

也不知那年月怎么那么多的雪，上一场的雪还没化完，下一场就又来了。这不，我们还没走多远，离家门还不足五里，刚到西营房天就又开始飘上雪花了。纷纷扬扬，飘飘洒洒，不一会儿，路上本就有的雪又覆上了一层。盖白菜的草帘子白了，小驴白了，我和父亲的身上也白了。起初，我还觉得挺好玩。坐在晃晃悠悠的驴车上，看着飘飘悠悠的雪花儿，心里想着天安门……

后来，起风了，而且越来越大。我禁不住打了个喷嚏。冷了吧？给。父亲脱下身上的大衣，忽地一下扔到了我的怀里。

自己身上只剩下一件黑棉袄。

雪下着，风刮着，长长的路上除了雪，就只有我和父亲赶的毛驴车了。厚厚的雪地上也只有我们一辆车留下的痕迹了。

小毛驴累了。拉车的脚步越来越沉，刚才一出门的欢快劲儿一点也没了。我们的车越来越慢。车辙也越来越深。父亲跳下车，大手拍拍驴头，划了划驴身的雪，牵起驴的缰绳，和毛驴并着肩一步一步向前走。

红房子、大红门、木樨园、沙子口……二十多里路我们一点点盼着，望着，走着……

终于，看见了永定门的铁路桥。我有些兴奋。父亲好像也松了口气。小毛驴也仿佛来了精神。车子陡然间就加快了。钻过铁路桥，穿过永定河，车子往西一拐再往北一走，就奔向了我们向往已久的天桥菜站。



好菜！只这一声，父亲的脸上就绽开了笑容。就连刚才还冻得发紫的脸，也立马褪了颜色，变得粉红了。

是啊，父亲从盛夏二伏的挥汗如雨干到寒冬三九的冻手裂脚，从一把把小小的粒籽侍候到一棵棵青翠的白菜，一百多个日夜的守护，一百多个早出晚归，总算得到了回报！总算有了一个心满意足的结果。好菜！足矣。

白菜卖给了天桥菜站，父亲把钱揣进怀里。走，闺女咱吃饭去！父亲把小毛驴拴在一根电线杆上。拉着我的手走进一家飘着香味的小饭馆。吃吧。一碗热气腾腾的馄饨端到了我的面前。又冷又饿的我，望着平时很少吃到的美食，啥也顾不得了，抄起碗，拿起勺，一口接一口地吃了起来。

“慢点吃。别烫着。给。”父亲伸手递给我一个热乎乎的芝麻烧饼。于是乎，我左一口烧饼，右一勺馄饨。吃得这个美！等我吃得盆干碗净这才想起了父亲。抬头一看，父亲正大口咬着从家里带的贴饼子喝着饭馆里的白开水！刚才我还以为父亲也和我一样吃馄饨咬烧饼呢。

当年最好的白菜，最好的价钱，也只不过五分一斤！一棵好“核桃纹”白菜，大的也只不过五六斤。等着卖菜钱回家过年的父亲，怎么舍得拿一两棵白菜的钱给自己买一碗馄饨和一个烧饼呢？

## 又是春分



3月20日，一早，天空有些阴沉，没有多时就飘起了雨丝。

今天是二十四节气里的一个节日——春分。“好雨知时节，当春乃发生，随风潜入夜，润物细无声。”唐代大诗人杜甫的著名诗句，我随口而出。

假如父亲在，见着漫天浮动的雨丝，也一定会从心底生出“春雨贵如油”的欢喜。父亲是农民，与土地最亲，怎么能不欢喜呢？更何况还是“立春”这一天呢。因为父亲从去年入冬开始，为这一天就做好了准备。

去年立冬过后，大白菜一入窖，父亲就带着我把堆在家门口或者地边上的猪粪用独轮车一车车推进地里了。起先一堆堆的粪像一颗颗蘑菇似的散在光秃秃地上，之后父亲就领着我拿着铁锨一铲一铲扬散了，“蘑菇”一颗颗就消失了。之后拿起四齿或小镐头一下下翻腾，父亲说是给劳累了许久的土地松松筋骨养一养精神。

这活儿我和父亲有时一起干，有时分开干，一般情况下就是“单干”了，也就是我单干了。

我喜欢起早，天一亮就起，这是父亲留给我的好习惯，几十年来，无论在哪儿，就是旅游到法国、意大利，我都是一样。睡懒觉，没有过。

早起，刷牙洗脸梳头，稍稍收拾一番，扛着四齿就出门了。到了地里，我一下就来了精神！视野开阔，空气新鲜，要是赶上太阳微微出头，那更是兴奋呢。

朝霞里我挥着手里的家伙，听着麻雀喜鹊们的欢歌，出上一身透汗，看着眼前一畦畦经过自己的翻腾，新鲜、柔软，还冒着腾腾“地气”的土地，以及土地里那一条条黑褐中还带着些淡红色的蚯蚓，伸着懒腰打着卷，我筋骨舒坦了不说，还真是打心眼里满足和得意呢。



四分的自留地全部翻腾完了，西北风就下来了，“呼呼”地一刮，气温一下降，土地就开始变硬，渐渐地就有了冰碴，劳碌的人们回了家，大地就开始休整自己，冬眠了。

地一上冻，父亲就闲了。闲下来的父亲，手里就空了，手里一空，父亲的心，就明显地没着没落的了。虽然父亲为了填补空落，用塑料布在地里支起了两个畦的暖洞子，侍弄韭菜，但仍是不满足。

盼望着春天，盼望着春天早些来。小雪、大雪、小寒、大寒……数着、盼着，父亲终于看见了日历上的“立春”！立春，虽然西北风还刺骨，大地天空还冰冷，但温暖的春天，已经把父亲的心挠得痒痒的了……

一出家门，不用想一双脚就把父亲带到了地里。大地还硬得“噔噔”的，来干啥呀？规划呢！芸豆种哪儿、香菜撒哪儿，水萝卜几沟儿、芹菜几畦，谁在那个位置、谁挨着谁，全在父亲的脑海里、心里描绘着呢。

“雨水”那天来了，没有下雨，父亲看着天，皱着眉，好像有些发急。可要是没来雨，却来了一场白白的雪，也欢喜得很。一准会顶着飘悠悠的雪花，跑到地里去，就算回来时顶着一头一身的雪，两脚丫子湿泥，母亲唠叨几句，脸上也会是难以掩饰的欢喜呢！



过了半个月，惊蛰来临了，父亲的双脚往地里跑的次数就开始多了。地，开始软乎了，拿脚一撮，就有了浮土。村边的小河也有了动静，在阳光的照耀下，也是汪汪亮亮的了。

守着河边的柳树，垂着的枝条也发软变青。高大挺拔的大青杨，早已是大枝小杈挂满了鼓嘟嘟蓄势待发的花蕾了，说不好哪天气温一升，春风一吹，就抽穗、开花、飘飞了。

远处田野上的麦子，也绿成了一片。虽然它们还有些锈色略显疲惫，但终是闯过寒冷刺骨的冬季，开始返青了。

鸟儿们似乎更高兴呢！花喜鹊大清早就“喳喳”叫着你招呼我，我吆喝他了。小麻雀们更是热闹，一群一伙地“呼啦”天上飞一片，“呼啦”地上落一层，一会儿来个集体舞蹈，一会儿来个集体大合唱。

父亲白天地里转悠差不多了，一回到家就开始捣鼓他的

“宝贝”。父亲有一个小红木箱儿，不大，一尺高，两尺长，宽也就30多厘米。按说也没什么稀奇，因为这样的小箱儿，家里是一对，可父亲总是用一把小黄锁锁着，而且不轻易打开，这就不得不引起我们的好奇了。

父亲起先是到小仓房把一个个小箱子、小盒子、小口袋、小纸包，像拿宝贝似的从小库房里抱出来，都看过之后，才把那个有些发旧的小红木箱打开。我和小妹出于好奇刚把身子凑过去，还没敢伸手就被父亲“只许眼睛看，不能动手”给制止了。

其实父亲的“宝贝”，无非是些黑的、黄的、深蓝的、淡紫的，长的、圆的、扁片的，针尖样小的、拇指样大的菜籽。对我们小孩子来说真没什么稀奇，可父亲一样一包，一包一个样，分得可清楚可认真了。当初，我们并没有觉得如何，探了探头就一边玩去了。不让动就不动，何苦要挨说呢。



现在想想，要说土地是父亲一生离不开的第一宝贝，那些菜籽呢，要我说也应该是并列第一的。

因为父亲说，种子离不开土地，土地也离不开种子。任何一粒种子只要落进土地里，吸收了“地气”就能生根、发芽、开花、结果，是土地让种子有了生命，有了生命，种子才可以称为“种子”。而土地，只有种子的落下，借助种子把土地里蕴藏的能量发挥出来，孕育出生机盎然、五彩缤纷可以延续下去的生命，土地才能成为万物之“根”，成为“大地母亲”。

农民，是为土地生的，更是为种子存在的。没有了土地，就等于没了孕育生命的种子，农民也就名存实亡了。父亲没有读过多少书，爱土地，爱种子，是骨子里、血脉里带来的。

父亲把小箱子打开，戴上黑边的老花镜，小心地把一个小纸包打开，文人读书似的读起了种子。神情专注、动作轻微，一包一包地打开、一包一包地捧到眼前，那样子像欣赏什么艺术品。

其实，我们不问也知道，那只不过是撒进地里的芹菜、萝卜、香菜、黄瓜、茄子籽罢了。因为父亲这个样子，一年里按不同的季节都要来上两三次呢。

立春了，父亲像得到什么喜信儿似的，只要不到生产队干活，就起早恋晚地在家里的自留地转悠，就像母亲说的“长”在地里了，吃饭不去叫都不知道回家了。



就那么四分地的菜园子，怎么会有那么多干不完的活呢？翻地、撒籽、浇水、收割，别人家都是这样。可父亲却和别人不一样，像是绣娘在丝绸上绣花，仔细得让人纳闷，一个一米八的男人怎么会有那么细的心思呢？

天才蒙蒙亮，街门就被父亲打开了。不用想就知道一向起得最早的父亲扛着铁锨出门了。天还朦胧着树影还模糊着，父亲到了地里能干啥呢？

父亲出街门，过街巷，高大的身躯被朦胧着的晨雾包裹着，脚步并不是舒缓的好像还有些急匆匆，不知道的还以为父亲要赶着做啥事。只有到了菜园，父亲才收住脚步，松下心，仿佛看到了惦念的什么得到了满足。

把肩上的铁锨戳在畦埂上，立在地边愣一会儿，由远及近瞄上一会儿，蹲下起来瞅几眼，好像是画家对着白色宣纸构思着画什么、从哪里下笔。

父亲拎起小土篮把腰一弯，开始捡拾地里的柴火棍、小石块。从东到西、从南到北一个个地捡，攥在手里，放进小土篮里，而后放到在地头的大沟边上。这活儿有时能赶上一个早上。

平地、打埂、修垄沟，父亲都要花上几个早上和晚上，肥要均，地要平，土要暄、要细，“攥在手里不能硌手”，父亲讲究得很。

父亲拾掇过的地是轻易不能下脚的。特别是撒过种子，父亲是要把我们进入时的路线测量好，在要经过的垄沟埂上一步一步踩出脚印，还要千叮咛万嘱咐后，在你走进地里摘茄子、拔香菜时还得盯着你的脚是不是“越界”。



为啥？因为父亲可是位能把地“挂”起来种的庄稼人。沟边儿、地沿儿、菜垄、畦埂，都会被父亲巧妙地撒一沟小葱、点一颗豆籽打个“迂回”，来个“时间差”呢。一道畦埂，左侧香菜，右侧茴香，埂尖还要来趟小水萝卜。一条浇水的垄沟，外侧点上棒子，等棒子秧半人高了，父亲就在棒子秧下刨个小坑儿，埋下两粒豇豆籽，等棒子成熟一掰下来，黄叶子一捋，棒子秧就成了豇豆秧紧跟其后攀爬的豆架了。

你说就这样热爱土地、热爱种子的农民父亲，怎么能不盼着把手里的种子早一点撒进暄暄软软土里去呢？

立春过了，惊蛰来了，老天要是能下些雨把土地湿润一下，那该都好呀。父亲盼望着、盼望着，不知一天要扬起头，眯着眼仰望天空几次呢。

果然，春雨在父亲的盼望里来了！丝丝缕缕、淅淅沥沥、悠悠然然，从早上连到晚上，看到被雨水浸透得滋滋润润的土地，父亲不知心里有多高兴呢。

“春雨惊春清谷天。”父亲心里数着、盼着，总算把24节气里的立春、雨水、惊蛰、春分，盼来了，把滋润土地的春雨，想来了。

再过15天就是“清明”了，万物复苏的春天就要正式登场了！寒冬过去，温暖来临，寂寞空落远去，生机盎然来了！

“春分麦起身，一刻值千金。”此时老家田野里的麦苗该是多么兴高采烈呀！一棵棵挺着腰杆，迎着细雨正琢磨如何快些“噌噌”地往上蹿呢。大杨树，一棵棵的大杨树站立路旁挺着胸膛，舒展筋骨，将满枝头的杨树花摇得哗哗作响；小麻雀、大喜鹊，也是呼朋唤友高歌欢笑得不得了呢；燕子，南飞的燕子，是不是该回来了？是不是又该回到屋檐下的家了呢……



一辈子与土地种子打交道的父亲，很快就要“上任”了！

老爸，您是不是早已把土地翻整暄软了？播撒的种子是不是一粒粒早就挑选好了？您的脚步是不是又开始在黎明时分启动了？

## 父亲是农民

父亲是农民，一辈子都没离开土地。播撒耕耘、春种秋收，把土地融进了生命里。父亲这辈子好像就是为庄稼、为土地生就的；从每一早的黎明到每一晚的星星洒满天际，父亲都是在侍弄种子和土地。土地是不是柔软，土地是不是肥厚，土地是不是干净整齐；种子呢，够不够饱满，够不够圆润，播撒入地够不够无比坚毅？

春日里，父亲把一粒粒种子播撒在土地里，大地接纳了种子，种子进入了土地；大地拥抱了种子，种子亲吻了大地，从此，大地有了孩子，种子有了皈依。

而父亲就从此，把土地和种子都揣进了怀里。一双大脚，一双大手，一副腰板儿，就总是出现在田地里。白天觑着一双眼，夜晚支着一双耳，为的就是把种子扎根、发芽、长叶、开花，成长的点点滴滴看在眼里，听进心里，化作梦里。

生根了！一根细弱的芽头，顶着黑色的帽盔弓着身子正在用力，头顶上的泥土呀，正被一点一点掀开了缝隙！长叶了，两片鹅黄色的小叶儿，正小手儿似的高举，“哗哗啦啦”把身上的土推了出去，“腾”地一下，就把身子站立！



弯腰拔拔杂草，伸手松一松间距，撒撒肥料，浇浇水，还要随时随地把它们的健康观察仔细。

进菜地有规矩，下脚有距离，摘豆角手要轻，拔萝卜要轻落地。就是秋后入冬，也要把土地里的枝枝杈杈捡拾出去，修理整齐，父亲说，要让辛苦了许久的土地好好歇息。

父亲是农民，热爱着种子，热爱着土地，憨厚朴实的父亲，总是在人们面前不善言语，显着窝囊土气。

可是，你知道吗？我的父亲，多么了不起，因为他懂得种子、懂得大地，用一颗心、用一双大手，把土地疼爱，把种子怜惜，让走过心里的种子、土地，年年是喜了又喜，绿了又绿，年年是充满勃勃生机！

## 三块钱

父亲丢过钱，三块。不要小看这三块钱，要是搁在20世纪60年代可不是小数。

一个壮劳力每天十个工分，要四五天也许才能挣到。三块钱，七八口人的一家子，够过俩仨月的日子。

你不信，那我就算算。酱油一瓶2毛，醋一瓶1毛5，盐一斤3毛，学生作业本一本5分，笔一支2分，橡皮一块2分，加上肥皂、洗衣粉等也不够一块钱。农家过日子，粮食蔬菜自己有，可这些是必须要花钱买的。

那时村里家家差不多都养猪，上交国家，换钱给粮食。每个礼拜二，大红门屠宰场都来收购。



那日母亲将家里的猪卖了，换了100多块钱，100块钱存到了信用社，几块零钱就准备打个酱油换个醋了。拿出3块钱给了父亲，虽说父亲不抽烟，不喝酒，但习惯含块水果糖。

父亲接过钱顺手就用腰带卷了。那时的腰带都是宽布条，拧成绺。也许当时没拧紧，次日上菜田里干活儿，3块钱到中午在供销社买东西时，不见了。

父亲很着急，没顾得回家就直接返回菜地去找了。可是怎么找，怎么踅摸也是没找到。这是队里的秧苗地，干活儿的只有父亲和另外一个人，那个不是别人，是一向要好的前院街坊，平时称兄道弟的。

父亲老实，不好意思问。又不能不说。只好回家告诉了母亲。母亲可是直性子，听了就站起身去了前院。

一进门，正看见人家孩子大人一家子正围着桌子吃饼干、槽糕（蛋糕）呢。

这可是村里少有的事。不要说孩子多条件差的他家，就钱稍微富裕点的人家，也是孩子生病时才买半斤饼干或几块槽糕的。

母亲单刀直入："我们当家的今儿把3块钱丢在菜地里了，您看见了吗？"母亲虽然心里猜个八九不离十，但还是和气地问。

"没……没看见。"母亲突然进门本就让那人有些慌，这么一问更是有些乱了。要知道他可是村里负些责，当众讲过话的人。



"您要是捡到了，留些给孩子买点吃的。"母亲依然和气。

"没看见！"那人忽然横了起来，一口咬定了。

"行。那咱就找队里说说去。"母亲先礼后兵。扭身走了。

母亲要找队干部。父亲拦着，说别因为几块钱伤了和气。

可没想到，第二天父亲到地里干活儿，那人竟甩闲话，说，穷疯了，是讹他们。弄得地里干活儿的社员都在议论。

母亲一不做二不休，索性找了队长把事情一说。队长也想解决此事，就召开了社员大会，一问二查地把3块钱的来龙去脉弄了水落石出。

3块钱回来了，可正像父亲说的，本来一直是你来我往非常要好的街坊，从此，不再过话了。

## 父亲的那双手

父亲生日时，母亲会特意抻上一回面，让全家吃上一顿。

而父亲与母亲的结婚纪念日，我们家却从没有过过。直到那一年父亲生病，我们才知道这一天竟是和父亲的生日是一天，而这一年恰好是父亲母亲的“金婚”。于是我们开始准备为养育我们的父母好好庆贺一番。

父亲那年75岁，患了极为严重的疾病。一向不喜欢表达的父亲对于自己的病更是守口如瓶，直到吐出的痰里有了血丝。面对在病痛中忍耐挣扎的父亲，我们心如刀割。可我们面前的父亲却面露微笑告诉我们，他没事，只是咳嗽几声。让我们赶紧忙自己店里的事。是呀，我们都有自己的家、自己的事，单位上班的，各自开店的，孩子大人一堆的杂事。



给父亲过生日，给父亲母亲庆贺“金婚”，我们是带着苦痛准备着。

父亲一天天消瘦衰弱。早饭后，我们走出家门，父亲在院子东南的枣树下的一张竹椅上斜躺着。中午回去探望。“爸，您感觉怎么样？”我压着泪。“你忙去吧，我没事。不用老惦记着我。”父亲微睁着眼，满眼都是对儿女的怜爱，“你们都是好孩子。”我攥住了父亲伸过来的手。

这只手，我从没摸过，更没有想握一握。因为我们都嫌弃它。在我的记忆里父亲的手是那么的丑陋。那双手不仅黝黑而且粗糙，特别是冬天，十个手指都裂着一道道血口子，口子上还粘上一条一块黑糊糊的膏药。手掌上的老茧更是一层一层爆裂着。有一次母亲早上很忙没顾得给我梳头，可眼看着该去上学了。父亲就拿着梳子走过来，给我梳。可父亲只梳了一下，我就大嚷着，“不要！不要！”因为父亲那只手一放到我的头顶，我的头发就被父亲那粗糙的手弄得的刺刺啦啦地难受。

从此，我见着父亲这双手就打心眼里嫌恶。就算每年冬天父亲一早劈柴生火为我们烤热棉袄棉裤，晚饭后披着雪从菜地的萝卜窖里刨来脆甜的萝卜，削成牡丹似的花瓣举到我们面前一块一块递给我们，我们也没对父亲的那双手多看一眼。

种好庄稼，不仅要有好脑筋，更要好体力。好体力体现在哪儿？当然就是在一双粗大的手上了。

为了把庄稼种得更好，父亲没睡过懒觉，就算十冬腊月北风呼啸的冬日，父亲也没太阳露头后出门。只要窗户纸发白，大公鸡一叫，父亲就扛着铁锹锄头上地干活去了。



春、夏、秋三季，生产队的菜地父亲负责秧苗自是兢兢业业，家里的自留地要想种好就得靠一早一晚。所以叫父亲回家吃饭，就是我的活儿。早上叫，晚末晌喊，父亲似乎总是在地里忙，忙得忘记了饿，我不去跑着到地里喊，就有可能把吃饭这件事给忘记了。

有一次，是下过雪的早上，母亲的早饭都摆上桌了，一早到菜窖里收拾白菜的父亲还不见回家，母亲喊我去叫父亲。眼看着就要到上学的时间了，我不大情愿地应着跑出门。也许是心里不痛快吧，净顾往前跑了，忘了脚下冻成冰的雪，“咔嚓”一声我就摔倒在马路上，当时双手下意识地一按，不承想，右手腕着地的一刹那，竟骨折了。我捂着手忍着疼找到正在菜窖里忙活儿的父亲，脸上阴沉得就像马上要下雨的天，说了一声“爸，回家吃饭吧。”不等父亲应声，扭头回去了。就是父亲带着我去医院，买水果罐头给我吃，我也没给父亲一个笑脸。

“你们家都把地挂起来种了。”这是街坊邻居对父亲的评价。

父亲爱土地，爱种子，把“人勤地不懒”不仅挂在嘴边对我们讲，更是把这句话当作座右铭刻在心里。虽然父亲只读过几年私塾，不一定知道座右铭这个文雅的称呼。但父亲一辈子都是这样行动的。

冬天父亲翻地撒粪养地，春天耘地播种，不足一尺宽的畦埂也要埋下三垄菜籽，左边香菜，右边小葱，畦尖儿也要撒沟水萝卜。畦中间或架豆儿，或是茄子，或是黄瓜、西红柿，就算是浇水用的垄沟背上，也要固定落脚处之后，点下一两粒玉米种子，待玉米成熟，捋去玉米叶子留下秸秆，让玉米脚下刚冒芽的豆秧往上爬。一条垄沟既浇了水又收了玉米，还有了吃炸酱面的豆角。



到了秋末冬初，等白菜、萝卜入了窖，别人家就开始过上走东家串西家冬闲日子了，而我父亲却依然闲不住。在生产队管理一下那暖室大棚挣些工分就得了，偏偏自己家也要在自留地里夹篱笆、垒墙、罩薄膜、盖草帘子，再麻烦也要弄一个暖洞子。翻土、施肥、撒籽、浇水……大冬天的也能干得棉袄里的小褂叉儿出了碱花。

当别人家饭桌上只有白菜萝卜咸菜条时，我家饭桌上却就有了嫩芹菜、绿菠菜、头茬韭菜。

父亲用双手种庄稼，不仅要养活了我们七个儿女，而且要把脚下的土地管理好，让手里的种子生长好，生长得更好，不只是收获，而且要收获得更丰厚，只有这样才能让七个儿女都有文化。

这是母亲的心愿，更是父亲的目标。

流汗，老茧，北风呼啸，手指开裂，大雪纷飞寒冷入骨，这一切对于一个父亲，能算得了什么呢?

## 又到腊月二十三

我出生在20世纪60年代，上面有四姐一哥，下面还有小妹。我们家是个大家庭，七个兄弟姐妹，吃饭、穿衣、上学读书，全部重担都压在父母的肩膀上。



假如全部花销都靠父母在生产队挣工分，那是再怎么努力也是远远不够的，因为父母挣一天工分也难挣到一块钱。

单就全家九个人的口粮钱，365天，爸妈生病发烧都不歇工也是挣不够的，就算后来学习在班里数一数二的大姐、二姐，舍弃读高中的机会，初中毕业考完试就到生产队同爸妈在一起挣工分，到年底结算开支，领到手里的也还是“白条”（欠款）。

可那时我们年龄小不懂大人们的愁苦，总是盼着过年，只是知道过年就会有好吃的，不再整日贴饼子熬粥，熬粥贴饼子，可以有炖肉、可以吃带肉的饺子。不仅如此，还期盼着穿上漂漂亮亮的新衣服，再也不要天天穿姐姐们带着补丁的旧衣服。

一进腊月，我们盼着过年，到了“腊八”吃上腊八粥后，心里就开始想着红烧肉、包饺子了，到了晚上更是时常梦见穿上了漂亮的新衣服，高兴得笑醒了。

到了腊月二十三，小年儿，我们更是像叽叽喳喳的小家雀儿，围着妈妈了。

父亲在生产队是蔬菜技术员，育苗是最拿手的，各种蔬菜的田间管理也是非常有一套。

父亲是位非常勤快的庄稼人，在我的记忆里，父亲总是天蒙蒙亮就起来上地干活，而且不分冬夏。一早先上自家的菜园子，之后吃过早饭再去生产队菜地。冬天也是，因为冬天父亲负责队里的暖室大棚的蔬菜，要去生炉子保温。家里菜园也用薄膜草帘子种着韭菜、芹菜。



为了过好家里的日子，父亲料理好队里的事情后，就把家里四分自留地当成了自己的冲锋陷阵的“主战场”！不仅用自己的智慧和汗水让我们天天有菜吃，还让我们过年吃上了“带肉”的饺子，穿上了新衣服。

别的不说，就说菜园子里的“核桃纹”白菜吧。

每年的夏天暑伏时最热的那几天，父亲总是带着我们去菜园子干活，拉秧、锄草，翻地、栽白菜等，直到整片地平整干净得像张棋盘，我们累得腰酸腿疼才算消停。

可等上十几天，棋盘里菜绿油油成了一片，父亲就又带着我们施肥、浇水、松土、锄草又是一轮忙活。

好不容易盼着“立冬”砍白菜，一棵棵翠绿饱满的白菜入了窖，到了北风呼啸大雪纷飞，吃大白菜饺子、炒白菜的时候，父亲却又拦住了我们，因为父亲是绝对不会让我们随意出入他的白菜窖的。

吃，当然可以，可必须是父亲“精心”挑选的——瘪肚子、耷拉帮子的长得不成样的“癞”白菜。好白菜要等腊月二十三，送到天桥菜站给城里人过年吃！

当时我们很不理解，甚至有些生气，会找个父亲看不见的机会，赌气“折磨”父亲视若“宝贝”的白菜，捽折一两片菜帮子。假如父亲偶然发现掉在地上的菜帮子，一定会叹着气皱着眉头，露出一副非常心疼的样子。

卖白菜是年根底很重要的事，因为过年就指靠着卖白菜的钱。

我大约 9 岁的那年腊月二十三，父亲起得很早，窗外很黑，偶尔听见一两声鸡叫。



父亲拍着我的头让我起来，说带我进城卖白菜。我一听“进城”立马来了精神，三下五除二就把衣服穿好了。

父亲赶着队里的毛驴车，将窖里精心选好的一棵棵白菜码放在车上，用一层层草帘子捂严实，把穿得像“棉花篓子”的我举上车，一声“嘚驾”就赶着小毛驴“嘚嘚”出了村，踏上了奔向城里天桥菜站的路。

我记得那天下着雪，没有星星，没有月亮，一条长长的路，没有车，更没有人，只有父亲赶着的毛驴车。

毛驴车在风雪中转动，轱辘轧在雪地里在发出“噗噗”的声音，后面出现两条长沟，但那两条沟出现不久，就又很快被飘飞的雪盖上了。

红房子、木樨园、沙子口、永定门……最后我们过了永定河的桥，拐进一条小马路，又走了好一会儿，我都手脚冻麻木了的时候，才听见父亲说：到了。而这时候早就大天四亮了。

菜站的工作人员，看到父亲很高兴，似乎早就期待父亲的这车“核桃纹”白菜似的，围着车小心地掀开草帘子转了一圈，一边看一边“好菜好菜”地称赞。最后爽快地给出了最高的“一级”，五分钱一斤的好价钱。

这是对父亲的最高“奖赏”，也是父亲听到后最快乐的时刻，因为一向不善说笑的父亲，此时不仅对我笑了，而且还牵着我的手走进了“饭馆”，给我买了一碗很难吃到的、香喷喷的馄饨。



而当我吃得美美的偶然一抬头却看见：父亲正掏出兜里的冻得硬邦邦的贴饼子端着饭馆里的一碗热水……

那时的核桃纹白菜，帮薄棵小，一棵也就三四斤沉，卖好了也就两毛来钱，我的一碗馄饨，就是一棵大白菜！

父亲给闺女舍得，给自己，怎么能舍得……

一车白菜，一季辛苦，换回来的三四十块钱，够九口之家过年的吗？当然，不够。

母亲没有上过学，也就不识字，但聪明而且能吃苦会算计，所以我们过年，就算再难，我家的“年”，也会过得红红火火。

每年春天，母亲让父亲到河北固安赶集买来一只小羊羔，每天一早让我们拉到村头吃草晚上再拉回来，到了年底，我们就可以吃上不用花钱买的“肉”了。

而家里外院猪圈常年养着两头猪，一年上交国家五六头猪的收入，则是母亲过日子上的更大成功。这不仅让自家儿女有了穿衣、上学的花销，而且还为左邻右舍解了燃眉之急。

我清楚地记得，有许多个腊月二十三“小年儿”一过，晚饭后家里总是来一些我喊着“叔叔”“大爷”“婶婶”的老街坊，对着父亲或母亲，手里拿着钱，嘴里说着感谢的话。

我当时很高兴也很纳闷，为啥他们都给我家送钱？

后来才知道，那都是他们在我家卖猪时，从母亲手里借的。那时他或她盖房子或给孩子看病或发送老人出现了困难。过年还钱，是传统，欠债是不过年的。

家里有了钱，而且那么多，我们过年的就一定能穿上新衣服吗？



当然不能。

妈妈说，我们家要盖房子。因为我们长大了，三间老房子不够住的了。

所以过年，“带肉的饺子”可以让我们吃上，过年的新衣服也可以穿上，但是，我们兄弟姐妹要每年“轮”着穿，第一年给姐做，第二年给妹做，第三年给哥做，所以我们过年只能把平日里舍不得穿的衣服，或是姐穿小的，或是去年过年时妈妈做的那件，拿出来穿在身上过年。

今年的“小年儿”，腊月二十三就要到了，要过年了。

艰苦的岁月已经过去几十年，不要说，过年穿衣服吃饺子，就是平常日子，到商场、超市、购物中心，随便就买了衣服、吃了饺子了，而且都是当初想都不敢想的“天价”！

一顿饭几百元，一件衣服少则几百多则上千元，就是上万元，也是银行卡一刷，眼也不眨巴。

现如今我已经年过半百，在感谢新时代、享受幸福生活的时候，却时常想起当年那“苦”日子，想起父亲、想起母亲，想起父亲赶着毛驴车冒着风雪进城卖白菜的身影，想起妈妈在灯下为我们缝补衣服到鸡叫头遍、揉着眼、捶着腰的样子……

## 田间地头的心事

写作的思路断了，我想出去转转让大脑放松放松。

去哪儿呢？我在脑海搜索。对！就到庞各庄看西瓜去。那里的西瓜可是全国有名的。



虽说打小就生在大兴，打小就吃庞各庄的西瓜，至今也好几十年了，可要说大片大片爬满瓜秧，睡满大大小小西瓜的瓜地，我还真没见过。

清晨不足五点我就洗漱完毕，拎上相机，揣上乘车卡，拿上一瓶水打开院门就要出发。“妈，现在还没车呢。”刚起床的女儿说。“我去等。”抬起的脚好像被什么牵着似的，有些迫不及待了。

果然没车。五点半才有一辆开往黄村的366公交车停下，不管它到不到庞各庄先坐上再说。六点不到我就来到了能有车开往庞各庄的车站。可惜，那辆940公交车六点半才发头班车。等吧。想吃点早点？不能去。万一要错过车呢，我心说。只好作罢。等车时结识一位爱说话的大妈。我把心事一说，她告诉我，这时庞各庄露地的西瓜还没长好，拳头大的瓜还在瓜秧底下盖着呢。你不如先去我们采育（镇）看看，那儿的果园也不错呢。杏园、桃园、葡萄园也多也好看。

940路公交车终于来了。人不多，就三三两两几个。也是，这大早晨的车谁没事赶它干吗。人们上车刷卡，目的地都非常明确，之后落座闭目。只有我，落座后有些不安地盯着车窗外。

“您到哪儿？”售票员问。

“采育。”我答。

“采育哪个站？”她又问，我有些发蒙。

“采育有好几站呢。”她有些奇怪地笑了。

“哟！是吗？还真不知道。随便吧。”我脸一红。身为大兴人，连采育都不知道，为此我有些不好意思。



“您上班？串门？”女售票员大约四十，挺爱说话。

“不，去果园，看看桃树杏树去。”我不知为啥有些尴尬。果然我的回答，让女售票员瞪大了眼。车上的人也投来了目光，好像我成了“无事找事”的怪人。

“我虽是大兴人，可没见过庞各庄的西瓜地，今天特意去看看。顺便转转果园。”我红着脸。一车的人，不是上班就是赶路，只有我闲逛。

“行，行，您真闲在。”邻座一位中年人果然如此说了。

车子在公路上行驶，一站一站放下客人，也一站一站接上客人。车里的座位都坐上了客人，还有几个站在过道。

“您在前面那站下车，穿过那片房子，往北一走就是果园。”邻座的一个热心人笑着指点。

还不到八点钟，我就按照好心人的指点下了车。

一座大牌坊迎面矗立：采育镇西一营。举起相机先来一张。石子铺的街，静静的，两边的槐树绿绿的。偶有行人走过。迎着霞光一位花白头发的老人慢慢悠悠地蹬着三轮车，一个穿着花裙子的小女孩牵着妈妈的手一蹦一跳；一个戴着草帽的人蹬着三轮车，亮开嗓子吆喝着鲜黄瓜嫩豆角。平板车上摆着顶花带刺的黄瓜、鲜亮的豆角，一看就知是他在自己地里才摘下的。

不远处一只小黑狗追着一只小花猫"刺溜"一下从我脚下跑了过去。把盯着菜车的我吓了一跳。寻着那猫飞身一纵的身影，哇！我眼前亮出一道院墙，一道碧绿披着金灿灿大花朵的花墙。不足两米的墙上爬着一大片久违的老倭瓜秧。蒲扇大的叶子青盈盈的，叶片上挂着一层霜似的绒毛，玻璃翠似的藤，或笔直或弯曲，从墙根处向上攀缘着，藤的头高昂着，冲着被烈日烧得没了云朵的天空，骄傲地吐着一根根嫩黄的长须，似雷达站里的雷达触角，又似侦察兵的一双眼睛，为瓜秧选择前进的方向，为叶片花朵选定扎营驻寨的路线。



瓜叶一片片依藤排开，或硕大或幼小，错落有致，不争不抢；花朵，或凋谢或展开或微闭，凋谢的花瓣有些萎缩，但一枚毛茸茸的小青瓜却娇羞羞油亮亮地躲在那里。正展开的倭瓜花一朵一朵张大了又长又大的嘴巴金光四射，毫不掩饰地绽放着它骄傲和艳丽。枝头上的鸟儿盯着它飞来飞去，蝴蝶看着它落落起起，蜜蜂更是忙乱得无空喘息。

我赶紧按下快门。就在快门闪动的一刹那，一只俏丽的蜜蜂闯了进来！好！扇着翅的蜂恰恰落在了那朵撑着嘴巴正显摆的大花的花蕊之上！它好像是为了我的镜头点了一笔。它轻轻立在那花蕊上，撑着薄翅、转着眼睛，它看着我，我看着它，似朋似友，好像很熟悉。天意！我太高兴了！一张，又一张，我按着快门，把这美丽一张张抢进我的镜头、收藏在我的心里。

穿过街巷，我出了村来到了地头。一棵一棵蚂楞菜（马齿苋）舒舒服服地在田埂边伸展着它紫红色的身躯；小树似的涝涝菜枝繁叶茂，幸福肆意；挂满心形叶子的人心菜（苋菜）茎直叶绿；大耳朵菜车前草贴着地皮；长粉穗的水麦花、酸倒牙的“酸不溜”、墩子草、水稗草，还有到处攀爬的喇叭花，让我一下子回到了童年的梦境里。



田野里奔跑的童年，我是多么快活欢愉！就连雨天的泥水，脸颊的汗滴，越过头顶的草筐，咕咕直叫的肚皮也没能夺走我的快乐我的惬意。初春的萌绿，盛夏天的花海，金秋里的甜蜜。

忽然，不远处棋盘样的菜地里出现一个弯得弓样的身影，让我的脚定住了。我的眼定住了。我的心揪紧了。我的笑容消失了。片刻间，眼前的景物也模糊在一起……

草帽枯黄，压得很低，半袖灰蓝色衬衣敞开着，酱紫色的胳臂，蚯蚓样的筋脉，分外清晰。一把小锄头握在一双大手里，在烈日下一闪一闪放着光，在碧绿的菜畦里灵巧地一落一起。青灰色的裤子挽到了双膝，两条腿挂着点点黑泥，它们一前一后稍稍拉开些距离，两只穿着军用鞋的大脚，稳稳当当地随着锄头的起落前移。

那低着的头，一直垂着，被草帽遮盖着，想看见脸，很不容易。那弯着的身子，一直弯曲，那把清亮亮小锄头，也是落落起起……

我心里倏地一热，两脚快步奔去。“爸——”脱口而出没了犹豫！

那低着的头，抬了起来。那弯着的身子，直了。草帽下一张似曾相识的脸上，眨动着目光有些诧异。

“你找谁？”一个陌生的声音，一下子把我的梦打碎一地。

我的父亲没了踪迹。



“我……”泪眼模糊的我，突然惊醒：我的父亲已经在17年前，离我而远去。

“您这地种得真好。”我慌忙用手抹着眼角滑落的泪滴。我不好意思地冲着面前的老人翘了翘嘴角，紧忙岔开话题。

望着满眼水水灵灵的茴香、韭菜、莴笋，以及开着小白花儿的辣椒、小紫花儿的豇豆，还有正吐着粉红花蕊的玉米，以及结出小茄包子的茄子，刚支上架的冬瓜，才成型的、还顶着小黄花儿的黄瓜扭儿，一嘟噜一嘟噜大大小小挤扎在一块儿青青的西红柿，我不由得又是一阵心悸。

“这儿能踩吗？”我抬着脚不敢落地。要知道父亲当年的自留地，不仅种得漂亮，而且多产。畦里撒籽、畦埂尖撒籽、畦埂两侧也撒籽，左一边香菜，右一边小葱；就连浇水的垄沟埂上，也要种上个棒籽粒。

母亲时常有些埋怨地说："瞅，这地都让你挂起来种啦！哪儿都不敢落脚。"当我瞪着好奇的眼睛问时，父亲总会满眼放光地回答："人勤地不懒。不会骗人的只有种子和土地。"

"这儿没种你踩吧。"老人有些发蒙不知我要干什么。但善良的老人还是满足了我的好奇。

"那我就上您这地看看了。"我心里有些感激地看了看老人。

"你看吧。"老人说着又弯下了腰。

老人对于我这个陌生人的到来感到很意外，尤其是对他的菜地这么感兴趣更是意外。老人不明白别人逛商场逛公园逛美景，我这个人为什么大热天的逛菜地？

老人的菜地不大，也就半亩有余，可我在这儿竟足足转了30多分钟。

15年前父亲的影子，父亲同我一起翻地、撒籽、浇水、施肥，摘豆儿、割韭菜、拔萝卜、砍白菜的影子，揪着我的心，挡着我的眼，扯着我的脚步，让我无法离去。

爬满大西瓜的大片瓜地，我没找到，缀满枝头的大白杏也已被人摘完，眼前有的只是大片大片山墙似的葡萄架，那葡萄架上挂满了翡翠般的葡萄珠。烈日下那一粒粒葡萄珠，像一颗颗宝石闪着诱人的光泽！摘一粒，轻轻地含在嘴里，很快就会感到它的酸涩难抑。

我没有摘下来一粒，可酸涩的滋味却溢满了——我的嘴、我的鼻，我的眼，我的心里。

## 爸妈把爱给了谁

爸和妈有我们七个孩子，可每天第一件事，却不是我们。

爸天不亮就起，冬天第一件事，就是搬起夜里熄灭的火炉来到院子里劈柴生火。也就三五分钟，一股青烟味儿就顺着门缝儿钻进了屋。

那烟味儿不大也不呛人，似乎还有松木里释放的淡淡清香。

也不知过了多久，迷迷糊糊中感觉屋里暖和了，枕在炕沿儿的头好像被一股温暖的风缓缓地包裹了，在被窝里缩成一团的身子好像被谁揽在怀里，不知不觉地舒展开了。两只胳膊一高兴用劲一伸，就伸出了被窝儿，亮出来光溜溜的胳膊，没有感觉凉，反而越发感觉温暖。



抬头一看：哇，原来屋地中央正有一炉黄灿灿的火苗儿，在欢快地跳跃呢。

等我们穿好衣服，下地梳头洗脸，爸，却看不见影子了。

后来才知道，爸去生产队的温室了，爸在那里培育着队里的秧苗，那里的秧苗可是马虎不得，那是生产队田地里的指望呢。

妈也起得很早，窗户纸一发白就醒了。借着朦胧的月亮光儿坐起来，穿衣服、抻裤子、提鞋都是悄无声息的。

妈出门第一件事就是赶到院西墙的猪圈，探头一看，听见圈里的猪“哼哼”，妈才如释重负喘出一口气。哈腰抓起一把青菜扔给那头猪娃子。

接着就听见抱柴火、刷锅、舀水的声音，没过多久，一丝丝香甜的味道就随着冉冉升腾着的热气从灶房跑出来，挤进窗户、来到屋里、钻进我们的鼻孔，它好像故意瘙痒我们的睡梦一般，一下子将我们全“捅鼓捣”醒了！

“贴饼子、蒸白薯！好像还有煮鸡蛋！”躺在炕上一溜儿大小不一、长短不齐的我们，此时来不及揉揉带着眵目糊的眼睛，就抓起上衣、裤子，好像争第一似的，翻身下炕、洗脸、梳头一阵风似的。

等我们撂下梳子、掸净衣服跑到灶房，掀开冒着香气的大锅，一个个金黄的玉米饼子，一块块红彤彤的白薯，还有一个个圆溜溜白灿灿的鸡蛋，好像早就恭候着我们似的，冲着我们这帮又懒又馋的丫头们，笑呢。



等我们你一块我一个地围着饭桌上的“什锦”小咸菜，你搛萝卜皮，我夹白菜帮儿，吃得美滋滋时，妈妈却没见着个影子。

大姐说，妈去生产队的猪场喂猪了。妈说过，养猪很要紧，时刻要挂在心上，那是一大家子人一年的指望呢。

中午，一放学，我们肚子“咕噜咕噜”像打着催命鼓似的敲着后脚跟一般，赶着我们叽里咕噜往家奔。

离家还好远呢，就有一股肉丁炸酱的香味儿被我们猫似的鼻子拽了过来，香味一拽过来，地上的两只脚就好似踩上了风火轮，“嗖——嗖——”地旋进了家门。

妈，正在灶房抻面条呢，一把又白又细的白面条，正被妈举着往冒着泡滚开的锅里放！

“妈，炸酱面！”“妈，炸酱面！”哥、我、妹、姐都是顾不得放下背着的书包，扒着灶房门歪着头一个、一个，挨着个说一遍。

炸酱面，谁不爱吃？！可谁又能老吃呢？虽然是五毛钱的肥肉丁，半盆白面，可在20世纪70年代，有多少家五天、七天能吃上一顿呀！

白菜丝、萝卜丝、芹菜末、黄豆芽、蒜汁，还有飘着油花儿的肉丁炸酱。

面条一出锅，我们就成了“一群饿狼”，不等挑进碗里的面条和拨进碗里的各色菜码、浇上的肉丁炸酱拌匀了，就风卷残云一般“呼呼噜噜”卷进“咕咕噜噜”闹腾着的肚子里去了。



等我们用舌头尖儿舔着嘴角儿上的炸酱打着饱嗝，站起身时，才发现我们还没看见爸的影子，等我们稀里呼噜跑进屋上炕准备睡午觉时，顺着窗户一看，爸和妈，正端着用面汤泡着剩贴饼子吃呢……

等到晚上，我们要睡觉时，爸出现了，手里举着被削成花朵似的萝卜，递到我们的眼前。“一人一片”。爸脸上挂着笑，仿佛手里举着的不是地里种的红心萝卜，而是芬芳的牡丹花一般。

可我们面对爸手里的“牡丹花”不要说伸手去拿，简直看都不想看：“天天吃萝卜！看前院小香家，人家天天吃苹果！”小香她爸是每月领工资的工人。

在爸嘴里唠叨“冬吃萝卜夏吃姜，不用医生开药方”声中，以及不肯撤回手的坚持下，我们每人只好掰下一片，无奈地吞下肚子。

“脱袜子洗脚。”妈说。望着铺在热炕上一个一个被窝儿，谁不想一下子就钻进去呀！可，不用撩眼皮儿看，也能看见妈那双不怒自威的眼睛。我们只能猫儿似的排着队洗脚、洗袜子，之后钻进暖和的被窝儿。

等我们一觉醒来，昏黄的灯下，爸端着簸箕，妈拿着针线，爸挑拣种子，妈缝补衣裤。

妈说：“五丫头这裤子没法穿了。”

爸道：“窖里的白菜要捡瘷的吃，好点儿的年底就能多卖俩钱儿。”

过年了，盼了好些日子的新裤子，没穿上。

大姐说，爸妈挣了一年的工分还不够交队里的口粮钱。又说，再过半年我就初中毕业了，高中不考了，回队里挣工分，再过年咱家就不欠队里的钱了。

这情景已经随着岁月过去几十年了，我们的生活已经发生了翻天覆地的变化，衣服多得直发愁，吃的更是丰富得了不得，少吃减肥成了每日的话题，而远去多年的父亲母亲给予我们的爱，却让时光打磨得越发明亮温暖了。



## 一副手套

父亲是农民，是种地的。种地就是种庄稼，种庄稼就需要春种秋收，只有耕种才有收获，要有收获就要有付出。付出的有汗珠，还要有体力，因为汗珠是体力消耗的证明。

体力付出首先就要从一双手开始。

种庄稼是离不开一双手的，一双手对于各种农具来说密不可分。锹、镐、锄头，平钯、四齿哪一样都离不开一双有力的大手。

翻地、平整、打垄，看着容易，可要干好，都要下大力气、好功夫。

就说这几种农具吧，不仅分大小、宽窄、功能，还要根据不同季节不同庄稼选择使用这些农具，就算选对了，还要会用劲，用巧劲，用得好，省力气，还要不伤庄稼而保护庄稼更好更茁壮地生长。

要做到这一点，说难也不难，那就是熟能生巧，功夫到了，铁杵都能磨成针。



父亲的功夫不敢说到了磨成针的地步，但能把一张一尺来宽的锄用到四周少一圈，半尺宽，十几厘米的一窄条，而且举到眼前能照个影，可见功夫也是下到家了。

要把农具使到这份上，那握着这锄把的那双手会是怎样的呢?

粗糙自是不用说，冬天裂着口子藏着黑泥，有时还露着鲜红的肉。

父亲一双手握着锄把、抡着镐把、光着脊梁挥着汗水，这样的庄稼人什么样的手能光滑呢?何况爆裂之后还要撒着种子、抓着粪肥、锄草、浇水，没有一刻空闲地在地里忙碌。

二姐是建筑公司的工人，有劳保手套，每月两副，看着父亲的手很心疼，就把手套节省下来，拿给父亲。

父亲看到那么白净的线手套，像得到宝贝似的有些舍不得用，经过姐姐的几次劝说，才戴上握起了锄把。可手套太娇嫩了，没用两天不是大拇指漏了，就是手掌处磨了窟窿。要是别人也就扔了，反正也不花钱，下月闺女还发呢，可父亲不是。在吃过晚饭的时候，我好几次看着父亲戴着老花镜低着头在灯下缝着什么。家里的针线活儿一般都是母亲和姐姐们的，父亲拿着针线还真是很少见。

出于好奇我悄悄走过去，不动声色地站在父亲的身后，竟看见父亲在缝补手套，就是二姐送给他的手套。

父亲还真是聪明，虽然没看见做过针线活儿，可父亲缝补手套还真是有办法。缝补手套竟像母亲补袜子那样把破袜子套在袜板上，把袜子撑起来再拿着合适的补丁缝补。

缝补手套当然没有像袜板样的家什，可父亲有办法，把一根细得像手指样粗得棒子骨头儿塞进了手套的指头里，这样一来圆滚滚的就容易缝补了。今天父亲把破洞的大拇指补上了，明天又把漏洞的手掌处缝补好了，结果，一副白色线手套就成一副一块一块布组成的“布”手套，用了一个月。就这样二姐一个人发的劳保手套，用了父女俩。



## 小奶锅

父亲很简朴，特别是对自己。鸡鸭鱼肉都不吃，烟也不抽，喝酒也不常见，也就是家里来客人，喝一杯葡萄酒应付一下。

但父亲喝牛奶，一喝就是一二十年，就算是 20 世纪 70 年代中期，家里条件还不是特别富裕时，也没有间断，而那牛奶要一早去村西养牛场去拿，这拿奶的差事，我从初中一年级开始，一直干到高中毕业之后。

养牛场是大队集体企业，虽然养牛挤奶的活儿并不算轻松干净，可因为每月可以领到工资，就明显有优越感了。能到养牛场上班的人在村里很骄傲，见到同学街坊四邻都带着那股子高人一等的劲儿。上班、下班的常挂在嘴上。去养牛场拿牛奶要排队，所以越早去拿到的奶越好，否则就质量差，据说到了最后人多奶少，牛场的人就会往桶里兑水。是真是假就不得而知了。我在父亲的影响下很少睡懒觉，每天都是五点左右起来，就算是冬天，外面黢黑一片，醒了就想起来。有了拿奶的差事后，就越发如此了。起得早，出门早，往往我骑着车到了养牛场不是第一个也排不到第十个。有时到养牛场时那位负责拿着奶提子的工作人员还没有安排好呢。由于我常早去，人少容易记吧，那位工作人员就记住了我，问，拿奶给谁喝？我说是我父亲。一说名字，他有些兴奋也有些诧异，因为他认识父亲。五十多岁喝奶的人不多，奶基本都是给孩子或生病的老人喝。



父亲会种菜多少有些名气，过年过节常有人托父亲在村里的大棚买些芹菜黄瓜。那时过年的菜很少，能吃鲜嫩的芹菜黄瓜是挺不易的。队里的大棚由父亲负责，虽说种的菜主要供应城里的菜站，但也多少有些灵活性。父亲是蔬菜负责人，当然就能帮忙买着那鲜嫩且被人稀罕的芹菜黄瓜了。养牛场的这位工作人员就曾经托父亲买过，说那次不是过年，是娶儿媳妇。有了这层关系，每次拿奶就方便多了，后来那人索性让我拿两个空瓶子，拿走一瓶奶后，另一个就放在他那里，第二天，他就提前给我打好，我一到那里就不用排队，把空瓶子一递，他就把提前打好奶的瓶子递给我。这样一来，不但省了排队的工夫，拿回的奶还特别好，父亲说，熬出的奶浓香不说，奶上还漂着一层淡黄色的奶皮儿。

当时一斤牛奶三毛钱，爸只喝半斤，一天一毛五，按说也不算多，可这是母亲给父亲的特殊待遇。父亲身体不是很强壮，但也没怎么生过病，也许生过病，父亲不说，母亲就算知道，也不会告诉我们这些孩子。不吃肉，身体就会缺营养，何况父亲要卖大力气养家呢。母亲给父亲喝奶的特殊待遇是有道理的。

牛奶从养牛场拿回来不能直接喝，要用奶锅在炉子上烧开。一个奶锅能用多长时间，不知有没有人调查过，我家的一个小奶锅，用了二十几年，直到父亲去世，是谁也没想到的。那奶锅可不是什么名牌，也不是什么不锈钢，只是供销社柜台里一个带盖的小把儿锅，铝制的，比一个饭碗略微大些，两块一毛钱。



牛奶拿回来，父亲在炉子上自己熬，熬奶需要技术。奶容易沸出来，不开锅则已，一开锅冒泡就一下子漕出来，本来就不多的奶，这么一来就不剩啥了。所以，只有父亲精心看着锅自己熬了。父亲自己熬奶，自己刷锅，虽然不常干家务活儿，可父亲干起来，很细致，小奶锅刷得干干净净。就算偶尔奶溢出来了，也会细致地擦拭利索。用了一两年的锅还跟新的差不多。有时父亲干活着急，没来得及刷小奶锅，母亲让我去刷，这才发现小奶锅沾上奶被炉子上的火一熏是那么难刷。也许是不情愿吧，好几次都把锅掉到地上。虽然不是故意的但也是有情绪的。手劲用力过大，没拿住就跑到了地上。

小奶锅掉在地上自然就要受伤，父亲看见了也没有怨我，而是默默地拿着小锤子在一块鹅卵石上把磕瘪下去的锅一点一点轻轻地敲圆，让小奶锅尽量回归原样。尽管如此，再好的小奶锅也经不起我一次次的磕碰，一个小奶锅到最后，竟全让父亲的小锤子敲打过了，还好，那小锅竟没有漏，可小锅的把手却断了几次，父亲用铁丝缠绕用了几年，不得已加上了一根木棍又接着往下用了好多年也没再坏。



## 父爱如山

1944 年农历七月二十八，父亲生日那天把 17 岁的母亲娶进了门。我几次问母亲，您和我爸 17 岁结婚，为什么 21 岁才有我大姐呢？母亲总是避而不答，找别的话题岔开。但母亲眼中的泪，分明告诉了我什么。

大姐是 1948 年踩着解放北平城的炮声出生的。那时城里城外全是兵。解放军的部队加紧围城，国民党军队则加紧抓兵射炮守城。父亲和二大爷为了躲兵灾跑到了天津。家里只留下母亲和染病的大爷以及年迈的爷爷奶奶。那时母亲正怀着就要出生的大姐。日子难，战争乱，年迈的奶奶急火攻心，竟突然倒地不起气绝身亡了。一直身体不好的爷爷，一着急，竟也随着奶奶去了……

爷爷奶奶下葬的第三天，大姐出生了。

1949年10月1日，毛主席登上天安门城楼，向全世界庄严宣布：中华人民共和国成立了。很快村里开始了土地改革，靠种地过日子的乡亲们，终于有了自己的土地。

1951年，二姐出生。1954年，三姐出生。1957年，四姐出生。接着就是哥哥、我和妹妹。十几年间我们就成了一个有九口人的大家了。

人丁兴旺，是好事。可也是难事。记得那年冬天我7岁。总爱喘的我又病了。不但喘，还咳嗽发烧。深更半夜大雪封门，父亲不顾自己已贴多日膏药的腰，背起我大步流星地就朝十几里外的南苑医院奔去。天很黑，风很大，雪很猛，路很长。挟着雪片的狂风呼啸着抽打着夜空。而父亲好像啥也没感觉到似的，双脚在雪地上“噗嗒噗嗒”地使劲往前赶。



还有那年腊月二十八的冬天。盘算着又无钱过年的父亲，起了个大早，估摸也就4点吧，父亲要进城。进城干什么？卖菜呗。卖菜换钱好过年。攒了一冬的白菜，留了一冬的白菜，存了一冬的总也舍不得吃的好白菜，不就是图个年底拉进北京城的天桥菜站卖个好价钱吗？年年如此。好白菜送进城，没芯儿的瘪白菜留给我们吃。天桥菜站工作人员的一声“好菜”，让种了几十年地的父亲，感觉足矣。

20世纪80年代初，祖国大地掀起了改革的浪潮。哥哥辞去汽车队的工作，借了3000块钱就下海了。租下供销社的一间门面房，开起了村里第一个水产商店——西红门水产中心。为了给哥哥的商店帮忙，父亲只好离开了深爱着的土地。将承包土地交还了生产队。父亲白天帮着打理库房，晚上看店守夜。

那时，哥哥刚开业，许多事理不顺弄不清，脾气异常火爆。父亲那时可没少受他的气，就被褥卷扔回家，说不干了，就不下三四回。可就这样，父亲仍是忍着，仍是将他的爱，默默地给他的儿子！为这，现如今父亲离去十几个年头的时候，快五十岁的哥哥，什么时候想起来，什么时候流泪。

父亲一晃离开我们15年了。可我们竟浑然不知。不是我们记性不好，不是我们不孝，而是我们的伤痛仍沉浸在那个失去父亲的——七月二十八的日子里。

父亲是一棵苍翠的大树，强壮无比。在我们的记忆里，父亲好像就没生过病！就从没在白天躺在炕上过，就是身体不合适，哼一声也没有。可，就是这个时候，父亲却轰然倒下了！



想起来，那一年父亲也是快75岁了呀！就是一棵再粗壮的大树，也会被这么多年的风雨侵蚀，虫蚁掏蛀呀！何况是一个养育了7个儿女的父亲呀！可那时我们都忙，都忙着算计着自己的日子，都忙着算计着自己的生意，都忙着算计着自己的钞票，竟忘了整天为我们忙黑忙白的父亲，忙了几十年的父亲，老了，累了，古稀之年的父亲也该歇歇，也该要我们做儿女的照顾了，也该享享清福了。

我们结婚后，栖身在离家十几里的外村，一个铸造厂的小库房里。我在厂里当临时工，丈夫靠在部队修车的手艺，开了一个修理部。1991年的那个冬天，特别冷。一次修车，丈夫摇车，手一滑，摇把脱手，腰一下子就闪（扭）了。我们再难，也不告诉家里。可，父亲带着母亲来了，迎着风顶着沙驮着一桶鸡蛋来了。

父亲得病，让我们没有想到。父亲病重，更是让我们措手不及，五雷轰顶！

父亲，得了不治之症！一辈子省吃俭用，一副线手套也要补了又补、一个小奶锅也要修了又修使上十年八年、一辈子不吃鱼、不吃肉、不抽烟、不喝酒的好父亲，竟得了不治之症！天塌了！我们的天塌了！一棵参天大树，一棵给我们遮风避雨的、一棵鞠躬尽瘁的、一棵被儿女掏空精髓、熬尽心血的大树，“轰！”的一声，倒下了……就是这样，父亲临走前还对着他的儿子女儿说：你们都是好孩子呢！

子欲孝而亲不在，子欲养而亲不待！父亲 43 岁，人生正值壮年时有了我，而且是人生最有力量的时候，哺育了我，把最深沉、最厚重的爱，毫无保留地给了我，给了他的儿女！却在儿女们对人生懵懂的时候，特别是我，这个女儿还没真正走进人生的时候，刚刚成家的时候，父亲闭上了双眼。就像做了一场噩梦，哭天抢地的噩梦，可等梦醒来时，原来突如其来的不是噩梦，而是一场真真切切人生。



短短二十几天，短短二十几天呀！疼我们，爱我们，宠坏我们不图回报的父亲，说去就去了！永远地去了！永远永远地抛开他爱着的疼着的儿女们去了……不给他的儿女们一丝一点的回报余地！给他的儿女们留下的：只有悔恨的泪水，只有无限的思念，只有无止的心痛！而且是随着时间的延伸，越来越深的心痛……

父亲，走了。任我们如何心痛，如何思念，如何企盼能梦中与父亲相逢，父亲的身影却也再难出现……

春天来了。谷雨到了。可田里再也看不见父亲栽瓜点豆的身影……

夏天到了。伏天来了。一伏、二伏的田地里，再也看不见那双扬撒萝卜白菜种子的大手了。

秋天来了。冬天来了。萝卜白菜上市了。可，那削得花似的“心里美”萝卜，却再也不会举在我们面前了……

贴饼子，烧煳了，父亲您再也不会吃了。爸，您说您最爱吃的呀……

吃炸酱面了。父亲，您快回来吃呀！

父亲，您真的爱吃煳饽饽吗？您真的那么爱收拾只有酱色咸味的炸酱锅吗？



父亲呀，您好狠心呀！您活一辈子，对谁都好。街坊邻居能帮就帮。钱上接济，吃的帮助，至于手艺、力气，您就更是舍得！甚至于，伤害过您的人，您也不记恨！就是那年诬陷咱家有枪，要拆咱家房的人，您也会担着风险给他扎针看病！可，您对于我们，除了给我们、让我们，就连个给您尽孝的机会也不给我们留！得病都得不能花钱治的病！得得急，去得快！连我们反应过来的时间都不给！转眼间，您就不见了……

父亲，您很老实，老实得近似“窝囊”。父亲，您很平常，平常得就像您脚下的“土坷垃”。可，您知道吗？您的老实、平常却为咱家和国家做了多大贡献吗？您会想到，您亲手种的“核桃纹”白菜、“心里美”萝卜，被当年困难时期吃过它们的人都思念吗？您能想到，您用心血哺育成人的儿女，都在为自己致富的同时，也为国家做出了很大贡献吗？您也许会说，这没有什么。您只不过尽了一个做父亲的职责而已。做了自己想做，而且能做的事情罢了。

清明节又要到了。哥说要给爸选墓地。要我们姐妹一起去挑。说给爸买一个贵的，他不怕花钱。我们姐妹说，也出钱。哥说不用。

想想，父亲离开我们多少年了。1994年农历七月二十八到今天，我这一算，唉，都整整15年了！唉，我怎么还以为没几年呢？

哥哥跟母亲商量。母亲说没必要买太贵的，普通的就行。其实我们也觉得没必要，因为一向节俭的父亲地下有知也会这样想的。可一想起父亲为我们这个家的付出，就是花再多买得再贵，就是倾其所有也是心甘情愿啊！



哥哥把墓地给您买了，花了五万元，勤俭一辈子的您，心疼了吧？“太贵了！何苦呀。”虽然我们阴阳两隔，但，我们能感觉到您的叹息。可，不这样，我们又能怎样回报您的养育之恩呀……

# 第三辑　日记

## 2009年1月23日

母亲住进重症监护室。

晚上，我们一家刚吃完“二月二”的春饼，正聊着天儿，我看见坐在沙发上的母亲闭着眼不言语了，眉头也皱了起来。“妈您怎么了？”我问。“没事。”母亲摇着头说胃有点疼刚吃了两片止疼片过一会儿就好。在我和哥哥的坚持下母亲才勉强同意到医院看看。



“住院。”急诊大夫只看一眼就看出母亲病得不轻。

“不住！”到了这会儿母亲仍认为自己的病不要紧，能扛过去。

母亲怕住院。医生为难地看着我们。我和哥耐心地劝着有些烦躁的母亲。母亲怕有病怕住院，要强的母亲就怕人说她老了病了不行了，给儿女添急添累花钱。“就开两天液，今晚在医院输，明天回家输。”母亲勉强同意。

2月27日上午十点，母亲的疼痛再次发作，我们不顾她的反对拨打了“120”。

一到医院母亲就被送进了重症监护室。我们的心一下子就乱了！大滴大滴的泪水，从姐姐的眼里、哥哥的眼里、我的眼里成串儿成串儿地涌出……

重症监护室不让家属进，连看一眼，都不可能！我们一个个人、一颗颗的心，被一双无形的大手提着、揪着、抓着……一颗心上上下下漂着找不到安放的地儿。一阵一阵心痛袭来，我们坐不下，站不住，楼道里来回走遛儿。

看不见母亲，不知母亲怎样，从重症监护室传出来的只是一声接一声的“家属交钱”及“家属签字”。

6000 元、5000 元、5000 元……

一听医生喊“家属”，我们的心，就吓一哆嗦！

我们终于见到了母亲！五个小时等待，好像等了一个世纪！



## 2016 年 5 月 13 日

守着母亲。

吃过晚饭，我给母亲洗过澡、洗过衣服，晚上九点半就让母亲上床睡觉了。

保姆解姐，家里突发急事回家，我又一次可以二十四小时陪护母亲了。多年来每次保姆出现空档我都是候补。

可母亲没睡，她在找东西，嘴里还嘟嘟囔囔的。原来是在找钱，说放在马甲兜里的钱不见了。

母亲，找钱，成了常事。我没放在心上。家里没人动，是她老人家记性不好，忘记了。钱总会找到的。因为是我洗衣服前特意掏出钱放到了母亲眼前的床头柜上。

“总会找到的。”劝过母亲，母亲仍是继续。十点过去了，仍不停，其实只不过是二百多块钱而已。无奈只得把楼下的嫂子叫上来，仍无济于事。一卷钱，终于让母亲找到了。抽屉里药盒下压着呢。唉——母亲终于长出了一口气，躺在了床上。

十点半钟刚过，我还没睡稳，母亲又起床了。手依次在床沿儿、墙壁，门框捯着，拖着脚进了卫生间。

大约五分钟，又转身扶着门框、墙壁、床，坐到了床上。打开手电，对着墙上的钟表看了看，躺下了。不一会儿，就响起了轻轻的鼾声。

我觑着眼，母亲的一切都在我的眼中。

也就是十二点吧，我还没睡实，母亲又一次起来了，急慌慌地扶着床、墙、门拐进了卫生间……



母亲多尿而急，一夜少说要三趟，有时更多。尿裤子是免不了的。这让干净一辈子的母亲很难堪，也很无奈。

这次母亲在卫生间待了很久，水哗哗响的工夫也长了。母亲在洗内裤，洗过晾上，把自己的“羞耻”痕迹消灭了。

母亲有专人照料，许多年了。可内裤仍坚持自己洗。

午夜过后，母亲又去卫生间两次，终于在凌晨四点，安安静静睡到了五点半。

天亮了，窗外已经有了一丝丝粉色的云。

我本想起床，但又怕惊醒母亲，只好躺在床上，静静地看着母亲，听着母亲轻轻的呼吸。

六点钟，母亲醒了，睁开眼，一看对面床上没了人，就慌了：“玉！玉！”声音急切而且带着害怕。

“妈。”客厅里正沏茶的我急忙应着。母亲扶着墙脚步踉跄着从卧室走出，直到看见我，“我以为你走了呢”。声音里竟有了哭音儿，就如同我小时睡醒时没见着妈妈的样子。

“妈，我不会走，您洗脸梳头吧，我把茶给您沏好了。”

母亲看着我，好一会儿，定定神，确定没错，这才转身拖着脚进了卫生间。

母亲站在镜前，刷牙、洗脸、梳头……

母亲刷牙不用牙膏，一直用盐。九十岁的人满口牙，吃东西软硬都行。母亲脸上皱纹不多，两颊还有些红晕，额头有几块大小不一的黑褐色的老人斑，每次洗脸母亲都要用毛巾沾上香皂用力搓，还在几年前用上了大宝洗面奶——不知从哪里听说能洗掉脸上的斑。要知道这可是母亲这辈子难得喜欢的“化妆品”。



母亲的头不大，满头的白发，却难遮盖粉白色的头皮。梳子对于母亲只是摆设，梳过之后常常还用刷子沾上水刷刷，因为不多的白发总是垂下、飞起。母亲喜欢光光溜溜干净利落的感觉。

母亲对着镜子要站上二十几分钟，其间总会发出几声叹气。

## 2018年3月31日凌晨

3月30日，我和哥姐小妹聚齐了，去墓地给父亲扫墓。

父亲离开家已经26年了，离开了26年的父亲，不像离开了这个世界，在我们心中只是离开了家，只是不再跟家里睡觉，不再和我们同桌吃饭，是出了远门，还没有回家。虽然回家的路途遥远，但父亲的目光总是在不远处看着我们。那目光虽然遥远但总是俯视着，追寻着我们。父亲偶尔也会回来看我们，而方式却是飘忽不定的，就像儿时与我们做游戏，说不定啥时候就出现在我们的眼前。可正当我们沉浸在与父亲相见的喜悦中时，还没等开口说话，父亲就忽悠一下转身要走了。我们赶忙伸手去抓父亲的衣襟，可总是抓不到，急得我们大喊“爸！爸！爸爸——”大睁着眼睛，父亲却无影无踪了。

那是个梦，梦醒了，父亲没了，可我们的泪水，却长流不止。

站在父亲的墓碑前，我们默默祷告：请求那在天的父亲，不止在天上用目光牵挂着我们，一定要可怜可怜他的儿女们，保佑我们的91岁母亲，多陪伴我们些年头，因为我们的妈妈吃的苦太多、受的罪太大了！风风雨雨一辈子，养育七个儿女、养老送终五位老人，好容易赶上好时代，还没享受多少年的幸福。



我们的祈祷，父亲好像知道了，因为站在父亲的墓碑前，我们竟然没有了那么多泪水。

告别了父亲，我们和每年清明节一样就回家，回到娘家，因为妈妈在家，妈妈在家等着我们呢。

妈妈在家，真好！门还没伸手去敲，家门就像与我们有感应似的开了。门一开，妈妈的笑脸就迎了上来。

慈眉善目的老妈，笑得很开心，说：“我老早就听见你们的脚步声了。”

老妈的话，我们有点不信，因为我们一出电梯门就都故意放轻了脚步、止了说话声儿。你也许不信91岁老妈的耳朵，可事实却是，门没敲，就开了。

老妈说：“我耳朵有些背，可‘心’听着呢。”

我们一进门，家就满了。老老少少二十多口子人，赶上了小型的会场了。

一桌子饭菜，不到半个小时就全上桌了。因为这些青菜肉食都是嫂子头天备好的。

我们围上桌，可妈妈却依然坐在沙发上看着我们。我们几次张罗着，甚至去搀扶，妈妈依然不肯上桌子，总是推说：“你们先吃，你们先吃。”

这在以前是没有的，妈妈不上桌子，当儿女的怎么能拿起筷子呢。可任我们怎么劝说，妈妈依然坐在沙发上不动，就那么斜侧着身子用一双眼睛，一个一个看：闺女、女婿、孙女、孙子、外孙、外孙女，看过了一圈，又反过来再看一圈。



看着老妈专注的眼神，眼神里那饱含着的爱意，我们竟有一丝丝的不安。

“我就是走了，你们也不用着急。有几个活我这么大岁数的。”老妈开口了，可说出的话让我们浑身战栗。

“妈，大清明节的，您别瞎说…… ”我含着眼泪抱住了妈妈。

妈妈前两天身体不舒服，有些气短，为了防止妈妈清明节发生意外，我们连夜叫了救护车。医院给老妈开了药，说输上三天液。

今天是第三天，老妈再输一次液，身体就恢复了，清明节应该平安了。我们都是这么想的，都为当初送老妈去医院救治的决定感到踏实。

中午饭吃到了快两点了。嫂子张罗着老妈该去社区医院输液了。

老妈嘴里嘟囔着："不去，不去。"可看着实在拗不过去，只好嘟噜着脸极不情愿地坐上轮椅。被推出门的一瞬间，突然伸出手抓住门框喊道："你们都不要走！一定等我回来……"

妈妈侧着半个身子，使劲扭着头，眼里好像还闪着泪光，说话的声音里满是不舍，甚至有着哭音……

我们嘴里答应着妈妈，可还是没有等着妈妈输完液回家，就都一个一个离开了，回到了自己家。

我是晚上六点多回家的，因为我要赶稿子，编辑张老师在催。我要回家赶快整理。



整理好稿子，一看表，正好九点半了，我拿起手机打开微信，找到"老妈的孩子们"的家庭群，一看，嫂子正发来一段视频：老妈正很精神地与保姆大姐开玩笑呢。

我心里踏实了。老妈的病好了。我上床睡觉。

也不知几点，突然丈夫的手机响了！夜里两点钟，也就是3 月 31 日深夜两点！

"快到区医院！"是嫂子的声音！

老妈出事了！我们顾不上穿好衣服胡乱地一套，手脚哆嗦成一个瞎疙瘩！

我的感觉不好……我的眼泪一下子涌满了。

老妈心脏不好，一年里总是要发一两次心绞痛，但我很少有这种感觉。因为每次都能化险为夷。就是那次嘴唇都紫了，手都摸着有些凉意了，最后还不是让家门口的赤脚医生扎了一针，就没事了。可这次不一样，心里“怦怦”地都有些震疼。

抢救室里的老妈，安详地躺着，就像睡着了一样。脸色红润、眼皮合着、嘴唇闭着，胳膊、腿都舒服地撂在床上。

可就是我们一声一声喊着“妈，妈，妈妈——”就是不答应！就是不答应了！

妈妈不答应，任凭我们声嘶力竭地呼喊，任凭我们泪水如注……

妈妈是自己上的车，坐在儿子身边，最后是看了儿子，她生养的儿子、已经年近六十的儿子，咽下了最后一口气，走了。

1927年出生在战乱时的母亲，在养育七个儿女都成家立业儿孙满堂时，在2018年3月31日凌晨3点40分，正像母亲生前所希望的那样：没有躺在病床上、没有拖累儿女，91岁如愿地离开了这个世界，走了。



## 2018年5月17日16点

妈妈，到今天的此时，您已经离开我们整整47天零13个小时了……

我来看您，我想您，您是不是也想我了。我还是13日母亲节时来的。四天了，我在家再也待不住了，因为我从没这么多天没有去看您。

妈，我今天骑着自行车到稻香村买了您爱吃的红蛋糕，还有一种看着感觉不错的夹心糕点，让您尝尝。您外孙女小雪的同学给我买了两盒杧果，我给您捎过来一盒，您尝尝甜不甜。

还给您买了甜橙，挺好吃的。

我进小区门，以往喜欢和见面的街坊打招呼，今天怕极了。自打您离开就不愿见她们了，尽量躲着，否则一开口就泪汪汪的……

小区门口有个卖水果的三轮摊子，我们认识好几年了，他知道我喜欢给您买甘蔗，每次我一开口，他就要称一根不错地给我，而且用刀削得干干净净的，剁成一尺来长的节，他知道我是给您这位 90 岁的老人家买的，很是热情。

可今天，我低着头，躲着他投来的目光。

楼门口有几位长期打扑克的街坊，每次我们来她们都是“看老妈呀”地打招呼，我们也是无比快乐地应答着：“是。我们今天带老妈出去玩。”



我今天加快脚步而且低着头走进楼门。入电梯，抬手就按下“19”，这是六年来的习惯。

站在“1901”门前，拿出钥匙，我鼻子一酸，眼泪就满了……

我把您床头柜摆放的糕点撤了，洗了盘子，把母亲节送您的康乃馨换了水，也顺手把花瓶洗净。我抱着您微笑的相片，用白纸一点点擦干净，把桌子擦干净，把洗净的盘子摆好，把稻香村的糕点摆上，甜橙、杧果摆好，为您沏了一杯花茶，我也沏了一杯，咱们一起喝。

妈，等我收拾停当，拉开抽屉拿起三炷香，点燃时，妈，我又止不住……

妈，您不该走啊……您没老到该走的地步！您满口的牙，吃得好，睡得好，生活基本自理，很少麻烦人。130来斤的体重，不胖不瘦，很合适，虽说有高血压、冠心病，血糖有些高，可这都不是要命的病呀！因为这么多年，用药物控制得好好的。

妈妈，您就这么突然离去，让您的儿女一下子乱了方寸，没了主张，没了依靠，惊慌失措，就像一颗心被炸飞了……

自从3月31日凌晨3点，那个抽筋拔骨的时刻，您的儿女们，再没了欢乐，再没了相聚相欢的愿望。

## 2018年5月23日9点

老妈，我今早又想您了，我想得又是满眼泪水止不住往下流。

我要去看您，陪陪您，虽然前往的路上，让我心里很痛，眼里很湿，可只有前往、即刻前往，才能让心里的痛，痛得轻缓一点。

我在水果店买了您这个日子里喜欢吃的荔枝、油桃。又到稻香村买了您爱吃的自来红月饼，新口味的拔丝肉松蛋糕，也买了几块，您尝尝，也不知您感觉怎样。好吃的话，您告诉我下次还给您买。

妈，今天进小区，虽然还是躲着街坊，但我眼里已经不像往日那样，泪汪汪的了。

进楼门，上电梯，到家门拿钥匙开门，头一转向客厅沙发，眼睛再也找不到您——坐在沙发上朝着我笑盈盈的您，我的泪水，还是抑制不住地淌了下来……

我含着眼泪，捧起您的照片，轻轻擦拭着，擦拭着……

看着您微笑着注视着我……妈，我还是不能相信您离开我们，离开我们，已经54天5个小时的事实。

我把果盘里以前的水果糕点撤了，盘子清洗干净，盘子上的水也用餐巾纸擦去了。把您的床头柜也擦干净。

我把给您买的荔枝、油桃、稻香村的糕点，给您放在了盘子里。之后，我给您沏了杯茉莉花茶，我也沏了一杯。妈，咱先闷一会儿，待会儿咱娘儿俩一起喝。

妈，您养的花，我也浇了水，屋子里的地板、桌子也收拾干净了。

妈，一切收拾好了，我洗洗手，咱娘儿俩该坐下说说话了。



我走进您的卧室，妈，看着您镶在镜框里的黑白照片，我的泪水，又是冲出眼眶。

妈，此时，要点燃三炷香……

妈，您说，不让我们着急，不让我们哭，我们想听您的话，因为您说我们都是好孩子，我们依然想做听您话的好孩子，可，我们的心老疼，鼻子老酸，泪水老是止不住往下流。

我守着您，陪您喝着茶，坐在您的床上，床单、枕巾，扫床的笤帚，触摸灯，床头柜、抽屉里，都散发着您的气味，客厅、卧室、厨房、卫生间，还有您走动的样子，唠叨的声音……

妈，您陪嫁的老座钟，一上弦，又滴答滴答，转了起来。

妈妈，陪陪您，我心里好多了，眼里的泪，也少了。

妈，我想您，就来看您，因为您就在家里，一直等着我，等着您的宝贝儿回家。妈妈我回来，回来陪陪您，和您说说话。

妈，我们会继续做您的好孩子的，一定不会再哭，一定好好把家里的日子过好。

2018 年 5 月 24 日 10：30

妈，我今天到村里开党员会。每次村里开会，我都要和您打招呼，会后到您家吃饭，您每次都很高兴，我一进门，就不住地说，想我，说好几天没见到我了。其实就算我昨天还来过，您也会这样说。有时为此还跟您犟两句："您这是老糊涂了。我昨晚才走的。"

其实，您真不糊涂，是我们当时糊涂……您那是暗示我们要天天来，守着您才好，您心里清楚，就要离开疼爱的孩子，要走了，想着法子。故意刺激我们，让我们多来、多陪，您给我们的时间少之又少了……



妈，我今天在您和保姆大姐每天去的超市里，买了您爱吃的"绿宝"香瓜、香蕉、蛋糕、萨其马。

在超市里看见了老街坊，我故意躲着没有和她打招呼。妈，这是以前没有过的。

出了超市我快步走进小区，看楼门没有常打扑克的街坊，更是快速地跨进电梯。

妈，我手里拿着包和水果，钥匙在包里不好拿，以往走到门边，脚尖碰一下门，屋里就马上传来脚步，门随即而开。

而此时，我必须腾出手胡乱地在包里翻腾。

"妈，我给您买好吃的来了。"拎着手里的袋子，我奔向您，可您望着只是笑，再不说“买这么多，哪吃得了呀”。

我眼睛潮湿，撤下盘子里的水果糕点，将盘子拿到厨房洗净擦干。烧水刷杯，准备沏茶。

我双手捧过您的照片，轻轻拭去浮尘，望着您，眼里的泪水，淌了出来……

妈，此刻，您已经离开我们 54 天 7 小时 30 分。

我将毛巾浸湿开始擦桌子、床头、窗台。

妈，水开了，我给您沏茶。

闷着茶，我把洗好的盘子拿到屋里，摆上香蕉、香瓜、糕点，之后，把冒着清香的花茶给您奉上。

“妈，咱娘儿俩一起喝。”我端着茶杯看着您，泪水再一次滑出眼眶。



妈，当我将三炷香点燃之时，我再也抑制不住，大哭了起来……

妈，我不哭了，我告诉您一个让您高兴骄傲的事，您五闺女的大照片，上书的封面了！这本书在外国，就是您知道的美国发行的呢！我把您的事写下来，印在书里，不但中国人能看见，外国人也能看见，因为他们给翻译成了外国人能认识的英文。

妈，我看着自己的照片特高兴，心里美极了，您也是吧？我有 12 篇小小说在里面，还有我写您和我爸的故事。妈，您还记得我家那条叫“阿龙”的大狼狗吗？我养了它 13 年，我把它的事也写成了小说，也收录在这本书里。

妈，您是不是特高兴？一定是，因为您养了一个像您一样争气要强的好闺女！

妈，我现在不像前些日子，眼里泪汪汪的了。走出家门，开始了以前您在时的生活，正像您希望的那样，好好过，把日子过好。

## 2018年5月31日

妈妈，您已经离开我们整整两个月5个小时25分钟了。

妈妈，我的眼里又有泪水了，而且很快溢满，瞬间流淌了……

妈妈，您“60天”时，您的儿女们聚在了一起，一起为您送“船”。

妈妈，我用三天的时间将一张纸壳剪开，再用尺子量好尺寸，画好线条，一条条用剪子铰开，裁成小长方条，用钉书器钉好，再用同样大小的白纸缠上，用胶水粘结实。最后拿记号笔一个个画上“筒子”“万子”“毛子”。

妈，其他好画，幺鸡，可难为我了，但总算，上网查，临摹得像了呢。咱们不常用的闲牌“四季”，梅、兰、竹、菊，我也临摹了。两个骰子也做了。全套完工，我心里安静了许多。三天，就为您，做了一件事，为您做了一副麻将牌。

妈，您收到了吗？收到了给我托个梦呀！妈妈，两个月来，为什么您不托梦给我呀……

妈，您知道吗？您的离开，让我们的心碎了，就像被一颗二踢脚炸碎，炸飞了，不仅疼痛，而且很难聚拢了。

您的“三七”“五七”，都是给您烧完纸，就各自散去了。

这次您“60天”送船，又是如此。

可我不肯，不肯就此离去，我在您的屋里，坐在您坐的床上，看着您笑眯眯地看着我。我躺在您睡过的褥垫上，头枕您用过的枕巾上，感受着您的气息，妈，您就在我身边。

妈，我合上了眼睛，渐渐有了睡意。我睡觉了，多么希望，您给我盖上毛巾被，因为我今天穿着裙子，光着腿，睡着睡着有了凉意。妈，您不再给我盖了，永远不可能了。

二姐、三姐看我不想走，就陪着我。中午，妈，您的孙女，给我们点了外卖，我们姐妹三个吃着吃着，眼泪就流出来了。

妈，我们什么时候在娘家把“外卖”当过午饭呀？什么时候在娘家吃午饭，没有妈妈您呀……



有人说，人死60天，就乘着船，远走了。可我不信，我不管别人怎么想怎么做，我要坚持看您，守着您，因为只有这样，我心里才踏实。

妈，我们今天去延庆，我哥给您和我们亲手打造的“侯家大院”。

妈，咱家的大院可气派了，我今天带您去看看，您一定和我们一样兴奋！感叹您的儿子，太了不起了！

妈，我哥为了把这个有争议、搁置了好多年的，离咱家一百多公里的大院子打理好，不仅要从长满荒草的一块土地，一锨土，一块砖，一根木条开始；更要与村里存在的一个个难缠的人打交道，从陌生、从怨怼、从抵触，甚至敌视，一步一步行进化解。从无理的老人，胡搅蛮缠的村民，乃至街头的混混，都能用感化，说理，讲法，一一化解，最后不仅把问题解决，而且还成了朋友。

妈，为您的儿子骄傲吧！您今年58周岁的儿子，在步入老年行列之时，又创造了一个辉煌！

## 2018年6月3日中午

妈妈，现在是您离开我们两个月零三天13个小时25分。

我是上午11点回来的。我在家蒸了米饭炒一盘蒜薹，一盘土豆丝。您的家不能没有烟火味，家只有弥漫着饭香，才像个家。虽然吃饭的只有我一个人（您的孙子说不饿）。

吃过饭，我躺在您的床上，看着您和我们在一起的照片，我没有流泪。因为您所有的照片都在对着我笑。

最早的照片，是1988年我们还没结婚时，振兴给您用我们定情物"甘光"照相机拍的。那时您还不到60岁，坐在家里最早置办的黄色沙发上。灰白的头发，淡蓝色的上衣，浅灰的裤子，一双黑平绒襻儿鞋，右腿斜搭在左腿上，两手在胸前交叉，脸色红润，嘴角微翘，一双眼含着笑，有些羞涩地看着我们。您左手茶几上有一盆绿意正浓的吊兰。



还有一张是在我四姐家窗前拍照的。您和您的老姐妹，以前一起在生产队劳动，而今一起蹬着三轮车游玩，好了几十年的老朋友，在我四姐家开心的笑容。

还有一张，您和我、四姐，小妹一起登上了八达岭长城，在城墙的烽火台上拍的。那年您60岁，一个老外还给您伸出大拇指点赞。而今我刚55岁，登上长城的信心好像已经不足了。

北京植物园、北京天坛、北海公园、天安门城楼等，北京的所有知名的和不知名的地方，您几乎都留下了脚印。

咱大兴的念坛公园、三海子公园、梨花村、古桑园等，也都留下了您不止一次的身影。

“呷哺呷哺”“眉州东坡”，还有“明荣饺子”“大众餐厅”等都是咱们常解馋的饭店。

妈，看着您和我们的照片，看着您开心的笑容，我们仍沉浸在那时的快乐里。

妈妈，谢谢您！谢谢您让我们得到那么多的快乐！

## 2018年6月14日10：35

妈，今天我又回娘家看您来了。我把照片擦拭干净，桌子、窗台也擦干净了。沏上茶，坐在您的床上，看着您，您也看着我，您穿着去年这个日子给您买的真丝衬衫，白色的衬衫映衬着您的微笑，您侧歪着头，嘴角微翘，一双眼满是慈爱。



妈，今天虽然是您离开我们76天零7个小时50分钟了，我依然无法相信您的离去，无法相信娘家从此没有“您”的事实……

我想您，就回娘家，就回到您的身边，客厅，卧室、厨房、卫生间，都有您的影子。坐在您坐的沙发，躺在您睡的床上，心里很平静。

妈，我现在的泪水不再那么流了，喝着您的茉莉花茶，看着镜框里一张张不知看了多少遍您和我们在一起的照片，想着您和我们在一个个地方快乐出游的画面，心里暖暖的……

妈妈，谢谢您陪着我们，让我们在想念您的时候，仍能看着您的一张张笑容，心里得到抚慰。

今天嫂子在家烙了馅盒子，我们一起吃的饭，家又有了温暖。

## 2018年7月16日阴小雨30℃

今天是老妈离开的第108天。

我走进卧室，看着笑眯眯的老妈，心里虽然有些难受。但已经没有泪水。

老妈让我好好出行，快乐起来。

妈妈，我会快乐的，出行一定平安而且要收获多多。

## 2018年7月26日



妈，我出行10天，从东北平安回来了！谢谢您的一路护佑！您让我的心敞开了，眼里没了泪水。虽然依旧想您，想您，可您没有说出口的话，我却感觉就在耳边：打起精神，好好过日子！

妈，我会的！一定会把日子过好，把您的希望记在心里，并且把您的希望实现，做好人，做好事，对得起自己！做一个有利于国家的好人！才能对得起您和我爸对我的养育！

写在妈妈离开我们115天的日子。

## 2018年9月17日 12：40

老妈离开170天。

妈，今天凌晨3点多，我又从梦中哭醒了。

妈，今天是您离开我们整整170天的日子。

妈妈，我这些日子让自己很忙很忙，我想以此把想念您的悲伤，稀释了，不承想，任何提及妈、母亲的字眼都会让我无法控制地想念您——我的妈妈。

9月3日晚，在张家口涿鹿参加一个盲人作家活动，人家一张口唱《一壶老酒》感恩母亲，我就泪流泉涌……竟无法控制离开了会场。

昨天，参加同学孩子满月，一位熟人打听您，身体还好，我又是心里酸酸的……

妈，虽然在别人眼里您是寿终正寝，91岁高龄，没有痛苦，没有征兆地离去，是"好修行"，算是俗话说的"老喜丧"；可对于我们这些失去妈妈——永远失去，世界上最疼我们的妈妈，我们"喜"从何来呀？



妈妈，您不该……不该走呀。

您面色红润，胃口好，睡眠好，耳朵也是偶尔背一些，满口的牙，我们买给您什么吃，您都吃得美美的，可吃得再美，要说还得说是又脆又甜、咬起来"咔咔"响的大甜甘蔗！

您爱吃羊肉，爱吃了一辈子！烤羊排、爆羊肉、炖羊肉、涮羊肉、羊肉馅饺子，您样样都爱吃！有一家"呷哺呷哺"涮羊肉连锁店，我们和您几乎每个星期就吃一次，您真是好牙口，好胃口，百吃不厌呢！

您喜欢逛公园看花草看绿树，你的儿子闺女只要会开车有空儿就接上您出去逛逛，特别是您的老闺女，她接您的次数尤其多，每星期都有那么一两次。逛过公园（就算冬天您也喜欢逛大马路，您说看着大马路心里豁亮）之后再选个饭店，涮羊肉、爆羊肉、羊肉馅饺子美美地吃上一顿，回家稍稍歇息会儿，再摆上麻将打上几圈牌。

妈，我们的日子多美呀……

2018年3月27日，是您老闺女48岁的生日，她还没来得及说接您吃饭呢，您的外孙女就接着您带吆喝着我们六七个人一起借着给小姨过生日之机，在“凑凑”火锅店，大吃大喝了一顿！

我们吃得很开心，老妈您也很快乐，还一边走，一边在这家美食城设计美美的景观下拍了好几张开心的照片。

## 2018年10月12日



母亲的200天。妈，我今天又是哭醒的……又是凌晨3点多钟啊……

妈呀……我没有妈了……我没有妈了。

我在梦里哭……啊……就是喊这句话，哭醒的。

我以为白天让自己忙碌起来，也许就不会那么想您……谁知想您，想您，是想进骨子里的……是无法拦阻、无法抑制的。

妈——我们没有家了……都成了孤雁、没有人牵挂、没有人惦念、再也不会有人疼爱了、再也不可能有人一遍一遍催我们穿袜子，再也不会有人一次又一次问我们吃饭没有……吃饭没有。

再也不会有人催着我们，天黑了，该回家了。

麻将桌边再也不会有人给我们剥橘子，递香蕉了，

200 天，200 个白天，200 个黑夜，妈妈，我们哪个白天不想您？哪个黑夜不念您，可是我们不敢任思念想念停留。

妈，想您的泪……流不完……

您的声音，您的笑容，您的气息，都在耳边，都在眼前，都在我们的脑海里。

## 2018 年 10 月 17 日

又到重阳节，姐妹四个约好回到了娘家。

88 岁的老妈看见闺女们，“干吗买这么多东西呀”的嗔怪中还带着那么一点甜蜜。



“快烧水刷茶杯。”尽管保姆大姐早已把茶沏好，老妈仍是一副着急的口气。

我们家离娘家不远，回趟家走着也就二十几分钟。回娘家容易，可碰面不太容易。这不一见面就叽叽喳喳聊开了。一旁的老妈一个劲儿地推茶杯“喝水喝水”地打断话题。

“妈，您放一边吧，我们不渴。”我扭脸对老妈说了一句，而后转过头接着聊。

老妈欠起身，有些吃力地从沙发上站起来，扶着四个腿的助力器“嚓嚓”地走进厨房：“多炒几个菜。”尽管保姆大姐已经把一盘一盘的菜摆满了厨房的台面，老妈仍是怕慢待了闺女们。

“老太太放心吧！”保姆大姐的口气里带出一丝不耐烦，“真是唠叨。”

“吃这个。”“拨这个。”“多吃点这个。”姐妹饭桌子上一围，老妈就更忙活了。自己不搛菜，净盯着闺女们，举着这个盘子，端着那个菜，自己碗里除了白米饭，啥都没有。就是自己碗里的米饭，也一个劲儿地端起来又放下地往闺女们的碗里拨，嘴里一个劲儿地唠叨着“我吃不了、吃不了”，其实平时老妈和保姆大姐吃饭时，每次比这碗饭多很多都能吃下去。

“妈，您这是干什么呀！我减肥呢！”我有些不耐烦，因为老妈把自己的半碗饭拨进了碗里。

饭后，铺上麻将布姐妹开始打麻将。

“喝点水再玩。”姐妹刚坐定，老妈就把一杯杯热茶端到了麻将桌上。

“妈，您睡觉去吧。”姐说。



“我不困。”说着话，老妈就顺手拿起一个香蕉，把皮剥开一半，放在一边，接着又拿起一个，又把皮剥一半，剥了四个后，一个个举到四个闺女面前。

“妈，您歇手吧。”姐妹四个顾不得看老妈一眼接过香蕉就放到了一边。

老妈回到了沙发上，拿起一个最大的红苹果，拿起水果刀，很麻利地削出长长的一条苹果皮，之后，把苹果用刀子对着果盘切成一块块的，拿过牙签盒，把一根根的牙签插在一块一块的苹果上，站起身，不管不顾地往麻将桌上一放：“先吃水果！”

“妈——睡觉去吧。”麻将打得正酣的闺女们，几乎同时出口。

今年重阳节，又到了，可那个催你吃、催你喝、麻将桌上搅局的老妈，却再也找不到了……

2018 年 11 月 19 日

妈……

我进家门，洗抹布擦桌子、擦窗台、擦门、坐水、刷杯子、沏茶、浇花……这一切给谁？让谁看？让谁高兴呀……

妈……

230 天了……呀……

这本是热热乎乎的家、热热闹闹的家……

230 多天呀……没有了说笑、没有了热闹、没有了声音……没有了一丝丝热乎气……



妈……

清冷……清冷……十冬腊月，都没有比现在的家冷。妈，您难道是把我们的“家”，热热乎乎的家，带走了吗？

妈……咱的家，我们的家不能散呀！

妈，您要我们这些姐妹兄弟是为了我们彼此相互照应，将来不会像您那样“独”，什么都得自己“扛”。

妈，我尽最大努力，在姐妹哥嫂间“和泥”。让咱们的家一点点升温，让家，慢慢回到您健在时热热乎乎的程度。

家，没有什么理好讲，对与错，又能怎么样呢？都退一步，想想，为自己的姐或妹或弟或哥想想，我们还有多少岁月，来享受，来糟蹋？生老病死，那么多灾难苦痛在未来的日子里等着我们，此时没病没灾的我们何苦要找寻折磨呀！！

妈妈，您在天之灵，多给我们托梦，赐福我们，助力我们，早日实现您所期盼的——您走后仍是一个亲姐热妹，热热闹闹的大家。

妈，我送您的那棵蟹爪莲又顶上了许多粉红色的花骨朵，您要是在，该多高兴呀……又会每天围着花看，不住地数……

## 2019 年 3 月 17 日

妈妈今天是 2019 年 3 月 17 日，您还有 13 天就离开我们、离开这个家、离开这间屋子，就整整一年了……

妈妈，我怎么也不相信，您真的离开了……真的一去不归……一去不归。

我多么希望，那个 3 月 30 日夜里 11 点多钟，没有咳嗽，没有喘不上气，没有被您的儿子送去医院，没有到那个医院得到不能治而转院又没有救护车，没有自己上儿子自驾车副座，没有经过波折后一口气上不来、自己歪倒在座位上……



我们多么希望哥哥抱着您扑进抢救室、医生把您那口气，抢回来呀……

妈妈，您躺在抢救室的病床上，闭着眼，闭着嘴，任我们如何声嘶力竭地呼唤，您也不睁开眼……不张开嘴……不喘一丝气……任我们如何捏搓抠挠您还温热柔软的手心脚心，您也没有一丝反应……

妈妈，我们多么希望——这是一场噩梦啊！

为您穿“老衣”，要脱下您的衣服，多么不舍、不情愿……我抱着您温热的衣服，我心里如刀扎一般，多么难受……

妈，这是真的吗？您真的走了……真的走了……

真的像您说的那样，一口气上不来，不拖累儿女，干净利索地……走了。

妈妈，352天，352个日夜，我们什么时候想起您，不是钻心的疼痛呀……

泪水，思念您、想念您的泪水，总也流不干，擦不净呀。

## 2020年8月9日晴

今早出门又看见云霞了，浅淡高远，不用说今天又是一个高温且闷热的天气。

虽然立秋已经有两天了，可热度并没有明显变化。今晨还好，屋里虽然仍是热，但一出门就感觉凉爽了不少。



昨夜下雨了。眼前的地面并不是很湿，但看着园区内掉落海棠果以及路边一地槐树叶子，就知道昨夜的风雨还不小。

这些日子人们都觉得很热很闷，出门就是一脑门子汗，身上的衣服要不了多会儿就潮湿了。我早上出去遛弯后，一天除了拿快递出门基本就不出去了。在家打开空调，沏上茶，捧本书、学学诗词，这样的日子挺滋润。

可，父亲的影子却总是出现在脑海里……

暑伏对于普通人来说就是热，就是“头伏饺子、二伏面、三伏烙饼摊鸡蛋”。

可对于种地的农民，特别是20世纪七八十年代的父亲来说，“头伏萝卜二伏菜”，比饺子、炸酱面在心里的位置不知要重要多少倍。

头伏的饺子可以不吃，二伏的炸酱面也可以忘记，但“头伏萝卜二伏菜”这件关乎一家人生计的大事是万万不能疏忽的。头伏二伏就这十几天的安排，父亲不知心里要盘算多少日子，这十几天的工夫不知父亲要流多少汗水。一件浅灰色的上衣不知要湿了干了、干了湿了多少回，地图似的汗碱花不知要一圈一圈大大小小印多少圈。那件被汗水浸透的衣服脱下来一层白不说，就是放进洗衣盆里都是支棱着的。

为什么？为什么父亲要流这么多汗？

“头伏萝卜二伏菜”，只有在最热的头伏二伏把萝卜白菜种到地里，父亲心里才踏实，晚上睡觉才安心，否则父亲会有“失责”负罪感。

所以父亲几十年里，在抚育我们七个儿女的成长的征途上，不知在用多少艰辛的汗水尽自己“父亲”的职责。



而这“头伏萝卜二伏菜”，这只是这抚育儿女征途上微不足道却又不能忽略的小小细节。

我是 1963 年出生的，那个年月虽然不再“吃 19 斤”，吃进肚子里的粮食有了改善，但离“吃饱穿暖”还有不小的差距。我有四个姐姐一个哥哥一个妹妹，全家九口人，就吃饭穿衣就是大问题，何况父亲母亲还要供我们上学。队里挣工分不要想别的，就是能把全家的口粮钱挣够就谢天谢地了。

要想过年吃饺子穿件新衣服，爸妈平常日子不要说算计，而且是更要仔细算计的。父亲母亲可是要“脸面”，最怕“脸发烧”的，受再大的苦和累，也不能把日子过在别人后面。母亲打理家里，父亲盘算地里，带着全家老小拧成一股劲儿朝着好日子奔！

暑伏热，谁能不知道呢，可热就热去呗，流汗就流去呗，渴了喝水，衣服沤塌了回家再洗。只要把菜地里的干枯的茄秧、豆荚、棒子秸清理干净，粪肥撒上，田地翻了、平整好了，一沟一沟的萝卜籽撒上，一畦一畦的白菜种上，过上三天五日，十天半个月，看着绿油油明亮亮的白菜萝卜舒展着叶子摇晃着身子成长，什么苦呀累呀汗呀，都换成了蜜糖一样甜了。

快长吧！快长吧，等到秋风扫落叶之时，等到北风将起之际，等到腊月三十将至的年根底下，一个个酥脆甘甜的“心里美”，一棵棵饱满青翠的“核桃纹儿”白菜，就会从地里收获、入窖，最后，就会被父亲赶着毛驴车送到宣武的天桥菜站，得到工作人员“地道”的夸赞之后，父亲就会带回全家人期盼的快乐——过年有钱了！过年吃饺子的肉，过年我们渴望着的新衣服……



这快乐，这用全家人的汗水换来的快乐，虽然现在回想起来有些心酸，但却让此时的我更加想念，更加怀念，更加愿意回到与父亲母亲一起挥汗如雨的日子里。

## 2020 年 10 月 18 日

今天应该是欢乐的日子，三姐在“匹夫涮肉”饭店请客，老妈的七个孩子，除了大姐由女儿代表，六个都是夫妻双双光临。这是老妈离开家之后，首次出现的局面，团圆热闹而欢乐。

这是老妈所愿意看到的。老妈没有姐妹，没有兄弟，父母离去之后，娘家就再也没人了，没有人想念，也没有人被想念，心里没有了牵挂的人，也从此没有人牵挂了。娘家“空”了，回娘家的路从此就“断”了。自己的日子的甘甜没有分享，日子里的艰难苦涩也没有人分担，没有可以诉说心事的人，更没有因心疼而敞开臂膀可以温暖自己的怀抱。没有兄弟姐妹的帮扶，娘家“空了”的苦涩，妈妈深深体会到了，所以妈妈说，一定不要自己的儿女再品尝自己“孤苦”的滋味。

兄弟姐妹相亲相爱，偶有错误也能相互包容。

娘家，在每个人心中始终是最温暖最牵挂的地方。只要哥哥举着娘家这面旗，娘家就一直召唤着，我们就永远有温暖亲切的娘家。

## 2021年3月31日



又是春风拂动，又是春意盎然，又是垂柳依依，又是百花争艳；小河清盈，燕子翻飞，蝴蝶翩跹，蜜蜂舞动，甩掉缠裹了一个冬季的棉衣的人们，终于又见到了期望许久的春天。

芳香诱人，灿烂动人，一处处青翠，一团团锦绣。一朵朵的花儿，或白或粉，或红或黄，或热烈或温存，或浓郁或淡雅。它们像一个个顽皮的孩子呼喊着、跳跃着、奔跑着，扑向你、招呼着你，牵住你的目光，扯住你的衣襟，让再忙碌的你也不得不放慢脚步，甚至停下注目，或俯身吮其馨香，或采集其美丽。

一张张笑脸，一声声笑语，一个个倩影，一对对携着手的好夫妻，一道道扶老携幼的风景，一家家团圆安详的惬意。

我们也曾经是这如诗如画中的一个景，我们也曾拥有如此的温馨甜蜜。

而今，我却如此害怕，如此的心悸……

父亲走了，母亲远去，我们成了世上的孤儿，我们仿佛被整个世界遗弃，心痛、焦虑、孤独，总是挥之不去。

父亲在，我们就有山，母亲在，我们就有家。

山在我们就踏实安稳，家在我们就有温暖的凝聚力。

父亲走了，母亲走了，日月如梭，沧桑已过，如今白发如霜的我们，才如梦方醒，懂得了时过境迁，物是人非的人生道理。花团锦簇春天可以重来，我们感恩回报父母养育之恩的机会，一旦错过失去，将无法重来，无法弥补，将是人生最大的败笔。

1994年9月7日，农历七月二十八，凌晨3点，父亲闭上了眼睛。2018年3月31日凌晨2点30分，母亲也停止了呼吸。



父亲生病离开时，我31岁，成家有了5岁的闺女，开着一家商店正忙着生意。

母亲夜里气喘发病，我没有守在身边而是睡在自己家里。

心安，是福。

何为心安？想到而做到，尽其责，善其事。在有能力的情况下，尽力去做，无所顾忌。即使难尽其意，也能少许不安悔意。

岁月悠悠，期盼一切安好。

## 2021年10月30日平安是福

一早，天有些迷蒙，初冬的天有许多年这样了。说是雾吧，却没有雾的轻漫，更没有阳光一照，就云开雾散的感觉。

霾，这是近十年的说法，看这字，字面就不美，音节也不舒畅。何意？原来在古战国时期，此字就产生了，《尔雅·释天》中曰："风而雨土为霾。"霾即，像雨一样在空中上下飘动的尘土，与"埋"字同义也。在古人眼里甚至被称为妖兽。

霾，是空气污染造成的。这是近年科学家们研究的成果，说对人体危害极大。我曾以为是现代的产物，却不知古代既有之，而且被称之可怕的妖兽。之所以如此，是少见多怪吧。现如今，霾字，霾景，霾的事，经常出现，我们现代人都习以为常了，自然也就不像古人那样害怕视为妖兽了。

今天霾的天象，没有影响人们的日常生活，上班的，上学的，公园里遛弯的，都如往日一般。九点左右，本该早早露面的太阳，因霾迟照了大地，但仍然是驱散初冬里的些许寒意。



我和先生吃过早饭，看到了窗外的霾，也看到了窗外的景，槐树的枝头、柳树的长蔓、梧桐的树冠以及皂角树、银杏树、枫树层层叠叠的或缤纷或灿烂或辉煌的世界。它们的缤纷不由自主地把我们的心牵动了，我们的心，牵着我们的脚步，我们一起出家门了。

上了五环路，驰进六环线，车轮带着我们直奔更高远壮丽的地方——西山，太行山脉的深处。在高山之巅，在纵横阡陌之中，我们放眼、遥看、尽赏那正值壮美的秋之光！

也许是有同样想法的人太多了吧，这高山之巅竟也人车相拥得很，以往空旷清幽的大山深处，顺山而叠的盘山公路上，竟被红、黄、黑、白、灰、紫的或大或小的汽车占领了，放眼望去，这浩浩荡荡的车队仿若五彩缤纷的丝带披挂在大山之上了，而这恰与漫山遍野且随风起舞的红、黄、绿、粉的树叶野花形成了一道遥相呼应的、更为壮丽的风景了。

下得山来，又去赶集，韩村河大集可是小有名气的。可今日却人影稀疏没有那日人头攒动熙熙攘攘的景象了。

采购白薯大葱的念头落空，驱车复回家中。做午饭，吃罢小憩，看电视看书，我们夫妻各自安逸。

下午四点，如往日去健身房与朋友一起打乒乓球游泳，洗过澡回家六点半已过，喝茶稍息，准备网课国画。近两个月，突然对国画着迷，读书写字都没了兴趣，每晚七点准时落座守着笔记本上课，几乎成了必不可少的项目。

兴趣是最好的老师。我画画成不了画家是肯定的，但能享受这个过程，让生活有了波澜，有了兴奋与冲动，有了抬起双脚向前向前的目的地。对于风也好，雨也好，雾霾也罢，都在眼前消失不见了，唯余心头的只有风景，生命的壮美与感动。



柳枝在寒风中摇曳，黄色的叶片随风飘落。没有忧伤，没有无奈，没有春色消尽的叹息，我们看到的是它们春寒料峭的萌动，初冬寒风中的坦然与洒脱。

生命，四季，风霜雪雨，自然而怡然，便是如此。

今天，2021 年 10 月 30 日，是我们结婚 34 年的日子，没有玫瑰的芳香，没有巧克力的优雅，没有邀朋唤友，这一天过得平淡、平静、平和。这就是我们真实的生活，平安。

母亲说，平安是福。这是母亲 92 岁的人生真谛。

# 第四辑　名家评语

## 释放善意

刘庆邦

那年的腊月二十八，阴天，天气很冷。家住京郊大兴的父亲一大早摸黑起床，要到北京城里去卖菜。大白菜在保温保湿的地窖里储存了一冬，还是翠盈盈的。这么好的白菜家里人舍不得吃，赶在年底之前送到城里，为的是能卖个好一点的价钱。七岁的女儿早就想到城里瞧汽车，看天安门，听说父亲要进城，坚决要求父亲带她一块儿去。半路下起了雪，雪花儿飘飘扬扬，不一会儿，路上白了，盖白菜的草帘子白了，父亲和女儿身上也落了一层雪。又刮起了北风，顶风冒雪前行的父女儿乎睁不开眼睛。父亲怕冻着女儿，脱下身上的棉大衣，裹在女儿身上。随着路上的积雪越来越厚，拉车的小毛驴走起来有些吃力，脚步越来越沉，车辙越陷越深。为了减轻毛驴的负担，这时候父亲从车上下来了，鼓励似的拍拍驴的脑袋，牵起缰绳，和毛驴并肩往前走。风雪茫茫之中，女儿看着父亲跋涉的背影，留下难忘的印象。



卖完了白菜，父亲把女儿领进一家小饭馆，给女儿买了一碗热气腾腾的馄饨和一个芝麻烧饼。当时，烧饼两毛钱一个，馄饨五毛钱一碗，这可是女儿平时很难吃到的美食。女儿以为，父亲会像她一样吃烧饼和馄饨，然而女儿抬头一看，父亲正在啃从家里带来的凉贴饼子，喝饭馆里不要钱的白开水。女儿后来才知道，买一碗馄饨和一个烧饼，需要花掉两三棵大白菜换回的钱，一家人等着用卖白菜的钱过年，父亲哪里舍得为自己花钱呢！

这是侯淑玉在散文《我的父亲》里写到的一些细节和场景。父亲，是侯淑玉已经去世十多年的父亲；女儿，就是侯淑玉自己。回忆起父亲平凡而坚韧的一生，侯淑玉难免有些心痛。这样情感真切饱满的作品，也让读者为之动容。

多年来，侯淑玉在为家庭生计不懈操劳的同时，坚持对精神生活的追求，陆续写了不少散文。她把散文结成了一个集子，这对她来说是一个可喜的收获。我衷心祝贺她的散文集能够出版面世，并乐意将此书推荐给读者。

我读侯淑玉的散文，觉得她的每一篇散文都在释放善意。善意的释放绵绵不断，就形成了释放善意的持续性。善意汇聚成书，便形成了一种善的气场。只要你走进这种气场，不知不觉间就会受到善的感染。她写父亲、母亲、丈夫、姐姐、哥哥等亲人的散文是这样，写乡亲、朋友、赤脚医生、外地来的打工者等人的散文，也同样充满着浓浓的善意。在《好人，娟儿》的长篇散文里，侯淑玉饱含深情，为我们描绘了一位至善至孝的普通妇女形象。娟儿与侯淑玉同岁，她们曾经是一个厂里的同事，更是二十多年的闺蜜。娟儿无论在家在外，无论对家人、朋友，还是对同事，都能做到与人为善，甘愿付出，问心无愧。娟儿年近八旬的公爹得了老年痴呆症，对端水喂饭伺候他的娟儿动辄又打又骂。娟儿仍旧笑脸相迎，一如既往地孝敬着老人。直到老人活到八十六岁，安详地离开了人世。像娟儿这样的一个好人，却在四十六岁那年被车祸夺去了生命。几年过去了，侯淑玉回忆起娟儿来，至今仍痛惜不已。

侯淑玉的散文不仅写人，还写了公鸡、小鸟儿，以及枣树、槐树、牵牛花等树木花草。不管她把什么作为写作对象，都是用审美的眼光看对象，都充盈着善待一切的柔软的感情。

我历来认为，人类写作的目的主要是劝善的，是改善人心的。每一个作者写作的过程，就是不断释放善意的过程。这要求每一个作者本身必须是一个善良的人。只有作者本人内心充满了善，才能发现善，抒写善，并源源不断地释放善意。读侯淑玉的作品，我们不难看出她是一位心地善良的作者，善良是她心性的本质，也是她的文字里所传达出的气质。释放善意的作者必将得到善意的回报，我祝愿侯淑玉的作品越写越好。



## 上承经典下接地气

王克臣

侯淑玉，北京市大兴区人，北京市写作学会京南分会理事，大兴区作家协会理事。曾有小说、散文、诗歌等作品，在《北京文学》《京郊日报》《北京青年报》《家庭》等报刊发表。

2012年，散文集《我是农民》由中国文联出版社出版发行。

作家柳青说："文学是愚人的事业。"选择了文学，便选择了孤独。侯淑玉以愚人的执着与坚韧，在文学的崎岖小路上，不畏劳苦，勇敢攀登。

"田家少闲月，五月人倍忙。""锄禾日当午，汗滴禾下土。"自古以来，农民就是如此辛苦与忙碌。侯淑玉珍惜在劳累了一天之后的宝贵光阴，灯下，或欣赏经典作品中栩栩如生的景象；或聆听经典作家娓娓动听的教诲。读先贤圣哲，品国外经典。坐卧书城，孜孜不倦，像蜜蜂采蜜一样，从大量阅读中，吸收营养，取其精华。不断开阔视野，丰满充实。

侯淑玉家住农村，同农村血脉相连，息息相关；与农民心心相印，亲密无间。她的散文，以普通农民的视角叙写农村、刻画农民，形象生动、朴素自然、感情充沛、诗意盎然，散发着泥土的芳香。



语言是构成作品不可或缺的材料，作者从始至终游荡在语言的氛围里。经典作家的作品，是能通过语言来分辨的。无须事先知道作者姓氏名谁，只须开卷，就知道这是《三国演义》《水浒传》，那是《红楼梦》《西游记》。甚至可以通过小说中的人物对话，就知道何许人也。同是粗鲁汉子，这是不分青红皂白的黑旋风李逵，那是粗中有细的花和尚鲁智深；或者同是千金小姐，这是小性儿的林黛玉，那是开朗的史湘云。

侯淑玉仍然像一个苦耕农民，深信人勤地不懒。种瓜得瓜，种豆得豆；一分耕耘，一分收获。向人民群众学习语言，向优秀作品学习语言，积沙成塔，集腋成裘，日积月累，卓有成效。

洁白朴素，是侯淑玉叙述语言的特色。《村庄里的城里人》开篇讲道："我今天要讲的不是有名的事件，也不是名人轶事，而是一个普普通通的事普普通通的人，我们村庄里的'城里人'，一个好人，为我们家乡的父老服务了四十多年的好人，一个好医生。"平铺直叙，不紧不慢，亲切自然，一路讲来。

简单明了，是侯淑玉通过对话表现人物性格的另一特色。《丁奶奶的解放脚》中，即使只听对话，就能分辨出，这是丁奶奶，那是母亲。生动形象，个性鲜明。

通过心理描写，表现人物性格。在侯淑玉的这本散文集《远去的故乡》中，俯拾即是。



当然，塑造人物，并非该由散文来担当。侯淑玉的散文，不仅能表达作者情感，通过叙述、对话以及心理活动描写，顺便塑造了众多人物形象，水到渠成，相映成趣。

散文是心灵的牧场，笔下灵动的文字，好像细细鞭儿驱赶的羊群，随心所欲，妙不可言。

散文的题材十分广泛，不必说散文中常常表现的亲情、友情、乡情、爱情的方方面面，即使像吃饭、穿衣、上班、旅游、逛街等琐屑之事，照样可以写进散文。当然，要从这些鸡毛蒜皮的题材里，深入挖掘其政治、社会、人生的意义，绝非易事。

散文仅止于家庭琐事、花前月下、花花草草、卿卿我我的记人叙事、状物绘景、抒情言志、叙旧感怀，仅仅满足于表层描摹，浮光掠影，而缺乏深入开掘，思辨创新，发现深蕴的政治、社会、人生的重大意义，就绝不能使作品产生惩治腐恶、弘扬美德的作用。

侯淑玉的散文，并非以记录琐事为满足。她能从“吃饭”，想到古人的“谁知盘中餐，粒粒皆辛苦”，想到伟人关于“贪污和浪费是极大的犯罪”；从“穿衣”想到古人“遍身罗绮者，不是养蚕人”，想到当今“人靠衣服马在鞍”；从“逛街”想到古人“老吾老，以及人之老、幼吾幼，以及人之幼”，乘车，为老弱病残孕让座，行路，须“绿灯行、红灯停、黄灯还要等一等”；从旅游，耻于“到此一游”之类的胡乱涂抹。这些旅途中的琐屑之事，无不折射人类的道德的有无、文明的程度、素质的高低，而上升到政治、社会、人生哲理的高度。



京南是侯淑玉的第一生活现场。因此，她的散文，无论写什么，怎么写，也离不开她童年的记忆。在《妈妈论儿》中，作者一连写了七件往事，一丁点儿也没有离开故乡的婚丧嫁娶、饮食起居诸如此类的生活。作者何以对这些看似婆婆妈妈的琐屑之事，不厌其烦，津津乐道？却原来在这些平凡小事中，深蕴着作者的道德观和价值取向。

初看《王大妈与她的女儿们》，不禁令人想起周克芹的《许茂和他的女儿们》，题目相似，异曲同工。其实，这是风马牛不相及的两家人的故事。侯淑玉的《王大妈与她的女儿们》中写道：“看病、花钱、陪护、守夜、吃的、用的，五个女儿抢着争着往前冲”，“吃饭、洗澡、按摩、游玩、说笑，王家的女儿女婿孙男孙女各显其能”。家庭是社会的细胞。家家和睦，个个孝顺。彼此友爱，互相帮助。宽容豁达，达理通融。那么，中华五十六个民族，五十六枝花，就像一个和谐美好的大花坛。

侯淑玉散文集《远去的故乡》，满腔热情地赞美新生活。歌中唱道："我们向着太阳说，生活总得改变。"往日田园牧歌式的乡村，日渐远去。农村目不交睫地发展，日新月异的变化，使作者眉舒目展，神采飞扬。《张家三姐花儿样的生活》令人心花怒放，兴高采烈；《我的罗曼蒂克爱情》使人忍俊不禁，笑逐颜开。

追求真善美是作家的永恒目标。侯淑玉追求真善美，摈弃假恶丑。她的散文集《远去的故乡》，多取材于村上的平凡小事与身边的小人物，以通俗的语言，表现时代主题。《老人老事老村庄》，就像经久不衰的丰子恺的传统风俗画，赏心悦目；《父亲的"核桃纹"》，则更让人想起震惊中国画坛的罗中立的《父亲》，感慨万千。用以彰显信仰之美，崇高之美。



虽说到处有生活，然而，对于有理想、有追求、有出息的作家，依然要深入生活，扎根人民，不断地从社会生活中挖掘宝贵的矿藏，汲取丰富的养料。每个作家都有自己独特的生活，这种独特的生活经验，无形中烙印在作家的记忆里。以往的土地、家庭、青春，经过作家精心筛选，深入开掘、提炼加工、精雕细刻，而成为文学作品。

侯淑玉接受生活提供给她的本真，不刻意编织虚构，不随意挥洒渲染，有话则长，无话则短，长达几千字，短到几百字。生动真实，具有生活的凝重感。她深信文学能够照亮生活，提升灵魂，温暖世界。她始终认定，作家的尊严和影响力，唯靠作品。她在文学创作上，之所以能够引人注目，无可辩驳的事实证明：文学创作最深厚的资源，在于深入生活，扎根人民。

侯淑玉的散文集《远去的故乡》中的一章章乡野风味的作品，运用口语化的京郊方言、俗语、农谚、童谣，真实记录了农耕文化与农民心理。既拥有世俗体温，又富有精神内涵，散发着浓郁的抒情诗人气质和民间乡土气息，质朴平实，淳厚浓酽。凸显本土化、民族化、中国化特色，在艺术创作上有诸多可圈可点之处。

鲁迅先生说："文艺是国民精神所发的火光，同时也是引导国民精神的前途的灯火。"凡属有筋骨、有温度、存正义、弘美德，贴近实际，贴近生活，贴近群众的文学艺术作品，能够温润心灵，启迪心智，为中华崛起呐喊，为民族复兴助力。



侯淑玉曾骄傲地说："我是农民。"她和大多数"民间写作者"一样，自谦其作品根本不深，花叶不美，语焉不详，稚拙粗糙，不如专家的细腻，温文尔雅，耐人寻味。然而，"民间写作者"坚忍、认真、韧长，勤勤恳恳、踏踏实实。他们的作品，上承经典、下接地气；不忘本来、吸收外来；言为心声、微言大义；诙谐幽默、清新自然。

对于"民间写作者"这种独立的渴望、尊严的觉悟、个性的发展，在漫漫文学崎岖小路的攀登上，充满自信，坚忍不拔，不改初衷，面向未来的精神，理所当然予以鼓呼。

像农民一样，把种子撒进土里，生根、发芽、成长。能开花的开花，盛开一朵朵绚丽的花，香飘华夏大地；抑或不是桂花的苗，就长成一丛丛绿色的草，点染祖国山河，迎接美好春天！

## 感受真情

许福元

太庙三殿，在老松古柏的掩映下，愈发显得肃穆与巍峨。2006年第九期劳动人民文化宫文学研修班，就在这里举行。台阶砌巨石，高而且宽，青苔留痕，最少处亦有九层。我垂垂老矣，又兼腿笨，每拔上一级，都要用手掌扣住膝盖，如登山般艰难。这时，倘侯淑玉在，必然接过我肩上书包，托住我手臂，尔后一同攀登文学的台阶。



她的第一本散文集《我是农民》书稿杀青，请我写序，被我断然拒绝。并向她提出三点建议：其一，写序者最好是有文学成就且在文坛有影响口碑好的作家；其二，最好是了解你作品与人品的人；其三，最好是能认真给你写序的人。侯淑玉沉吟再三，说："我想求刘庆邦老师写序，您看如何？"我马上以手加额，点头赞成："一者，刘庆邦老师号称短篇小说之王，作品人品俱佳；二者，你听过他五次讲课，他对你会有印象；三者，刘老师亦出身农村，你是农民，有天然的亲切感。你不求则已，求则必成。"

结果不出我所料，刘庆邦老师为侯淑玉的散文集《我是农民》欣然作序：《释放善意》。非常之棒。

《我是农民》一书，固然是释放善意，但内核则是感受真情。

爱情是真情中的圣情。侯淑玉的爱人，是一个当兵的外地人，曾战斗在老山前线。经过 500 多个日日夜夜的思思念念，273 封滚烫的书信往来，最后凭借一辆自行车，完成了两个人的爱情之旅，双双携手共同走进神圣的婚姻殿堂。

亲情是真情中的真情。侯淑玉写到她的母亲，在粉碎干草的情景："粉碎机停止了运转，母亲冲了出来。只见她头顶上眉毛上脸上挂着白毛毛草末子，用手扯下已经看不出是口罩的口罩，弯着腰大口地喘气，干咳着。她闭着眼扬起手自己在拍打，霎时间母亲周身腾起阵阵烟雾，刮起了小旋风，阵阵草末烟尘腾腾飞扬起来……"此情此景，如在昨日，若非亲历，断无此文字。



性情中人在真情中展示真性情。浩然因病住院后，她自 2004 年 11 月 18 日至 2008 年 2 月 20 日这几年间，曾多次前往医院探视。她捧来鲜花，买来红套装，与病榻上的浩然共度元宵节。听到浩然老师逝世，大滴大滴的泪水夺眶而出。在八宝山公墓，她又用花圈与泪水，送浩然老师一程。可是，浩然并未给她出过书、做过序，推荐过作品发表。她对浩然，完全是出于对其作品人品的敬仰，是一种非功利、非物质的精神遨游与对接。

友情是真情当中没有血缘关系的纯情。她有一篇散文《好人娟儿》，读毕真催人泪下。娟儿是她的朋友，是个好人，真真是个好人。最后却死于车祸。我边读边依稀看到书页上斑斑泪痕。

侯淑玉的真情是宽泛而博大的，街坊邻居、路人顾客、猫狗飞鸟、国槐枣树、村庄街巷、老屋祖坟，在她的笔下都温暖起来，灵动起来、蓬勃起来。所以读她的散文，不会像雨后荷叶上的水珠，滚动即逝。而是像滴滴春雨，渗入人们干渴的心田。她文中所表现出来的人和事，都是生机勃勃地活着，就活在我们身边。我觉得，这才是人间的烟火人情气味。

《我是农民》这本散文集，不见得篇篇精彩，但篇篇有真情。当阅读的光芒照耀你时，你会触摸到著者真情的灵魂。我以为，真情是文学作品中熠熠闪光的宝石。至于精神上的快感，智慧上的磨砺，美感上的熏染，倒在其次。真情是作者拴住读者的唯一绳索，因为读者阅读到作者虚情假意时，会戛然而止。



文如其人。现实中的侯淑玉，是善良的，热情的，愉悦的，友好的，也是一个很朴实而大方的人。在她的眼中，没有坏人。在她的心中，不存恶念。这对一个热爱文学的人，是非常之重要。黑格尔说："如果你合理地观察世界，世界也合理地回顾你。"

《我是农民》是散文集，侯淑玉取材于身边耳闻目睹抑或自己的亲身经历，这是必须和难能可贵的。她有一次和我说，想试着写小说，我告诉她："写小说的第一步，就要迈上虚构的苍茫大道。"

侯淑玉秉持文学的灯火踽踽前行。她文学创作的主题就是“爱”。亲情之爱，爱情之爱，友情之爱。

侯淑玉写散文，散文使她单纯；也写小说，小说使她充实；偶尔吟几句诗，诗歌使她从容；时而微信上冒泡，微信使她快乐。她是一个质朴内心充盈的人，更是一个孝女。

## 献给中国农民的赞歌

魏子楚

侯淑玉是我多年老友，非常荣幸我是第一个阅读她这本新书《爸妈把爱给了谁》的人。



侯淑玉的父亲、母亲是农民，侯淑玉也是。在广博的农村里，他们生活、生长、劳作，生生不息。对于土地的敬畏和热爱，流淌在他们骨子里。农民的厚重、勤劳、淳朴，虽然没有多少文化，但善良、聪颖、智慧被他们应用，发挥得淋漓尽致。

侯淑玉由单纯的热爱她的父母，升华到热爱中国农民、中国农村、中国土地，这是她作为农民子女，农民后代认知上的飞跃。当人们的意识里，农民是卑微的在土地里刨食的下等人，侯淑玉响亮地喊出了：不！农民是伟大的，没有农民种庄稼，城里的人的生存会出问题。

在她的笔下，她的父亲岂止是一位农民，他是能工巧匠，在他的手下，各种蔬菜有如千军万马，归于他的号令。她的妈妈，心地良善，乃是大善之人。他们活得很辛苦，但他们活得很高贵，高尚至极。侯淑玉写了她父母的一生，这是献给她父母的赞歌，也是献给中国农民的赞歌。

也许有人说，一个庄稼人有什么好写的，我们中国有几亿农民，他们有太多好写的。我们的文人，作家，应该去歌颂农民，书写农民。

我们中华民族从远古走来，就是农耕社会，从这一点上说，我们所有的人都是农民的后代！淑玉此举可赞可贺可敬！

## 农民"歌手"侯淑玉



李保田

侯淑玉最近写了一本书准备近期出版，书名叫《我是农民》。因为她对我的信任，所以我有幸细读了这部几十万字的作品。小侯请我针对这部书稿发表点看法，就冲她的书名，即使她不请我表态我也要主动啰唆几句。

之所以要表态的重要原因之一，就是因为我也是个地地道道的农民而且至今还是。对农民作者写的作品，我是必须要看并且要提出个人看法的（不管作者是否能够接受）。

侯淑玉的作品取材于农村，朴实、单纯有活力并且富有激情，从她作品的字里行间里可以看出，她是一位热爱家乡注重亲情友情、对生活充满了向往与追求并且积极奋进的新农村的女性。

侯淑玉的作品主要是描写农村家乡的亲情与友情。虽然写的是他们侯家的事情，但大致上可以囊括当年北京地区所有农民家庭的真实生活，使得读者读后很受感动以致产生难忘的回忆与联想，回味无穷。

侯淑玉的作品《我的父亲》写得很生动，读后令人感慨万千。文章说，不抽烟不喝酒不食肉勤劳朴实的父亲是一个“视土地为自己生命的人。他对土地的热爱程度，甚至超过了对儿女们的爱。以致儿女们对父亲产生了嫉妒……”父亲精心伺候的土地里“细致得连一根儿草棍儿和小坷垃都找不到，土壤细碎得就像用筛子筛过一样。父亲珍惜每一寸土地每一棵苗，恨不得将土地挂起来种”！由此可见千百年来中国农民对土地的无限热爱和依恋，以及依靠着土地而生存的亿万农民是多么的勤劳与伟大，是多么值得尊重和歌颂！



《我的父亲》里，作者描写的情节很是动人：“那一棵棵出窖的白菜，带着父亲的体温，传到我的手，再传到母亲的手上……”父亲当年（腊月廿八）带着幼小的作者顶着风雪赶着毛驴车去崇文区的天桥菜站卖自家种植的白菜，一路车少人稀寒风刺骨。

慈祥的父亲，担心女儿受冻，脱下自己御寒的大衣给女儿套上，父亲一路赶着驴车一直步行到了城里……这些文字细腻入微朴实饱满不雕琢不做作，字字句句饱含深情，可以看出是作者真正用心用血用情书写出来的好文章……

卖完白菜之后，父亲领着又冷又饥的作者进了一家小饭馆，给作者买了一个烧饼和一碗热气腾腾的馄饨。作者喜出望外狼吞虎咽，然而父亲自己却一分钱也不舍得花，用饭馆里不花钱的白开水送食冰凉的玉米面饼子。

看到这里，我相信所有的农民或者曾经是农民以及有过亲身经历的人一定大为动容感慨万千，他的心一定会被慈父的爱所融化，感动之余心里也会升起丝丝温暖。

正因为有过如此的温情，才孕育了作者对父亲永远的缅怀和无尽思念，才会有了作者后来到某农村去，远远地看见一位农民在农田里劳时，她忘情地高喊着“爸爸”并且向其飞奔的感人举动（此时作者的父亲已经过世了好几年）。

散文《谁把美丽的妈妈偷走了》写得也很感人。文章中，那位身材瘦小吃苦耐劳把一生心血全部洒在儿女们身上的母亲刻画得栩栩如生有血有肉。作者生动地不厌其烦地描写了母亲吃苦受累的详细过程。尤其是母亲到粉坊粉碎干草的那些章节，令读者读后深受感动。母亲如何进入黑暗的粉房、如何将头裹得密不透风、如何被飞扬的粉尘呛得咳嗽不止几乎窒息、如何在噪音不绝烟尘弥漫的几乎被干草末掩埋的状态下劳作的情景，使得我们有过亲身经历的人仿佛身临其境再次重复一次苦难。在唤起读者农民对当年艰苦生活进行反思的同时，更为一个普通的农民母亲不向穷苦生活低头的不屈精神表示钦佩。



事实证明，一部分农民还是很有远见的。侯淑玉的父母就是这样。他们知道知识能够改变人的命运。侯淑玉的父母再穷再苦再累再难也要省吃俭用供孩子们读书。正因为如此，才有了今天令人刮目相看的场景。可喜可贺的是侯淑玉的母亲至今健在。这是小侯姐弟们的福气。希望侯家的儿女们珍惜生活中的每一天每一时每一刻，全心全意孝敬慈母，终生不留遗憾。

中国的农民，是世界上最勤劳的人。但是，中国农民却是苦难的人。农民为国家付出的多，但是得到的偏偏却少，这且不算农民还经常受到城镇市民的歧视以及不公正的待遇。当年的农民，最强壮的劳动力在田里苦干一天才挣一毛来钱。

在那个年代，绝大多数农民家庭一大家子辛勤劳作了一年之后不但得不到一分钱反而还要“超支”欠队里的钱。作者侯淑玉的家庭也不可避免地在这个行列之内。直到她家大翻身收入在队里排行前二名的那年，也只是一家四个劳动力全年仅仅挣了800多元而已。



养猪，是农民赖以生存唯一的“副业”。养成一头毛重60公斤的生猪大约需要一年左右的时间，那时的生猪绝对是名副其实的瘦型猪。在这十几个月里，一粒粮食也不舍得喂（因为连人都解决不了温饱所以猪更可怜），统统喂食猪草（末）。一头生猪出售后政府奖励50公斤猪饲料票。北京郊区的农民在那特殊的年代家家粮食不够吃，都吃过树叶、芦根、地梨、稻糠等。基本上都是靠吃猪饲料生存下来的。侯淑玉家住的西红门镇距离天安门仅仅20多里地，读者可以想象一下：西红门的村民生活尚且如此，那么中国远离北京的偏远山区农村农民的日子将会是什么样子呢？

散文《我的大姐》写得感人并且生动。小侯把本来是大学生苗子，却很早就挑起家庭重担，16岁初中毕业就回乡务农的大姐刻画得极为成功。大姐18岁就当上了生产队青年突击队队长（可想而知如果不打拼不出类拔萃能赢得群众口碑？）为了这个家，姐姐吃过别人吃不了的苦受过别人受不了的罪。她曾经创造过连续三天三夜在场院打麦子（不回家）的纪录……大姐的争气要强提前透支了青春、体力甚至生命。在大姐生命将逝的一次生日聚会上，小侯感触颇深。她饱含深情地写道：

“……望着大姐举着红包痴痴傻笑的样子，作为大姐疼爱的弟弟妹妹的我们，心碎了……”按照常理说，描写一个病人（尤其是一个患了痴呆病类的患者），无论怎样描写也是毫无美感可言的，但是我读到这里感受却不一般，因为我觉得作者不是编造不是虚构，是真真切切用泪水和真情从血管里倾泻出来的，作品的构思铺垫以及文笔的运用都恰到好处，由此可见作者对亲情的珍爱对生命价值的感悟已经上升到了文章之外的某种境界……



写任何形式的作品都要用真情来写，作品不是无情物。看一篇作品究竟是用“心”用“血”写的还是用“墨”写的，读者一看便知。侯淑玉的这篇作品应当属于前者。

侯淑玉的《我是农民》的这部书稿不但书写了亲情还写了友情和乡情。使我读后感到亲切和感动。

《好人娟儿》写了将近9000字。实话讲我是一个喜欢读微短作品的人，一般对比较冗长的作品不大感兴趣也读不下去。但是《好人娟儿》我却读了三遍，理由是：文章虽然长了一些但是有内容不空洞言中有物很有可读性，是文章的真情实感吸引了我。侯淑玉将娟儿这个生活中的普普通通的小人物一笔一画丝丝入扣地展现给读者，使读者能够全面客观立体地了解她笔下的人物，从娟儿的一举一动渐渐深入到她的精神世界以致洞察娟儿的灵魂。从作者和娟儿的相识到娟儿的为人处世；从娟儿的宽容大度到她的谦恭；从娟儿对父母的孝敬到她对同事的礼让；从娟儿的超脱到她意外地去世的全过程中使读者认识了解了生活中的这一个活生生的女子。使人同情使人赞扬使人惋惜使人想念使人感叹使人沉思更会联想到人生的无常……

没有小人物，只有小手笔。娟儿这个“小人物”刻画得很成功。

随笔《我是农民》可以说是侯淑玉的“主打篇”。她以个人为蓝本叙述了一个被世俗的人看不起的农家子弟通过个人努力拼搏最终令人不得不刮目相看的成长故事，读了令农民心情激奋，大长农民的威风。此篇文章虽然是侯淑玉的个人经历但是极有代表性和可读性并且意义深远。



我对《我是农民》主题的理解是：当今的农民，早已不再是早期电影里或舞台上那些满脑袋高粱花子、头戴白毛巾被某些城镇居民看不起、藐视、欺负的那一代农民了。如今的农民有钱有房有知识有文化，不少农民周游世界、著书立说，令人刮目相看。

随笔《麦子麦子》写得很细腻，描写了乡下农民之苦、农业科技发展之慢、农村的养老之难等疑问以及困惑，充满了忧患意识，很值得一读。

《槐花飘香》《谁把美丽的妈妈偷走了》等篇章也很值得

细读。作者把亲情友情爱情乡情描写得有声有色，把当时的社会大气候巧妙地柔和在文章里不露声色，虽然有些许忧伤但是主流积极向上，反映出人性的美好以及对美好生活的追求和向往。侯淑玉生长在北京郊区的农村，她比同龄人有着更深一些的磨难。在那些艰苦的岁月里，她参与了体验了并且思考了感悟了，这些都属于她的精神财富。因此才在她的文字中能够看见勃勃生机。

侯淑玉对社会尤其是农村有着独特的见解和感受。她对农村土地的极速消失、对城市闪电般的发展、楼房的林立有些许失落和淡淡的迷茫。她在《看太阳去》中写道：

“……那圆点渐渐变大，渐渐变红，一点一点地与那片红云慢慢靠近。眼看就要贴上了，突然，飘过一片灰褐色的云，一下子将它们分开了。眼看着就要红透的圆点一下子变成灰白色的大圆圈。我的心，猛地疼了一下，泪，差点掉了下来……”



农村被“城市化”了以后，到处高楼林立鸟儿搬家小动物逃离。水泥建筑封锁了人们亲近大自然的心，人们每日常见的太阳要想见到也不容易。看一次日出，必须得到远离楼区的地方（大约步行20分钟）才可如愿。不难看出，侯淑玉童心未泯，对亿万年来司空见惯的日出都感到格外的新鲜，对人生对生活充满了憧憬与激情。作者道出了她对丰沃土地的眷恋对风景如画的乡村无限怀念以及对亲情的追忆、生态的失衡、环境的污染等一系列思考，充满了忧患意识。

《爱情可以当饭吃》和《圆明园的“大水法”与“西洋

楼”》是值得仔细阅读的较好作品。前者，作者通过自己的独特感情经历婉转地告知读者：爱情好比是一块夫妇共同用“心”来浇灌的园地，如果不长期共同呵护它，再肥沃的田园也会荒芜……

后者，作者善于在一般作者虽然眼里有但笔下无的生活场景里挖掘出常人不曾表达过的或者已经表达过但是不够深刻的东西。作品描述一些来自祖国各地到北京圆明园游览的人遇到园内另收费的景点（那不是景点是祖国耻辱的遗迹）避而远之的深刻思考。

通过这两篇作品可以看出侯淑玉思想境界的又一个较大的提升。这是非常可喜可贺的事情。也是她今后文学创作的良好开端。



纵观侯淑玉《我是农民》书稿的全部内容，大部分是值得肯定的。但并不是说她所有的作品都好到无可挑剔的地步。我认为还有一些不足之处以及需要今后改进的地方。比如有些作品选材不够严谨开掘还欠深刻；个别作品还只是单纯停留在叙述一个简单故事的层面上（几篇作品已撤下）。今日冒昧提出来，仅供小侯参考之。

我认为侯淑玉这就很不容易了，侯淑玉此书的出版，是她对自己、对家人、对父老乡亲的一个总结和交代；同时也是对自己的一个鞭策。

侯淑玉生长在农村，是农村这块土地哺育了她。她自幼刻苦自学成才，曾经在“北京军地专修学院”和北京市劳动人民文化宫研修班深造过。改革开放以后她还飞出过国门，去过新加坡、瑞士、芬兰、意大利、德国、法国等国家开过眼界长过见识。

至今侯淑玉已在《北京文学》《北京青年报》《兴星》《家庭》《社区文化》等报刊发表过不少作品，并且还获得了一些奖项，给她本人、给她的家乡、给她居住的西红门地区的父老乡亲们、给广义的农民们争得了一些荣誉，这是非常值得赞赏和鼓励的。希望小侯在此基础上继续努力，多读书多思考不断提高自己的思想境界，为农民写出更好更有力度的作品来。

可以说，侯淑玉是一名为农民著书立说、为农民大唱赞歌的不倦“歌手”，相信！她的“歌声”会在不久的将来“唱”遍祖国的大江南北。



## 当代农民的风采

——读散文集《我是农民》之后

陈寿泉

散文集《我是农民》与作者侯淑玉女士名副其实，侯淑玉出身农家，现住农村，户口是“农业家庭户”，其性格是农民所具有的纯朴爽快的农民性格，打开《我是农民》这本书，似乎立即就有一股泥土气息扑鼻而来，这还不够农民吗?

“农民能写锦绣文章?”也许某些城里人头脑里的农民形象来自旧观念，农民穿着土里土气，说话粗声大气，自私落后，愚昧无知，这样的城里人认识当代农民那才是无知呢！侯淑玉的文章不仅才华横溢，而且珠玑字字全是操作电脑完成，这就是侯淑玉的风采，也是当代有知识的农民风采。过去较受忽视的农民，而今执笔登上文坛著书立说，实在是可喜可贺！

侯淑玉的散文总是散发着挥之不去的亲情、爱情、友情、师生情、乡情、爱国情，而且是那么浓烈、那么真挚、那么感人肺腑。

请看《我的父亲》，这篇约三千字的回忆文章，通过几个细节，写出父母的舐犊深情。侯淑玉义无反顾地爱上一个有志青年，在关键时刻，父亲支持她，说："穷不扎根、富不长苗，人好比什么都强。"父亲的贴心话，温暖了她，鼓励了她，使她刻骨铭心。当她父亲病逝时，她激情满怀地写道："爸爸！爸爸！我们大声喊，没人应，我们的爸爸呢？他走了，他去了，他再也不会回来了！"文中多次递进式描写，令人读了热泪盈眶。侯淑玉饱含深情地讲述了她的辛苦一生的父亲，虽然她父亲无权势、无文化、没留下万贯家财，但父亲纯朴勤劳，赢得她由衷的敬重。她敬重的绝不是一个农民，而是表达了她对整个中国农民群体的敬重！

《浩然老师，您是我们学习的榜样》是侯淑玉一篇怀念老师的抒情散文。在这篇文章里，充分表达了她的师生之情。众所周知浩然是著名作家，他生前为培养文学青年呕心沥血，侯淑玉是他众多弟子之一。浩然曾经帮助侯淑玉修改文稿，侯淑玉曾多次听过他的文学讲座，受益匪浅。浩然说："深入一辈子农村，写一辈子农民，给农民当一辈子踏实代言人。”侯淑玉铭记在心。

当她听说慈祥如父的浩然病倒在床时，深怀知遇之恩的侯淑玉怎能不动情呢？侯淑玉多次赶到医院看望浩然，她写道：“病床边我握着浩然老师的手，我怎么也不会想到怎么也不会相信，这只曾倾洒无数文字的手，软得竟不能握起自己爱了一辈子的笔；我怎么也不会想到，怎么也不会相信，面前的一双大大的空空洞洞的、只能用眼角的泪表达感情的眼睛，就是那双满眼生辉、满眼智慧、满眼都是爱的眸子！还有……还有那张往日红润厚实有力的嘴唇，那讲了四个多小时也不知疲倦的嘴唇，今天却苍白地紧紧地闭上了，紧紧地闭上了，再也发不出一丝声音……”这一段文字多处运用排比句、叠句，像一把锤子敲打读者的心，催人泪下。侯淑玉情真意切地描写很多，很值得爱好写作的朋友们体味与借鉴。



侯淑玉散文另一亮点是景色描写相当出色，可以说是绚丽多彩，写出活生生的大自然的清新与可爱。《牵牛花在那儿跳动》有一段她这样写：“美丽娇艳的牵牛花像一个撒花儿的小仙女，闪动着亮亮的眼睛，高举着或大或小，或红或粉，或紫或白的小喇叭，迎着灿烂的霞光尽情地舞，顷刻间，一股股幽幽的香气，像一层层雨雾一样在小路上弥漫开来。”

如此细腻传神类似屠格涅夫文风的景物描写已不多见。时下许多散文偏重叙事，显得干涩，缺少五彩缤纷的颜色，而侯淑玉的散文像是给我国文坛献上一束娇美的鲜花。侯淑玉写风景不忘抒情，我节选《我的父亲》一段文字与读者共同品味：

“黄沙弥漫中竟出现一对熟悉的身影！一高一矮两个老人的正趴在大栅栏门上，往院子里张望。他们两只手把着冰凉的铁棍，踮着脚尖儿，抻着脖子，仰着头。双眼一会儿瞪着，一会儿揉着。风中两位老人的白发，像草似的在风沙中翻卷……”

在侯淑玉的笔下我清晰地看见年过七旬的父母，冒着寒风蹬着三轮车去看望婚后的女儿女婿。心头酸楚，景中有情，情融入景，感人至深。

一本散文集容纳侯淑玉三十多篇文章，不敢说篇篇精彩，但文采斐然多处可见。侯淑玉散文字里行间多处运用排比句、叠句，递进式地渲染气氛，强化感情或情景的表达，对读者的视听增强了冲击力，使读者身临其境，这是侯淑玉写作的个性与特色，我喜欢。限于篇幅与时间，我作了一点分析，可能挂一漏万。



侯淑玉作为一个农民为何能下笔千言，且见仁见智见美。两个原因：第一，得益于时代的恩宠，试想如果不是新中国成立后农民走上社会主义道路，那么他们的子女哪有条件享受文化教育，更说不上提笔做文章之类风雅之事。存在决定意识，侯淑玉高中毕业后赶上改革开放年代，她务工经商，丰衣足食，见多识广，感受良多，因此文章锦绣。第二，得益于她勤奋好学。侯淑玉自幼爱好文学，她在工余时间博览群书，听文学讲座，灵感来了，不论早晚提笔挥就，越写越多，趋向成熟。农民出书这件事也证实一个唯物史观原理：劳动人民不仅创造物质财富，同时也是精神财富创造者，历史是人民创造的。

## 用文学耕耘希望的田野

——记农民作家侯淑玉

张骥良

我和侯淑玉算得上文学研修班的老同学了。

那年她的散文集正式出版，这书名还真是既朴实又新颖。这年头身份对于一个人太重要了。科长、处长……这些身份说出来既响亮又体面。而她不是这样，她生在农村、长在农村，京南这片土地给了她朴实、坚韧、力量。她起这书名充满了自信与自豪。

当我打开这本散文集，书中飘出了山野的气息。就这样一行行文字走进了我的内心世界。我从书中闻到了稻花香、槐花香、枣花香。在我的脑海里，仿佛出现了另外一个侯淑玉。她一身农妇打扮，在扶犁耕耘。

作为一个写作学习人员，一个免费为残疾人文学爱好者讲课的公益人士、一个农民作家，白天在土地上耕作，晚上在电脑前耕作。她既是农妇又是作家，种地和种字没多大区别。同样需要付出心血和汗水，同样需要精耕细作，同样需要春天播种、夏天除草、施肥，秋后迎来一个又一个丰收年。它们的不同之处是，冬天农人冬闲了，而种字的人一年四季不得闲。

就说淑玉吧！无论是三十晚上还是大年初一，一下子来了灵感，打开电脑就干上了。忘了做饭或者把家人晾在一边，必是常有的事。因为我也是一位业余文学爱好者，也爱信笔涂抹一点东西。更是对淑玉这样辛勤的耕耘者有所了解。她种田是敬业的，而且非同一般的敬业。

淑玉能用文字在希望的田野上耕耘，因为她先天有一颗敏感的且极善于思考的大脑。她敏感地发现小香家经常有一股香味儿，这种香味儿自家过年才会有。她百思不得其解，就去问姐姐。姐姐告诉她，人家是居民，咱家是农民。居民、农民这些概念，第一次走进她幼小的心灵。上小学以后，居民子弟和农民子弟交的学费是不一样的。小香交给老师的是一张五元的纸币。而她交的这三块钱，是一毛、两毛、五毛凑起来的。她的内心是复杂的有矛盾的。自己曾经为自己的农民身份而自卑，她曾经希望通过读书、考大学，改变自己的农民身份，跳出农门，然而最终也没成功。



当她走进北京市劳动人民文化宫，文学对于每一位热爱她的人，她都给予每一位学员相等的机会。无论你是居民还是农民，无论你是富有贫穷，无论你是健全还是残疾，无论你是处长还是清洁工，无论你是博士还是初中生，只要你接近文学、热爱文学，文学都会给你以滋养，温暖与力量！

正是由于文学的滋养，在淑玉的内心世界里，充满阳光、春风和土地的芬芳。于是她用手中的笔，用一颗敏感又纯真的心，耕耘出一片叫《我是农民》的热土，刨出了城乡差别这条陈旧的老根。城乡差别带来了贫富差距，如今我们的国家不但富起来而且强起来了，部分地区的城乡差别不太明显了，就以首都北京为例吧，京郊农民的生活，已经比部分北京市民的生活强多了。因此淑玉的腰板已经挺得很直，在《我是农民》这幅乡间民俗风情画卷中，淑玉充满自信与豪迈地向世界宣布“我是农民”。这份自信与自豪来自文学的原动力。

父亲是个很难写的题材，像朱自清这样的大作家，把父亲这样的题材写到了顶峰。淑玉有胆气，她笔下耕耘出来的父亲，有一种厚重的泥土味。随着作者笔下耕耘出来的父亲，注重品格与命运的描写。读着那些亲切感人的细节，令我动容。她记得童年时，在风雪交加的深夜里，父亲背着患病的她，顶风冒雪艰难行走 20 多里，把她背到了南苑医院。她七岁那年，父亲赶着小毛驴车，带着她去天桥卖菜。刚走出家门五里地，天就下起了大雪。雪越下越大，父亲脱下棉大衣扔给她，温暖了她幼小的心灵。在天桥卖完菜之后，父亲把她领进了路边的一家饭馆，服务员给她端来了一碗热气腾腾的馄饨和一个热乎乎的芝麻烧饼。她狼吞虎咽地吃了起来，吃得美极了，她猛然抬头发现，父亲和自己吃的并不一样，父亲正啃着从家带出来贴饼子，就着从小饭馆打来的开水。



作者通过这些生动、感人的细节，写出了父亲对儿女的慈爱。作者站在人性与博爱的高度，写出了一个农民父亲的博爱。她写的仅仅是自己的父亲吗？可以说是，也可以说不完全是。天下所有这样称职的父亲，哪一个不是这样呢？作者深通以小见大这一写作技巧，她以自己为原型，写出了一首父亲之歌。往大里说，她代表全天下所有的农民子女，写下了一首荡气回肠的《父亲颂》！

《麦子，麦子》让我读了好几遍，也想了很多，很多。虽然写得有点散，我依然认为，这是一篇不错的散文习作，因为它有内容，有思想。单看这题目，就知道是一位农民作家的心灵，用笔墨耕耘的作品。因为这满篇的文字，都流露出作家对麦子、对土地、对乡村真挚的爱。作者毕竟也是五十三四的人了，已经三十多年没干过农活了。从拔麦子到后来的割麦子，毕竟是一种相当繁重的体力劳动。但作者仍然怀想着那个麦收的大忙季节。由于她对麦子有一种深深的眷恋，她渴望回婆家参加一次麦收劳动。恐怕自己回去晚了，参加不上收麦子的农活儿。在婆家，她赶上了包饺子敬老天爷。这也许是一种乡规民俗，老年人敬献得十分虔诚，年轻人同样也敬，这就有点不可思议了。毕竟农村仍然有靠天吃饭的想法。这种夏天包饺子敬老天爷的做法，究竟是对是错？作者没做任何评论。但让我们感到十分欣慰的是作者居然如实地记录下来了。村里的土坯房很少、很少了，已被一砖到底的大瓦房取代了。这是让我们兴奋的一件事。而乡间的路呢？还是二十年前的老样子。只要一有汽车驶过，路上依旧是灰土飞扬。写到这，我真想替行路者，或者是替广大读者问上一句，村里的房子为什么变化这么大？而乡间的公路依旧是老样子呢？说句心里话，我从内心里感谢作者，为什么？她把亲眼所见的东西，一件一件如实地记录下来。说明作者是个老实人，这篇作品没有发表过，我不知道为什么没有发表。我敢肯定地说，发表过的作品不一定都好，没有发表过的作品并不一定都不好。如果让时间退回十年前，我在《民政之声报》主编文学副刊，我读到这篇文章后，我会第一时间发表它，并撰写出编者按。

《田间地头的心事》初读起来没有感觉到什么，不过是农家田园生活的美景。但文章中的一个细节，一下子把我的心紧紧抓住了。使文章有了温度、有了色彩、有了新意，也有了深度。那躬身在田里劳作的背影，那位老人的穿着打扮，真的太像父亲了。那位老人从地里走出来了，可头一直没有抬起来。她竟然脱口而出叫了一声“爸爸”。作者接着写到：“那低着的头，抬了起来，那弯着的身子，直了。草帽下一张似曾相似的脸上，眨动着疑惑的目光。‘你找谁？’一个似曾相识的声音传了过来……‘我……’泪眼模糊的我突然从梦里惊醒：我的爸爸十五年前就远走了……我慌忙用手抹去顺脸流下的泪珠，不好意思地冲着老人翘了翘嘴角。”



读着这样的文字，怎么能不让人动容呢？父亲已经远离亲人十五年了，在淑玉内心世界里，父亲的音容笑貌、父亲在田间躬身劳作的身影，一直浮现在作家的脑海里。当她看到那位躬身劳作的老人太像父亲了，才情不自禁地叫了一声爸。泪水也情不自禁地淌了出来。这是多么真挚的父女情呀！就这看似平平常常的一个细节，却是作家匠心独运的结果。这个细节使“心事”的分量加重了。我相信，这是真情的流露。即使你的文采再高，这样的细节也是编不出来的。

淑玉作为一个从乡间田野走出的农民作家，她关注农村、农业、农民，关注土地、粮食及农民的田园生活，更关注那些生活在农村的小人物。在她辛勤耕耘的笔下，把一些女性人物描绘得栩栩如生。像《谁把美丽的妈妈偷走了》《我的大姐》《好人娟儿》《赤脚医生》《五姐》《一个女人的诉说》，在这些篇目里她用叙事散文的笔法，塑造了一个个普通、平凡的农村女性丰满的人物形象。这些农村女性人物形象，既没有惊天动地的壮举，也没有波澜起伏人生故事，都是家长里短，鸡零狗碎的小事。

20 世纪 80 年代初期，我采访戏剧理论家、剧作家翁偶虹先生时，他谈起了自己创作《红灯记》时的体会。他说："我创作《红灯记》时，有这样两句唱词，'栽什么树苗结什么果，撒什么种子开什么花'就这么看起来平平常常的两句唱词，可把我折腾得够呛。越是大白话越难写，读者读起来感觉不出什么，作者写的时候非下苦功夫不可。"



我读着淑玉的一篇篇作品，完全可以感受到要想耕耘出让读者满意的作品来，苦功夫，大根本。这正好应了翁先生的那句"越是大白话越是难写"。在淑玉的笔墨耕耘下，这些农村女性人物，各有各的特点，各有各的性格。虽然她们都生活在京南这片土地上，淑玉都把她们写得活灵活现，各有千秋，"千部一腔，千人一面"在这本散文集里根本找不到。

什么叫敬业，无论你是当工人，还是干农活，或者是要笔杆子，只要你把活儿干到极致，干到大多数人都说好，这就是敬业！让我们感到欣慰的，是北京作协副主席、著名作家刘庆邦老师，在《我是农民》即将出版之际为侯淑玉的这本集子写下了热情洋溢、又不失中肯分析的序言。我引用刘庆邦老师的两句话作为本文的结束语。

刘老师写道："我读侯淑玉的散文，觉得她的每一篇散文都在释放善意。善意的释放绵绵不断，就形成了释放善意的持续性。善意汇聚成书，就形成了一种善的气场。"

祝淑玉的创作更上一层楼，做释放善意的耕耘者。

# 第五辑　附录

## 挂着绿釉的瓦盆

侯淑兰

我是 1951 年出生的。三年自然灾害闹饥荒那年我 9 岁，村里还在吃大食堂。一个生产队一个食堂。当时我们生产队大约三百多口人。每到了饭点，大人们就端着大盆小碗去食堂打饭。



我妈妈打饭的用的是一个盆沿外边挂着绿釉的瓦盆。从食堂打回来的粥很稀，米粒很少，稀得盆里的米粒都清晰可数。干粮是棒子面窝头。那窝头不大，就是9岁的我，吃俩也不饱。就是这样的饭食也是不能随便吃的。馒头烙饼随便吃的那日子过去了。稀粥一家一份，窝头一人一个。大人孩子一样，够不够吃，不管。

妈妈从食堂打回饭，我们围着炕桌一圈，眼睛紧盯着妈妈的手，每人一碗稀粥，每人一个窝头。我们一接过来就把才递到手里的窝头三口两口地塞进嘴里、吞进正咕咕叫着的肚子里去了。

吃完自己的一份，我们还不肯走，双眼还盯在桌子上。因为那桌子上还有一碗稀饭，一个窝窝头。

那是妈妈的。我们谁心里都清楚。可咕咕叫的肚子让我们都变得很贪婪。不但眼睛不肯离开，小舌头还不住地舔嘴唇流哈喇子。

从外屋进来的妈妈，伸手拿起唯一的窝窝头，目光在我们清瘦的小脸上扫了扫，心疼又无奈地叹了口气，两手一掰就把一个不大的窝头分成了四块，一块一块放到我们眼巴巴等着的四个闺女儿的手里。当时大姐 12 岁，三妹 6 岁、四妹 3 岁。

我们接过那块本就很小的窝头，只两三口就消灭得无影无踪了。桌子上只有一碗稀粥、一个菜碗。粥是稀汤寡水，菜是焯水撒上盐没啥滋味的干菜叶子。窝头吃完了饭桌没啥惦记的了，我们这才用舌头尖儿一舔嘴唇，扭身走了。



其实四妹是可以去队里托儿所吃饭的，国家有政策保护 4 岁以下的儿童，可以去托儿所随便吃。但年纪小的她等不到去托儿所去吃，看着我们吃饭，就是想吃。谁能看着眼泪巴巴的她伸着小手的样子呢?

妈妈把饭桌上那碗剩下的干菜叶子拨到稀汤寡水的粥碗里，稀里呼噜吃进了肚子里。吃完，妈妈就收拾碗筷，之后就背着筐和父亲一起上队里干活去了。

这样的事不知有多少回，因为年纪小谁也没想过我们把妈妈的饭吃了，妈妈怎么办。何况那时小弟弟刚出生还正在吃奶呢。

一个冬日，天寒地冷的早晨，我还在暖和的被窝里，爸爸举着胳膊摘下护窗板，看着外面已经亮了，我从被窝坐起来。

起身时眼睛向窗外扫了一下，竟发现正双手使劲搂着绿釉瓦盆的妈妈，身子斜歪在大门道的木门框上，皱着眉、闭着眼、咬着嘴唇、就要摔倒!

“妈！妈！”我的喊声带出了哭腔。爸爸闻声冲了过去，两只大手一下扶住了就要倒下去的妈妈。

爸爸把妈妈搀到屋里，妈妈瘫软地靠在炕上，我看见妈妈脸色苍白、满脸汗珠，吃力地喘着气……

妈妈这是饿的呀，腹中无食，整天脚不沾地地忙碌，白天生产队干活儿，晚上还要奶弟弟，挑灯做针线活儿。

啊，妈妈多少次我睡梦中醒来，您还在昏暗的灯光下给我们缝衣服，补袜子、纳鞋底呀。



唉，我那苦累的妈妈。妈妈虚弱地斜靠在门框上的那一幕，让年过古稀的我至今难以忘怀。您那双手紧紧抱着那挂着绿釉的大瓦盆画面，时时浮现在我的眼前。

亲爱的妈妈，我好想您呀……

## 爸爸的抿嘴一笑

侯淑焕

在我很小的时候，大约八九岁的样子。有一天吃过晚饭，我正和弟弟妹妹玩耍，就听见院子里有敲敲打打的声音，出于好奇我和弟弟妹妹出屋寻着声儿跑到院子里。不用使劲找就看见院子东南的大枣树下，爸爸蹲在一块圆石头边上正用力扬着锤子砸东西。

爸爸砸得很专注，以至于我们几个跑到跟前还没发现。爸爸的手很大而且很有力量，一手攥着锤子，一手捏着一把铁锨头。那铁锨头不但生了锈，而且没了前面铲土的尖儿，一看就知道是爸爸不知从哪儿捡来的。

我家的铁锨、锄头，不要说生锈少尖儿，就是用完挂着土星儿的都没有。爸爸可是个干净人，虽然衣服裤子上常挂着土，可手使的家伙，铁锨、平耙、锄头，无论大小，只要在地里用完，就是干净得像镜子似的，能照见人。挂在房檐窗根下一溜排开，阳光一照闪闪发光。假如哪个街坊借去使使，还回来没擦干净，下次再借，就甭想了。



家伙上粘上泥土不能用水冲，要用干草或棒子秸擦，要是擦不下来就用土坷垃刮，之后，再找软和些的树叶稻草来回擦，不但要把粘的泥土擦下来，还要擦出光亮。这样的家伙不但好看、好使，干起活来省劲儿，麻利快，更重要的是，用得长久。

我记得家里有一把小锄儿，长不过半尺，宽不足两寸，开始以为它本身就是这样大，后来才得知，它原本也是耪茄子培大葱的大锄。爸用了十几年，是让土地给磨成了这样。

爸手里的铁锨头看样子没用几年，有点厚，爸的锤子要用很大劲砸才砸得动。砸一下，那铁锨头就在石头上蹦一下，爸的劲大，锨的声响。

当！当！爸就这么一下挨一下地捶打，直到那铁锨中间出现了一个类似锅底的圆形，爸才松了一口气似的抬起了头。这一抬头，才发现早就躲在他身旁捂着耳朵看了老半天的我们。

爸抬头转向我们问道："你们猜我在做什么？"弟弟看着妹妹，妹妹看着哥哥，两对眼睛咕噜噜地转，摸着脑袋，仰着脸，谁也没猜出来。

"我知道！"我大声说。因为我随爸上园子看见过爸用的稀粪浇菜的粪勺。他们两个小不点儿不要说知道，就是看，都没看过呢。

"是粪勺！"我有些得意。"您是要把它做成稀粪浇菜的粪勺！"

不善说话，很少微笑的爸爸，冲我抿嘴一笑："真聪明。"

爸爸这一笑，肯定了我：我是爸爸心中聪明的孩子。



有了爸爸的微笑，有了爸爸的认可，从此，无论是在学习上，还是成家立业的生活中，只要遇到困难，赶上坎，爸爸的"抿嘴一笑"就会出现，"真聪明"的话语就会响在耳畔。

六十多年过去了，爸爸的抿嘴一笑的场景，还是这样的清晰。

## 一位农民女儿的文学梦

侯淑玉

小时候，我有一个伙伴，叫小香。我俩一般大。她住前院，我住后院。见天儿在一起玩儿。我一睁眼就往她家跑，她也是，有个空儿就往我家钻，不黑天不听见妈妈叫，不回家。

小香说，你家真好，鸡呀猪呀羊呀真好玩。我说，你家也是，总是飘着好闻的香味儿。

小香一进我家门就追鸡赶羊。她一出现，羊就害怕，鸡就炸窝。而我到她家不知为啥心里总是有些忐忑，不敢乱动，也不敢说话，总是不言不语地站着或坐着。因此，小香的母亲常对妈妈说，你家的玉儿真老实。

其实我才不老实呢。别看我坐在那儿没动，其实我正使劲闻她家的味呢！早上的雪花膏的香味，槽子糕的甜味儿，猪肉炖粉条的肉味儿。有好几回要不是咬着嘴唇，哈喇子保不准会流下二尺长呢。

我回家悄悄问姐姐，为什么小香家总有咱家那种过年才有的味儿？人家是居民！姐姐眼里立马儿闪出羡慕的光，可说话口气却是硬硬的。



我当时不知啥叫居民，只知道小香的爸爸在村东边一个养牛场上班。而我的爸妈都上队里干活儿。

1970 年，我和小香 7 岁了，一起背起了书包走进了学校。我背的是妈妈夜里用一块块各色布尖儿对缝的。她背的是一个红条绒书包，角上还有一个小鸭子的图案。她的书包好看。我的书包，我也非常喜欢。母亲手很巧，把做衣服剩的一堆碎布头儿，只一夜的工夫，就变成了一朵一朵开在书包上的花儿了。谁见了都不由得多看几眼呢！

交学费了。农民交三块，居民交五块。王老师的话一出口。小香就立马儿起身，举着五块钱，颠儿颠儿地跑到讲台了。而我手里的三块钱，却是妈妈卖鸡蛋一点一点攒的。都是五毛两毛凑的，而且是皱皱巴巴。多交钱还高兴？她当然高兴！因为她发现，全班五十二个同学，只有她和小梅两个是交五块的。因为，只有她俩的爸爸妈妈不是种地的，是到工厂上班拿工资的工人，是城镇居民户口。

从此我就知道了：我是农民。我和她不一样。她们的爸爸妈妈到厂子上班，而我的爸爸妈妈是到大地里种庄稼。他们的爸爸妈妈每月都开工资，开的都是现钱。而我的爸爸妈妈快年三十了，队里才敲钟结算开支，一年一回，有时开现钱，有时是“白条”——一张写着“欠账”字的白纸。

后来，我也慢慢知道了：我的新衣服为什么没她多，她家为什么总会炖鱼炖肉，买粉条称豆腐打芝麻酱，也知道了，我家为啥老是吃棒子面贴饼子了（尽管爸爸妈妈年年打麦子插稻子累得贼死）。因为她们有一个本儿，叫居民证，什么都可以买到！而我们收获的粮食要交公粮。农民没有她们那样的居民本，就大米、豆腐、香油等，也就甭想买了，甭想吃了。



我是农民，可就不愿承认。尤其是在自己村以外的地方。

上高中的学校里，出门在外的公交车上，甚至上一次城里的公共厕所，也要装出城里人的样子。生怕被旁边的人，城里人（或许也不是“纯”的城里人，也像自己一样装出的城里人，就算她们都是城里人吧。）从自己的穿着打扮上、一张嘴的话音儿里、行为举止上看出是村里人。只要被他们看出来，你看他们的样吧，眉头一皱，眼角一斜，嘴角儿一歪，身子那么一闪，就像躲瘟疫似的。他们那样子，他们的神态，就像一根根针扎在我心上，什么时候想起来什么时候难受。

随着年龄的增长，我终于弄明白了：什么是农民，我为什么是农民。

要想让人看得起，要想出人头地，就得把自己变成城里人，只有好好读书！拼命读书考出去！从农村这里跳出去！

1978年，我在家乡大兴县西红门中学上初中二年级。当时的学生有六个班，300名学生。我在初二三班，那时的我喜欢上语文课，也喜欢写作文。

语文老师韩秋钟是位北京城里来的老师，四十多岁，短发，中等个，戴着眼镜，嗓音略有嘶哑。虽然不太爱笑，但样子也不威严。韩老师那时不知为什么，喜欢课上叫我起来读课文，差不多每天的语文课都要叫一次。我很紧张，总是恨不能一口气就把要读的课文一气呵成。



我很幸运，上初三时学校打乱班级，在六个班300人中，通过考试按成绩挑选出80人，分成两个班，成为有别于大多数的“快班”。我很荣幸到了“快班”。到了1980年9月1日，我又再次很荣幸地从这“快班”考进了县高中——大兴县黄村二中（现在的首都师范大学附属中学）。

上学就要交学费，家里钱少，就去自己挣！打青草，晒干卖给牛场。一个暑假，我用汗水换回了上高中的学费——8块钱。

在高一二班，我遇到了同样喜欢让我读课文的高玉坤老师，以及上高二时的王占民老师。当时我并不知道，读课文与写作文有什么关系，老师让我读我就读，写作文就写作文，从没发憷过。

当时学校里有一张报纸《兴星》在同学们之间传看。有一次竟看到了署上我名字的文章，同学们惊讶，我也很吃惊！原来是语文老师推荐上去的。从此，我不但课上写作文了，而且课下写起了“诗”，并陶醉其中，心里还渐渐有了一个不可告人的“秘密”——当作家。

1981 年 7 月高考，等到 9 月，我们这六位村人寄予希望的高中生，全部落榜，一个个灰头土脸回到村里。虽然我们几个高中生让村领导很重视，全部安排在刚成立的与北京市朝阳区无线电厂联营的企业。但我却不能安心，“我要上学”的念头，总是在心里蠢蠢欲动。

我终是发现了“机会”。某一天，无意中在读一张《北京晚报》时，在报纸夹缝中发现了一条“高考复读补习班”的消息，一下子，我那颗蠢蠢欲动的心立刻怦然而动。于是乎，我又固执地踏上进城参加高考补习班的路。



白天在乡办模具厂上班，晚上六点一下班，我就直奔 366 车站。在永定门倒 17 路车，到天桥倒 15 路车。二十多里的路，要倒上三次车，花上一个半钟头，才能到上课的地方——宣武区校场口高考补习班。要是时间来得及，就买上一个两毛五的烧饼，喝上一碗两毛钱的榨菜汤。要不就回家再说。但，那常常是夜里十点以后的事了。

顶风来，披雨去，就是下大雪，我也没缺课。负责教语文的“电大”张老师，热心地告诉我，考考电大，照样可以读书。还有那位在历史博物馆（现国家博物馆）当讲解员的女同学，也向我介绍，“职大”和“夜大”都不错。还有至今让我感动的那位主动送给我复习材料的同学——航天部的张玮琦！在老师同学的鼓励支持下，我更有劲了。就是赶不上末班车，我也会在满天星斗的陪伴下阔步向前走上回家的路。

记得那是1983年6月18日晚上。我刚下课，天上就响起了滚滚的雷声。我一路狂奔！下15路车上17路车，眼看着就到366路车永定门总站了，可17路车的车轮才转上永定门桥，366路末班车就进站上人了。我下了17路车猛跑！眼看着只有一马路之遥了，可隔着马路的我瞪着眼瞅着366路车开走了……

没辙了，只好改线，坐341路车。才踏上341路车车门，“咔嚓！”一个雷，雨就“哗！”地下来了！我的眼泪也唰地下来了。

还好老天爷对我不薄，车子到了三营门我下车时，雨停了。望着黑黝黝的天，想着十几里的路，我的心酸酸的……



走！从没独自走过夜路的我，不得不哼起歌儿给自己壮胆儿！踏着一路水影，走了一个多小时，终于在夜里十一点时到家了。这次夜归可把妈妈急坏了。后来我就住在了天桥的一个亲戚家了。

可是，就在临近考试，走进学校报名处的大门时，一张白纸黑字的招生简章，让我再一次撞上了拦路虎。

“职大”，职工大学，“夜大”，职工业余大学，“电大”电视大学，都明确标明招收对象——城镇户口，在职职工。一米见方的白纸就像劈头盖脸的一盆冷水，浇了我个透心凉。

在城里人面前，自己总像做了亏心事似的，从来不敢抬起头仰起脸，从不敢用自己的目光，与投来的眼神对视。哪怕是一瞥。

20世纪90年代，我们早已不再面朝黄土背朝天了，手机也拿上了，楼房也住上了，汽车也开上了，至于那香油麻酱白米白面更甭提了。可以说，我的生活赶上了城里人，甚至让一些城里人产生了羡慕嫉妒。

可我内心深处的那个锁，却始终没有解开。走在城里的大街上，脚步，依然不敢甩，头，依然不敢仰，脸，依然不敢扬，话音儿，依然还是低低的。

2004年春，刮来了一场春风，刮开了我头顶上的乌云，吹开了我心底的死结："请农民免费进课堂"像射向心中的火星，一下点燃了久压心底的火苗！

当我坐在课堂上，当我手摸电脑键盘的时候，当我亲手将"温家宝总理您是我们农民的贴心人"打上屏幕的时候，我的泪，我那压抑了二十多年的因身为农民而自卑、因身为农民而伤心、因身为农民而委屈的泪，终于一下子倾泻了下来！



2005年我怀揣着刚刚燃起的梦想，再次小心地踏入"城里人"的地盘——"劳动人民文化宫职工文学研修班"的课堂。在这里我深深地感受着，我从来没有感受过，也从来没有奢望过的，真正的城里人给予的温暖！从研修班的杜老师，从讲课的北京大学曹文轩老师、孔庆东老师、晓白老师，以及《人民文学》的名编崔道怡老师、张守仁老师，还有刘庆邦、刘恒、毕淑敏、陈建功、雷达等大作家大学者，再到同坐一起听课的、不同身份、不同职业的学员，他们从没有因我是村里来的，而用眼角投来目光，从没有因我是农民而嫌弃！他们可以说总是台上台下用热心爱心温暖我鼓励我。

不仅如此，我们还成立了“北京市劳动人民文化宫文学社”。文学社成了我真真正正的家！心灵之家！那么多文友，上到六十多岁的教授下到二三十岁的同学都向我伸出了友爱之手。在这些真真正正的城里人的呵护帮助下，我带着二十几年前的文学之梦，在文学知识的海洋里吮吸，畅游，追寻……

谁能想到，年逾不惑的我，竟在2006年，不仅有了变成铅字的作品，有了抒发自己观点的网站论坛——茶香酒香书香论坛，还有了抒写情怀的百度博客。

啊！谁能想到呀，二十年前的少女之梦竟被一场春风，一场还不算晚的春风唤醒了！而且在这一年——2006年再次起飞了！

谁能想到，我这个步入不惑之年的女人，一个农村女人又寻找回了青春，又回到了那个多梦的18岁！胸中那颗早已不掀涟漪的心，此时又汹涌澎湃浪涛翻滚了。

就在这一年，我的两篇小文有幸入选了北京市委宣传部、总工会、文联为纪念北京职工文学创作研修班创建十周年所出的“五一丛书”。当负责主编的杜老师问起我的职业落款时，我毫不犹豫地告诉他：农民，就写农民！

此时的我，终于在2006年，创建和谐社会的一年，理直气壮地，扬起头，挺起胸，大声地说：我是农民！

到2011年，我拿起笔写作有五年了，不成熟的作品也有一百多篇，十几万字了。但我从读书写字的过程中，有了更多更深的认识。自己，不但是一个农民，而且是一个中国公民。国家的繁荣昌盛，同样牵着自己的血脉。

2008年的"5.12"惊天动地，让我的心疼得出血！响应《北京青年报》的号召，收音机一捐15台，衣服鞋子一捐十几箱，装满一金杯车直接送到了南苑机场。2008年8月8日的奥运会，又让我兴奋不已诗兴大发夜夜无眠，一首《我是中国人》的诗句发表在了《群文博览》的封面上。

不仅如此，2018年3月，我的一篇散文《想念浩然老师》在《京郊日报》副刊上登了整版！

2018年6月，我还荣登了《当代文学》海外版第29期，这份在美国、瑞士等十几个国家发行的刊物的封面，成了一位封面作家！

18年来，我写下了上百万字的文章，成为大兴区作协理事、加入了北京写作学会、成了丰台区、石景山区的作协会员。出版了散文集《我是农民》《远去的故乡》，小说集《乡里乡亲》《喊爷爷》。



小说、散文、诗歌不仅在国内的《北京文学》《北京青年报》《京郊日报》《家庭》《当代小说》等刊物发表，还荣获北京市乃至全国的各类征文奖。最近几年还在国外《阅读》《国际日报》《当代文学》海外版等刊物发表了作品三四万字，并有多篇被译成英文成为孔子学院的课外读物。

文学温暖了我，文学改变了我，文学让我的生活有了意义，文学让我的世界，一个年过半百的农民的世界，有了与众不同的光彩！

我的梦，一个农民的梦，在和谐的社会发展中，同伟大祖国的中国梦一样，努力着，前进着，实现着！

我是一个农民的女儿，是父亲母亲的第五个女儿，父母没有因为我是女儿将来要出门子是“脸冲外”而嫌弃，拼尽全力培养，只要读书，读到哪儿，供到哪儿。是父母让我长大成人，是父母给予了我健康的体魄，是父母用深沉的爱让我读书写字，成为今天可以用文字表达自己、书写理想，有了一个不寻常的人生。

## 出版此书的初衷

侯淑玉

今年是兔年，母亲属兔，我也属兔。我是母亲 36 岁时生下的第六个孩子。父亲母亲一生有七个儿女，父亲在 1994 年 9 月 4 日去世，已有 30 年；2018 年 3 月 31 日母亲辞世，今年也整六年。可父亲母亲养育、培养我们的点点滴滴随着岁月的流逝、随着我们年龄的增长，却越发清晰。

父亲是农民、母亲是农民，他们没有给子女留下可以炫耀的荣誉，也没有可以享受的财富，但却留给他们的子孙可以传承下去的两个字“勤俭”。所以把父母凝结一生的精华传给后人，将中华民族的百折不屈的精神和传统传递下去，是我们不可推脱的责任。小家是国家的一份子，只有小家好了，国家才可能更好。